Auch Hingucker mögen Süßes

BEEF CAKE INC.

JUDI FENNELL

MERJINN PRESS

PHILADELPHIA, PENNSYLVANIA

Die amerikanische Ausgabe erschien 2012 unter dem Titel Beefcake & Cupcakes

www.JudiFennell.com
herausgegeben von Merjinn Press

Cover und Innendesign: www.formatting4U.com
Die Übersentzung dieses Buches wurde durch Jennifer Richmond
Englische Version bearbeitet: Helen Hardt
Deutsche Version bearbeitet – David Hollmer
Deutsche Erstausgabe 978-1-947723-32-0, 978-1-947723-40-5

Zucker ist süß, doch Rache ist es ebenso

Lara Cavallo will mit ihrer Bäckerei Cavallo's Cups & Cakes endlich erfolgreich sein, um keine Alimente mehr von ihrem miesen, betrügerischen Ex-Mann kassieren zu müssen. Aber zuerst sollte sie ihre Klamotten finden und aus diesem Hotelzimmer, in dem sie aufwacht, verschwinden, bevor sie sich noch mehr vor dem Besitzer des umwerfenden nackten Hinterns blamiert, den sie durch die Badezimmertür entdeckt. Sie muss sich auf ihre Törtchen konzentrieren und Zeit für diese köstliche »Fleischpastete«, so verlockend sie auch sein mag, hat sie erst recht nicht.

Cupcakes sind süß, und Lara ist es ebenfalls

Alles, was Gage Tomlinson will, ist, seiner alleinerziehenden Schwester dabei zu helfen, die Krankenhausrechnungen für seinen sechsjährigen Neffen zu bezahlen, der bei einem Unfall mit Fahrerflucht schwer verletzt wurde. Da er tagsüber auf dem Bau arbeitet und nachts als Besitzer der exotischen Männertanzgruppe BeefCake, Inc. fungiert, bleibt nicht viel Zeit für Genuss. Zu dumm, dass das süßeste Ding, das er seit Ewigkeiten gesehen hat, in Ohnmacht fällt und abhaut, bevor er davon naschen konnte. Er hat eine Schwäche für Süßes, und nur Laras »Cupcakes« können ihn glücklich machen.

Doch wenn Cupcakes endlich auf Fleischpastete trifft, wird es heiß genug, um die Buttercreme von den Törtchen zu schmelzen.

***

„Eine witzige, unterhaltsame Story mit einem Hauch von Erotik."

~D. Taylor, Amazon

„Die Handlung ist herzig, rührend, witzig, leidenschaftlich!"

~ Roxie's Romance Reviews

Bücher von Judi Fennell

Royally Sunk (Königlich Versenkt Serie)

In Over Her Head (Unter Wasser)
Wild Blue Under (Leibe unter Wasser)
Catch of a Lifetime (Der Fang seines Lebens)
Love on the Rocks, (Liebe auf der K(l)ippe)
~Making Waves (Machen Wellen, Bonusgeschichte)

Bottled Magic (Flaschenmagie Serie)

I Dream of Genies (Ein traum einem Dschinns)
Genie Knows Best (Der Dschinn weiß es am besten)
My Fair Genie (Mein schöner Dschinn)
~Your Wish Is His Command (Dein Wunsch ist ihm Befehl ~ Bonusgeschichte)

Once-Upon-A-Time Romance (Es war einmal Romantik Serie)

Beauty and The Best (Die Schöne und Herr Best)
If The Shoe Fits (Wenn der Schuh past)
Through The Leaded Glass (Durch das bleierne Glas)

BeefCake, Inc.

Beefcake & Cupcakes (Auch Hingucker mögen Süßes)
Beefcake & Mistakes (Auch Hingucker machen Fehler)
Beefcake & Retakes (Auch Hingucker verdienen eine dritte Chance)
Beefcake & Snowflakes (Auch Hingucker bringen Herzen zum Schmelzen)

Manley Maids (Heiße Haushälter Serie)

What a Woman Wants (Was eine Frau will)
What a Woman Needs (Was eine Frau braucht)
What a Woman Gets (Was eine Frau bekommt)
What a Woman (Was für eine Frau)
What A Guy Wants (Was ein Mann will)

An meine Leser.

Vielen Dank für die Erlaubnis, auch weiterhin schreiben zu dürfen.

Und an Pat Shaw. Schreiben kann sehr isolierend sein, aber zum Glück gibt es Menschen, die dafür sorgen, dass man sich weniger einsam fühlt - Menschen mit großartigem Talent und unglaublicher Herzlichkeit.

Ich bin sehr dankbar, einen so begabten Schriftsteller und wunderbaren Menschen meinen Freund nennen zu dürfen.

Bon appétit!

Der Morgen danach

Das war nicht ihr Hotelzimmer.

Die Anzugjacke, die achtlos über der Stuhllehne lag, war Laras erster Anhaltspunkt.

Die dazugehörende Hose, die daneben auf dem Fußboden lag, war ihr zweiter.

Die Bewegung der Matratze, als jemand hinter ihr das Bett verließ, war ihr dritter.

Oh, mein Gott. Was hatte sie getan?

Okay, es war ziemlich offensichtlich, was sie getan hatte, aber, oh Gott ...

Lara kniff die Augen zusammen, als dieser Jemand um das Fußende des Bettes herumkam und wagte es erst, vorsichtig die Augen zu öffnen, als sie hörte, wie die Badezimmertür geöffnet wurde.

Oh Mann. Der nackte Hintern von dem Kerl sah wirklich gut aus. Ohne Hose wahrscheinlich besser als mit – schade, dass sie sich nicht an den Anblick mit Hose zum Vergleich erinnern konnte.

Schade, dass sie sich überhaupt nicht an den Kerl erinnerte.

Die Badezimmertür fiel ins Schloss, und Laras Blick fiel auf ihre Beine – Zeit für den zweiten Schock des Morgens: Sie trug nur ein T-Shirt. Und es war nicht ihres.

Sie wollte nicht darüber nachdenken, wem es gehörte oder wie sie in besagtes T-Shirt gekommen war; sie wollte sich einfach nur ihr Kleid, ihre Schuhe und ihre Handtasche schnappen und verdammt noch mal verschwinden, bevor ihr erster und letzter One-Night-Stand damit fertig war, das zu tun, was auch immer ein One-Night-Stand am Morgen danach machte.

Sie nahm das Kleid von der Kommode – nein, sie wollte nicht darüber nachdenken, wie es dorthin gekommen war –, zog sich das T-

Shirt über den Kopf, dann das Kleid und suchte verzweifelt nach ihrem BH. Sie wollte einfach nur hier raus.

Ihre Schuhe lagen neben dem Stuhl – einer darunter – und ihre Handtasche hing, Gott sei Dank, an der Hotelzimmertür.

Fünfundzwanzig Sekunden. Das war alles, was sie brauchte, um dem Lara-Untypischstem zu entkommen, was sie je in ihrem Leben getan hatte.

Es dauerte weitere fünfunddreißig Sekunden, bis der verdammte Aufzug endlich auf seinem Weg in den – sie schielte auf die Etagenmarkierung über dem „Abwärts“-Pfeil – zehnten Stock war.

Gott sei Dank war niemand im Aufzug. Sie brauchte keine Zeugen für ihren Bußgang.

Gott, Jeff würde ausflippen, wenn er sie jetzt sehen würde. »Sexuell langweilig und uninspirierend«, hatte er gesagt, um die Affäre zu erklären – unter anderem –, aber diese Flucht bewies eindeutig das Gegenteil.

Sie konnte es nicht glauben. Sie war dreißig Jahre alt und hatte ihre eigene, aufstrebende Konditorei, aber ein Drink zu viel auf dem Junggesellinnenabschied ihrer College-Mitbewohnerin hatte sie dazu gebracht, sich einen zufälligen Kerl für eine Nacht hemmungslosen Sex aufzugabeln. Nur, um ihr Ego zu trösten, das von ihrem Ex mit Füßen getreten worden war, der es nicht einmal verdient hatte, dass man über ihn nachdachte, geschweige denn versuchte, seine Behauptung zu widerlegen.

Es *war* hemmungsloser Sex *gewesen*, oder?

Sie schloss die Augen und versuchte, ein Bild heraufzubeschwören, aber das Letzte, woran sie sich erinnern konnte, war der Swing auf der Tanzfläche.

Sie wusste nicht, wie man Swing tanzt, aber das hatte sie offenbar nicht davon abgehalten.

Oh Gott, ihr Kopf. Und ihr Bauch. Und dieses Wattegefühl in ihrem Mund ...

Die Glocke ertönte, als der Aufzug im zweiten Stock ankam. Sie tastete nach ihrem Zimmerschlüssel und stolperte in einen gottlob menschenleeren Flur. Ihr Zimmer war ein paar Türen weiter, denn zum Glück hatte sie beschlossen, auf dieser Reise allein zu schlafen.

Also, nicht mit einer Freundin.

Wer war der Typ? Sie hatte keine Ahnung, wie er aussah, geschweige denn, wie er hieß.

Als sie es endlich in ihr Hotelzimmer geschafft hatte, stöhnte sie auf.

Wie schlimm war es, dass der einzige erinnerungswürdige Teil von ihm sein nackter Hintern war und *dass* sie sich nur daran erinnerte, weil sie ihn unmittelbar vor ihrer Flucht gesehen hatte?

Sie schälte sich aus ihrem Kleid – sie trug es verkehrt herum – und ging ins Bad. Dusche, Frühstück und ein großes Glas Orangensaft, dann konnte sie sich ihr Auto schnappen und aus Dodge verschwinden, damit sie nicht riskieren musste, ihrem größten Fehler in nächster Zeit zu begegnen. So weit der Plan.

Aber die Frage war: Was war dieser Fehler eigentlich genau? Dass sie ihn überhaupt aufgegabelt hatte oder dass sie sich an nichts mehr erinnern konnte, was danach gekommen war?

***

Gage rubbelte sich mit dem Handtuch die Haare trocken und wickelte es sich dann um seine Hüften. Er wollte Dornröschen da draußen nicht mit nackten Tatsachen schockieren, wenn sie ihre herrlichen Augen öffnete.

Er fing sein Lächeln im Spiegel ein. Ja, es war wölfisch, aber warum sollte es das nicht sein? Er hatte immerhin die schönste Frau auf der Party abbekommen, und das schloss die zukünftige Braut mit ein.

Sicher hatte er dafür seine eigenen Regeln gebrochen – keine Partys mit den Gästen –, aber sie war hereingekommen und hatte ihn umgehauen.

Es wäre wirklich zum Lachen, wenn es nicht so, nun ja, nicht so zum Lachen wäre. Er stand nämlich sonst nicht auf klein, dunkel und kurvig. Schlanke Sexbomben waren eher sein Typ. Zumindest war das bisher so gewesen. Aber dann war sie hereingekommen, ihre Kurven hatten seine Handflächen zum Schwitzen gebracht, ihre Locken hatten geradezu darum gebettelt, dass er seine Finger darin vergrub, und diese schokoladenbraunen Augen ... Sie hatten so laut *Schlafzimmer* geschrien, dass sie fast die Musik übertönt hatten. Es war ihm diesmal wirklich schwer gefallen, sich auf die Show zu konzentrieren.

Gott sei Dank wussten die Jungs ohnehin, was sie zu tun hatten. Markus hatte es ein wenig zu gut gewusst; er hatte sich von der ersten Nummer an auf Lara konzentriert.

Glücklicherweise hatte niemand die spontane Programmänderung in Frage gestellt, die er vorgenommen hatte, damit Markus bis zur Mitte des zweiten Aktes von der Bühne war.

Zu diesem Zeitpunkt hatte der Alkohol, der an dem Tisch geflossen war, dafür gesorgt, dass Laras Interesse nicht mehr nur auf Markus gerichtet war.

Da hatte er seinen Move gemacht.

Seinen Move gemacht. Gage stöhnte. Wie alt war er – zwanzig? Er hatte nie einen *Move* machen müssen; die Frauen strömten zu ihm.

Aber sie hatte hinten in ihrer Sitzecke gesessen, umgeben von Freundinnen, hatte auf die Bühne gestarrt und nicht so ausgesehen, als würde sie so bald dort herauskommen.

Er schnappte sich seine Zahnbürste. Er hätte seinen Zug früher machen sollen. Dann hätte sie vielleicht auf die letzten beiden Runden verzichtet. Die Frau war ein Leichtgewicht. Sie hatte es bis zum Hotelaufzug geschafft und hatte dann in seinen Armen buchstäblich abgeschaltet. Das hatte zwar seinen Abend getrübt, nicht aber seine Libido.

Er hoffte nur, dass sie heute Morgen etwas wacher war.

Er beendete das Zähneputzen und füllte einen sauberen Becher mit Wasser. Sie würde es brauchen, und es gab ihm einen Grund, sich neben sie zu setzen.

Und hoffentlich noch viel mehr tun.

Er öffnete die Tür leise. Er wollte derjenige sein, der sie weckte, nicht der Lärm oder das Licht aus dem Badezimmer.

Aber ... sie war weg.

Er sank gegen den Türrahmen. Das geschah ihm recht. Er spielte jedes Wochenende mit den Fantasien von Hunderten von Frauen, aber die eine, deren Fantasie er persönlich wahr werden lassen wollte, hatte offenbar kein Interesse daran.

Eins

»Pfoten weg von meinen Cupcakes.« Lara stand hinter ihrem Stand auf der jährlichen Hochzeitsmesse und drohte dem Kerl, der gierig ihre Auslage anstarrte, mit dem Holzlöffel. Es mochte keine große Waffe sein, aber ein gezielter Klaps konnte ganz schön zwiebeln, und dieser angetrunkene Kerl sah aus, als könnte er ein, zwei Schläge vertragen.

Besonders, als er sie angrinste. »Süße, ich bin nicht einmal in der Nähe deiner Cupcakes, aber wenn du dich ein bisschen weiter vorbeugst, kann ich sie gerne mal begutachten.«

Lara schnaubte. Das musste einer der schlechtesten Anmachsprüche sein, die sie je gehört hatte.

Sie schob den Löffel unter die beiden Cupcakes, die er zerdrückt hatte. Die Romeo und Julia-Modelle. Verdammt. Das waren einige ihrer kompliziertesten Designs und kamen bei der Kundschaft immer besonders gut an.

Der betrunkene Kerl hörte nicht auf. »Wie wäre es, wenn wir beide uns später auf ein paar Drinks treffen und über deine ... Cupcakes reden?«

»Wie wäre es, wenn wir das nicht tun?«

Der Typ blinzelte. »Ach, das ist aber nicht nett.« Er ging an das andere Ende ihres Standes und nahm einen Cupcake mit Schmetterling in die Hand. »So wie der hier zum Beispiel. Ich wette, der schmeckt so richtig gut auf meiner Zunge.«

Sie würde diese Schmetterling-Cupcakes nie wieder auf dieselbe Weise betrachten.

Sie nahm ihm den Cupcake aus der Hand, bevor er noch daran lecken konnte oder sonst irgendein Bild produzieren konnte, das sie nie wieder aus ihrem Kopf bekommen würde.

Aber das brachte sie nah genug heran, damit er sie zu fassen bekam, indem er seine verschwitzte Hand um ihr Handgelenk legte.

»Komm schon, Baby, es ist ein Party-Wochenende. All die Liebe und der Sex, die in der Luft liegen. Das spürst du doch auch, oder?«

»Was ich spüre, ist, dass Sie eine Grenze überschreiten, Mister.« Sie setzte die Cupcakes ab und versuchte, seine Finger loszuwerden. Besonders den kleinen Finger. Wenn sie ihn weit genug zurückbiegen könnte ...

Er zog sie zu sich, presste ihr einen nassen Kuss auf die Lippen und grapschte mit seiner fleischigen Hand nach ihrer Brust.

Sie wehrte sich. »Pfoten weg!«

Plötzlich flog er rückwärts.

»Die Lady sagte, Sie sollen sie in Ruhe lassen.«

Ein Typ in engen Jeans, einem Cowboyhut und einem bis zur Hüfte geöffneten Hemd stand da und sah mit seinen Muskeln aus wie ein Held direkt aus einem Liebesroman.

Der betrunkene Kerl versuchte, sich aufzurappeln. »Was zum Teufel soll das? Ich werde deinen Arsch verklagen –«

»Halt's Maul, du Arsch, und bete, dass die Lady keine Anzeige wegen sexueller Belästigung erstattet.«

Das wirkte wie ein Eimer kaltes Wasser.

Aber Lara starrte immer noch auf das Sixpack, das sich unter dem offenen Hemd ihres Retters abzeichnete.

»Hier oben, Schätzchen.« Mr. Sexy Cowboy schnippte mit den Fingern vor ihrem Gesicht.

Sie sah auf.

Oh Gott, er hatte sie beim Starren erwischt. Und sein breites Grinsen verriet, dass er genau wusste, wohin sie gestarrt hatte, *und,* dass es ihm gefiel, dass sie sich in seiner so überaus wohldefinierten Muskulatur verloren hatte.

Sie konnte spüren, wie ihr die Hitze in die Wangen schoss.

Er lächelte und tippte an die Krempe seines Hutes, dann drehte er sich um, um dem betrunkenen Arschloch beim Aufstehen zu helfen.

Gott, der Mann hatte eine schöne Kehrseite. Genau wie Mr. Knackarsch aus dem Hotel vor zwei Wochen.

Sie schüttelte den Kopf. Sie war wahnsinnig. Der Arsch von Mr. Knackarsch war nackt gewesen; der von diesem Kerl war bedeckt. Überhaupt keine Ähnlichkeit. Nun, abgesehen von der Tatsache, dass beide perfekt geformt waren und es ihr nichts ausmachen würde, ihre Hände auf alle vier Backen zu legen.

»Gibt es hier jemanden, der auf Sie aufpassen kann oder soll ich Sie dem Sicherheitsdienst übergeben?« Mr. Sexy Cowboy zerrte am Arm des Betrunkenen.

»Schon gut. Ich habe eine Frau.«

»Sie kann sich wirklich glücklich schätzen.« Mr. Sexy Cowboy sah Lara an und wackelte mit den Augenbrauen. »Wie wäre es, wenn Sie sie suchen gehen und nie wiederkommen? Wenn ich Sie hier noch einmal sehe, werde ich nicht noch einmal so nachsichtig mit Ihnen sein. Habe ich mich klar ausgedrückt?«

Der betrunkene Kerl strich sich seine Haare wieder über seine Glatze. »Glasklar.«

»Gut. Und jetzt Abmarsch.«

Lara versuchte, ihre Fassung wiederzuerlangen, als Mr. Sexy Cowboy zu ihrem Stand schlenderte, hüftschwingend und stiefeltretend.

»Alles in Ordnung, Cupcake?«

Oh je. Bei ihm funktionierte diese Anmache. Es kam eben definitiv darauf an, wie man es verpackte.

Sie wünschte sich nur, sie wäre immun. Jeff hatte ihr Vertrauen in Männer allgemein erschüttert, vor allem in die, von denen man sonst nur träumt.

Und dieser hier, mit goldblondem Haar und strahlend blauen Augen, war definitiv das, woraus Träume gemacht waren.

Okay, Stopp. Schluss mit träumen. Schluss mit Typen. Konzentrier dich auf deine Karriere!

Darauf musste sie sich jetzt verlassen, und nicht auf die wankelmütige Libido eines Mannes. »Die Anmache habe ich schon mal gehört.«

Er betrachtete sie von oben bis unten, und Lara spürte die Hitze, als hätte er einen Schneidbrenner benutzt.

»Da bin ich mir sicher. Wie wäre es mit der, dich zu lecken, um herauszufinden, wie du schmeckst?«

Sie war dabei, hier und jetzt zu schmelzen. »Ähm, ja. Das habe ich auch schon gehört.« Aber nie *so*. Er war der erste Mann, bei dem sie es tatsächlich in Erwägung zog, ihn die Antwort herausfinden zu lassen.

Für etwa zwei Sekunden. Ein Typ wie er würde sich nie für länger als einen One-Night-Stand für sie interessieren – und der eine One-Night-Stand, den sie gehabt hatte, hatte sie davon überzeugt, dass sie nicht dafür geschaffen war.

»Na dann muss ich mir wohl etwas Neues einfallen lassen.«

Sie konnte nicht anders; ihr Blick glitt in seinen Schritt.

Dann zurück zu seinem Gesicht, als er schmunzelte.

Okay, könnte sich der Boden der Messehalle jetzt bitte öffnen und sie verschlucken.

Nein, sie hatte nicht vor, über irgendetwas nachzudenken, dass mit Cowboy und Schlucken zu tun hatte.

Dann streckte der Cowboy seine Hand aus. »Hi. Ich heiße Gage. Gage Tomlinson.«

Sie wischte sich heimlich die schweißnasse Handfläche – übrigens komplett Mr. Sexy Cowboys, äh, Gages Schuld – an ihrem Oberschenkel trocken. »Lara. Cavallo. Danke, dass du dich um den Typen gekümmert hast.«

»Ist mir ein Vergnügen, Ma'am.«

Gott, war das sexy, wenn er in diese Rolle schlüpfte und seinen Hut lüftete. Lara war von der Cowboy-Illusion hin und weg.

»Möchtest du einen Cupcake? Ich meine …« Sie hätte jetzt wirklich nichts dagegen, wenn sich der Boden öffnen würde. »… als Dankeschön.«

Sein Lächeln war umwerfend. Genau wie das Grübchen in seiner Wange. »Ich möchte unbedingt einen Cupcake. Vielleicht zwei?«

Sie sprachen beide von Törtchen, richtig?

»Äh, sicher. Du kannst zwei haben. Such dir was aus.« Jetzt aber … ein einfaches großes Loch im Boden. Noch mehr konnte sie nicht ertragen.

Er nahm sich Zeit und betrachtete jedes ihrer Törtchen. Also die, die auf dem Tisch standen. Ungewöhnlich viel Zeit.

Lange genug, dass er indessen die Aufmerksamkeit von mehr als ein paar Frauen auf sich zog. Die alle anfingen, Vorschläge zu machen, welchen Cupcake er wählen sollte.

Sie hatte noch nie bessere Werbung gehabt, aber das Zwinkern, das er ihr immer wieder zuwarf, wenn ihn jemand fragte, welche Art von Cupcake er mochte, war viel aufregender.

War sie nicht eigentlich *sexuell langweilig* und *uninspirierend*? Mr. Sexy Cowboy schien das seltsamerweise nicht so zu sehen.

Lara verteilte schnell ihre Broschüren und Probierhäppchen der verschiedenen Cupcakes und Kuchen und sammelte einen Haufen Visitenkarten ein, während ihr Beschützer-Cowboy seinen Zauber wirken ließ.

Ich frage mich, welche Zaubertricks er noch kennt.

Er ertappte sie dabei, wie sie ihn anstarrte, aber abgesehen von dem Hauch eines Lächelns, zog er nur den Hut.

Es war genug.

»Nun, Ma'am. Ich danke für das Angebot, aber mir scheint, du wirst alle Törtchen brauchen, die du hast. Ich werde einfach warten und sehen, was übrig ist, wenn wir hier fertig sind. Ist das für dich in Ordnung?«

Sie nickte, aber wenn er sie weiter so ansah, würde sie auf sich selbst bezogen nicht mehr viel übrig haben: Gelassenheit, Verstand, Kraft in den Beinen ...

»Okay, dann. Sag mir Bescheid, wenn du Zeit hast. Ich bin an Stand 2-63.«

Sie nickte, als er sich umdrehte und wegging.

Mann, der Kerl sah in diesen Jeans besser aus als jeder andere Kerl.

Und sie hätte nichts dagegen, ihm für eine Unendlichkeit hinterherzusehen.

Zwei

Kontakt hergestellt. Nun, im übertragenen Sinne. Der Körperliche würde als nächstes folgen.

Hoffte er zumindest.

Gage nahm den Hut ab und fuhr sich mit der Hand durch die Haare. Unter dem verdammten Ding war es in dieser Halle verdammt heiß, aber die Frauen standen drauf.

»Warst ganz schön lange weg, Boss.« Murph reichte ihm einen Stapel Visitenkarten.

Gage warf einen Blick auf sie. Erstaunlich, wie viele handgeschriebene Telefonnummern auf den Karten standen, die Frauen am Stand von *Die Hingucker* einwarfen. Sein E-Mail-Verteiler würde bis zum Ende des Wochenendes eine sechsstellige Zahl erreichen.

Hoffentlich würde sein Bankkonto bald darauf folgen.

»Gute Arbeit, Jungs. Wenn ihr eine Pause machen wollt, halte ich die Stellung.« Er warf die Karten in das Fischglas am Stand, dann schnappte er sich einen der Klappstühle und machte es sich darauf bequem. Sobald diese Frauen an Laras Stand fertig waren, würden sie hierher kommen. Das taten sie immer, und wenn er auch Lara seine Standnummer verraten hatte, weil er hoffte, dass sie zu ihm kommen würde, war es auch gut fürs Geschäft gewesen, dass auch die andere Mädels am Stand es mitbekommen hatten. Er brauchte jeden Auftrag, den er bekommen konnte.

»Sollen wir dir irgendetwas mitbringen?« Tanner löste die Fliege und warf sie auf den Tisch. »Bei dieser Hitze könnte das verdammte Ding auch ein Pferd erwürgen.«

Gage verzichtete auf den Kommentar, der normalerweise auf diese Aussage folgen würde. Tanner war ihr bestes Pferd im Stall. Der Kerl sammelte mehr Scheine in seinem G-String als die nächsten drei Tänzer zusammen. So viel zum Thema Pferd.

Aber hey, er verdiente damit sein Geld, und für Gage blieben auch im Monat ein paar hundert Dollar extra. Jedes bisschen half.

»Nein, ich brauche nichts.«

»Keine Lust auf ... Cupcake?«

Gage lächelte und schüttelte den Kopf. Sie würden ihn diese Nacht nie vergessen lassen. Die Jungs hatten gesehen, wie er auf sie reagiert hatte, na ja, zum Glück hatten sie keine Ahnung, wo sie die Nacht verbracht hatten. Er wollte, dass es so blieb.

Er wollte jedoch auch eine Wiederholung.

Als die Jungs ihren Stand gesehen hatten, hatten die Kommentare angefangen.

»Und? Hast du mit der Cupcake-Lady gesprochen?« Bry, sein Geschäftspartner, warf die Schirmmütze von seiner Polizeiuniform auf den Tisch. Die beiden hatten schon seit Monaten kein Kostüm mehr an-, oder besser gesagt, ausgezogen, aber wenn es darum ging, auf Messen die Werbetrommel zu rühren, präsentierten sie sich genauso wie die Jungs.

»Ja, das habe ich.«

Bry nahm sich eine Flasche Wasser und öffnete sie. »Und?«

Und ... nichts. Gage hatte erwartet, dass ... Er wusste nicht, was. Irgendwas. Eine Erklärung, warum sie abgehauen war.

Er zuckte mit den Schultern, aber es ärgerte ihn trotzdem. Er hätte gedacht, er würde Pluspunkte dafür bekommen, dass er sie nicht ausgenutzt hatte. »Sie war beschäftigt. Nicht gerade der beste Zeitpunkt, um sie anzubaggern.«

»Das hat dich noch nie abgehalten.« Bry nahm einen tiefen Schluck. Vor ein paar Jahren hätten sie mit Whisky angestoßen, aber sie waren jetzt Geschäftsleute. Whisky stand nur noch nach Feierabend auf dem Speiseplan.

»Vielleicht hatte ich bisher nicht so viel zu verlieren.«

Bry spuckte das Wasser quer über den Stand. »Verlieren? Du? Alter, was habt ihr in der Nacht getrieben?«

Leider gar nichts. Nicht einmal einen Kuss hatte es gegeben.

Gage schnappte sich eines der Shirts der Jungs und wischte die Sauerei auf. Sie hatten ein Vermögen für das Promo-Material ausgegeben; also besser versuchen, es zu retten. »Nicht sie. Das hier. Unser Geschäft. Ich habe keine Zeit, irgendeiner Frau hinterherzulaufen, während ich versuche, genug zu verdienen, um hiermit aufzuhören.«

»Ist das immer noch dein Plan? Im Ernst, Gage, du solltest es vielleicht noch mal überdenken. Es bezahlt die Rechnungen.«

Nicht alle. Die für die Operationen, die Therapie und die Medikamente seines Neffen erschienen in diesem Moment in großen, knalligen, schmerzhaft grellen Bühnenlichtern vor seinem inneren Auge, und die Nullen schienen sich jedes Mal exponentiell zu vermehren, wenn er an sie dachte.

»Bry, ich habe das wegen des Geldes gemacht.« Zuerst war es eine Möglichkeit gewesen, sein Einkommen aufzubessern, als die Wirtschaftskrise vor einem Jahr ausgebrochen war. Er und Bry hatten im College mit Strippen gutes Geld verdient. Aber dann, mit den Operationen, die Connor brauchte, und weil Gage de facto das Oberhaupt des Tomlinson-Clans war, hatte das Geld eine ganz neue Bedeutung bekommen.

Er und Bry hatten mehr Leute angeheuert und mehr Auftritte gebucht; er immer mit dem Gedanken, dass dies nur vorübergehend war. Ein Mittel zum Zweck. Es war nicht so, dass er es liebte, sich in seinem Alter vor einer Horde angetrunkener Frauen auszuziehen – vierunddreißig war nicht unbedingt alt, vor allem, weil er sich in Form hielt, aber in der Nähe der jüngeren Typen ... Ja, er wollte nicht mehr tanzen. Besonders nach dem Schlamassel mit seiner letzten Freundin, Leslie. Nichts zerstörte eine Beziehung schneller als Eifersucht – auch wenn sie keinen Grund zur Eifersucht gehabt hatte.

Aber es hatte ihn vorsichtig werden lassen. Er brauchte das Geld zu dringend, um es aufzugeben, und wenn eine Frau mit seinem Job nicht zurechtkam, nun, dann hatte es keinen Sinn, sie in seinem Leben zu haben. Nicht, bis er die Dinge mit Connor im Griff hatte.

Aber an jenem Abend vor zwei Wochen hatte er gearbeitet und die Frauen davon abgehalten, sich auf die Tanzfläche und die Tänzer zu stürzen – das passierte öfter, als ihm lieb war, weshalb er sich normalerweise von Frauen bei den Shows fernhielt –, bis er Lara gesehen hatte. Ab da hatten keine Regeln mehr gegolten. Er hatte es nicht verstanden warum, aber er hatte einfach mit ihr reden müssen. Mit ihr tanzen müssen.

Und dann hatte eines zum anderen geführt, und ...

»Hast du die Info über die große Eröffnung von Ginas Spa bekommen?«, fragte Bry.

Gage nickte. »Ich habe Tanner und Carlo eingetragen. Es ist nur ein einstündiger Auftritt. Zwei Tänzer sollten reichen.«

»Ein einstündiger Gig und ein halber Tausender. Ich liebe diese kurzen, süßen Shows. Unser täglich Brot, Baby.«

Selbst mit dem Rabatt, den sie Gina, Brys Cousine, gaben, blieben von den fünfhundert abzüglich der Gagen für die Tänzer und anderer Unkosten für ihn und Bry jeweils hundert übrig. Nicht schlecht für ein paar Telefonate.

Er sah auf die Visitenkarten im Fischglas. Da warteten eine Menge Telefonate, die er tätigen musste. Wenn nur zwanzig Prozent von ihnen erfolgreich waren, könnte er bis Ende nächsten Monats seinem Ziel ein gutes Stück nähergekommen sein. Und wenn die Benefizaktion für seinen Neffen so verlief, wie er es sich erhoffte, nun, dann könnten sie sich alle beruhigter auf Connors nächste Operation vorbereiten.

Bryan füllte den Korb mit ihren Werbegeschenken auf: Fliegen, auf deren Band ihre Website prangte. »Wirst du mir jemals sagen, was an dieser Tussi so besonders ist, dass du unsere eiserne Regel gebrochen hast, dich von zahlenden Kunden fernzuhalten?«

»Sie war nicht die Kundin.«

»Ernsthaft? So hast du das gerechtfertigt?« Bry schleuderte einen Schlüsselanhänger nach ihm und traf ihn direkt in den Solarplexus. *Au*, das verdammte Plastik war scharf. »Sie gehörte zu der Gruppe, die bezahlt hat. Das ist das Gleiche. Ich habe seit dem College nicht mehr gesehen, dass du dich so an eine Tussi rangemacht hast. Es war, als ob sie einen Traktorstrahl auf dich gerichtet hätte.«

Gage rieb sich die schmerzende Stelle und versuchte, Bryan nicht anzuschauen. Ja, es hatte ihn erwischt. Heftig. Nur sein angeknackstes Ego hatte ihn in den zwei Wochen seit ihrer gemeinsamen Nacht davon abgehalten, sie anzurufen. Na ja, das und die Tatsache, dass er kaum Zeit hatte, sich um all das zu kümmern, um das er sich kümmern musste, ohne er auch noch anfing zu daten.

Aber das hieß nicht, dass er nicht darüber nachgedacht hatte. Sie war an diesem Abend verdammt stolz auf die Konditorei gewesen, die ihr und ihrer Cousine gehörte, Cavallo's Cups & Cakes.

Sie war so süß gewesen, als sie gestanden hatte, die »Designer«-Penistorte für den Junggesellinnenabschied geliefert zu haben. Wenn er sich dazu hätte durchringen können, ein Stück einer Penistorte zu essen, hätte er sie vielleicht gekostet, aber irgendwie verging ihm schon bei dem Gedanken der Appetit.

Es hätte ihm aber nichts ausgemacht, von ihr zu kosten. Deshalb hatte er mit ihr getanzt.

Und dann hatte er nicht einmal einen verdammt Kuss bekommen. Er hatte ein paar Skrupel gehabt und nicht gleich mit ihr auf der Tanzfläche geknutscht, und dann war sie im Fahrstuhl eingeschlafen, sodass das nicht in Frage gekommen war.

»Huhu, Loverboy.« Bry traf ihn mit einem Papierflugzeug auf die Wange. »Denkst du an deine glanzvolle Nacht?«

Gage hätte nichts dagegen, aber es war nicht so glanzvoll gewesen. Er war die ganze Nacht so hart gewesen, dass es schmerzte, während sie neben ihm schnarchte.

Bei der Erinnerung musste er lächeln, und es war ihm egal, ob Bry dachte, es sei wegen einer besonders ›guten‹ Erinnerung. Sie war bezaubernd gewesen, als sie wie eine Haselmaus schnarchte.

»Also, was hat sie gesagt, als sie dich gesehen hat? War sie ganz nervös und verlegen oder heiß und wollte mehr?«

Gage sah auf. »Weißt du was? Weder noch.«

»Whoa, du lässt nach. Früher hast du es geschafft, dass sie feucht waren, bevor du sie überhaupt berührt hast.«

Grausam, aber wahr. Gott hatte ihm das Gesicht und das Fitnessstudio ihm den Körper gegeben, und er hatte die Früchte von beidem genossen. Damals war das Leben schon eine Party gewesen. Und das Strippen hatte die Auswahl der verfügbaren Frauen nur noch vergrößert.

Bry holte noch mehr Karten mit Body-Shots der Jungs heraus, um den Ständer am Stand aufzufüllen. Bei vielen Buchungen gab es spezielle Wünsche; es war ein Marketing-Coup gewesen, Mini-Portfolios der Tänzer zu verteilen. Ein paar von ihnen entwickelten ihre eigene Anhängerschaft, was dem Geschäft guttat.

»Vielleicht ist sie lesbisch.« Bryan sah ihn fragend an.

Gage verschluckte sich. »Sie ist nicht lesbisch.« Obwohl sie es nach allem, was er wusste, sein könnte.

Der Gedanke war ernüchternd. War sie lesbisch? War das der Grund, warum sie am nächsten Morgen so schnell abgehauen war? Um ihnen beiden diese Unannehmlichkeit zu ersparen?

War das der Grund, warum sie an ihrem Stand nicht auf ihn reagiert hatte?

Gage musste zugeben, dass ihre fehlende Reaktion, selbst wenn sie lesbisch wäre, weh tat. Er wusste, wie er aussah; verdammt, in seinem Geschäft musste er das. Sein Aussehen war sein Kapital. Er konnte sich nicht erinnern, wann jemand das letzte Mal so wenig auf ihn oder seinen Charme reagiert hatte. Und er hatte sich vorhin bemüht, charmant zu sein, ein höflicher Cowboy und Gentleman. Der betrunkene Kerl hatte ihm die perfekte Gelegenheit verschafft, aber Lara war nur daran interessiert gewesen, Freundlichkeiten auszutauschen, keine Telefonnummern.

»Vielleicht stellt sie auch einfach nur gewisse Ansprüche.«

Gage warf seinen Stetson auf Bryan. »Arschloch.«

»Für dich immer noch Mr. Arschloch.« Bry setzte sich den Hut auf den Kopf und schob ihn in den Nacken. »Vielleicht habe ich mehr Glück als du. Welcher Stand war noch einmal ihrer?«

»11-24. Da drüben.« Gage wies auf die hintere Ecke der Halle. Weg von dem Ende, an dem Lara war. Auf keinen Fall würde er zulassen, dass Bryan hinter ihr herlief. Der Kerl hatte genauso viele weibliche Verehrer wie Gage, und Gages Ego war nicht bereit für diesen Wettbewerb. Nicht bevor er herausgefunden hatte, warum sie kein Interesse an ihm hatte.

»Uh huh. Das habe ich mir gedacht.« Bry ging in die entgegengesetzte Richtung. Genau in Richtung Cupcake-Lady.

Scheiße.

Und da die Jungs unterwegs waren, musste Gage am Stand bleiben.

Drei

»Jesse, kannst du die Stellung halten? Ich brauche eine Pause.«

Der Grapefruitsaft, den sie zum Frühstück getrunken hatte, machte sich allmählich bemerkbar, aber Lara hatte nicht gehen wollen, bevor sie nicht mit jeder einzelnen der Frauen gesprochen hatte, die mit dem Cowboy an ihren Stand kommen waren. Sie sollten ihn engagieren, damit er sie zu jeder Messe begleitete. Es wäre die Kosten wert.

Vor allem, wenn sie ein paar Cent sparte, indem sie ihn bei sich schlafen ließ ...

»Sicher, Miss Cavallo.«

Lara zuckte zusammen. Es gab nichts Besseres, als von einem Teenager mit *Miss* angesprochen zu werden, um sich älter als die eigene Großmutter zu fühlen.

»Gehst du den heißen Kerl auschecken?«

Lara unterdrückte ... was? Ein Schnauben? Peinliche Berührtheit? Ein sehnsüchtiges Seufzen?

Jepp, Letzteres.

»Nein. Ich muss mal für kleine Prinzessinnen.«

»Oh.«

Lustig, wie ihre Aushilfe über heiße Kerle plappern konnte, aber wenn man eine Toilettenpause erwähnte, wurde sie so rot wie, nun ja, eine sehnsüchtige Tomate.

Sie packte zwei Cupcakes ein – sie hatte ihm schließlich welche versprochen und Stand 2-63 war in der Nähe der Toiletten ...

Oh, wem wollte sie etwas vormachen? Sie *wollte* ihn sehen, und die Cupcakes waren nur ein Vorwand.

Sie hätte fast über sich selbst gelacht. Fast. Offenbar hatte der heiße Sex von vor zwei Wochen einige ihrer Hemmungen abgebaut.

Sie konnte sich nur vorstellen, was sonst noch in dieser Nacht passiert war – und sie *konnte* es sich nur vorstellen, weil sie sich immer noch an das erinnern konnte, was geschehen war, nachdem sie die Tanzfläche mit Mr. Knackarsch verlassen hatte.

Nie wieder. Sie würde nie wieder Sambuca trinken. Das Zeug war tödlich.

Was erklärte also dieses Verhalten, das sie jetzt an den Tag legte, indem sie diesen heißen Typen abchecken ging? Hatte sie den Männern nicht abgeschworen?

Das hatte sie. Wirklich. Sie hatte seit ihrem Ex-Mann genug von Typen. Trotzdem schuldete sie ihm die Cupcakes für seine Hilfe.

Als sie auf der Toilette fertig war, nahm sie sich lächerlich viel Zeit, um ihr Gesicht im Spiegel zu überprüfen. Ihr Make-up war in der Hitze verlaufen – und sie meinte damit die Hitze im Kongresszentrum, nicht die von Mr. Sexy Cowboy Gage erzeugte Hitze – und ihr Haar fing an, sich aus dem Knoten zu befreien, mit dem sie sie gebändigt hatte. Normalerweise war ihr das egal. Ihre Kundschaft bestand zu einem großen Teil aus Bräuten und deren Familien, und wenn gelegentlich ein Bräutigam auftauchte, hatte er nur Augen für seine Verlobte. Keiner hat sich bisher um sie gekümmert.

Außer Mr. Cowboy Gage. Gott, sogar sein Name war sexy.

Sie befeuchtete ihre Finger und versuchte, das Kräuseln mit einer großzügigen Wasseranwendung einzudämmen. Jetzt sah ihr Haar fettig aus.

Seufz.

Sie schnappte sich ein Papiertuch und versuchte, das überschüssige Wasser aufzusaugen, aber das führte nur dazu, dass es sich wieder kräuselte.

Lara gab auf. Er war nicht *wirklich* an ihr interessiert; er hatte eine Rolle gespielt. Die meisten Frauen waren jedes Mal hin und weg gewesen, wenn er den Mund aufgemacht und in diesem unglaublich sexy Tonfall gesprochen hatte.

Okay, sie hatte eine Schuld zu begleichen, also nahm sie die Schachtel mit den Cupcakes von der Ablage neben dem Spiegel und machte sich auf den Weg zu seinem Stand.

Stand 2-14, 2-22, 2-36 ... Danach brauchte sie nicht mehr auf die Zahlen zu schauen, denn dort, am Ende, war ein mit schwarzem Samt bezogener Stand. An der Rückwand hingen unglaublich heiße Bilder von Kerlen und ihren Bauchmuskeln, und davor saß Mr. Cowboy Gage.

Und zwar mit einem Harem von Frauen, die an seinen Lippen hingen.

Der einzige Grund, warum sie nicht auf seinem Schoß saßen, war, dass der Stand sie trennte. Kluger Kerl, sonst würden sich die Frauen wahrscheinlich um ihn prügeln. Es war gut, dass nicht so viele Bräutigame anwesend waren, denn so, wie die Frauen ihn anhimmelten, konnte es zu einer Menge geplatzter Verlobungen kommen.

Sie sollte wieder gehen. Ernsthaft, er brauchte ihren Dank nicht; die meisten dieser Frauen waren diejenigen, die er an ihrem Stand angelockt hatte. Er hatte genau gewusst, was er tat, als er ihr seine Standnummer zugerufen hatte.

Sie drehte sich um, um zu gehen.

»Hey, Cupcake!«

Sie sah auf. Cowboy Gage sah sie direkt an und winkte sie näher.

Ihr Gesicht glühte und ihr Herzschlag verdreifachte sein Tempo.

Aber das hielt sie nicht davon ab, auf ihn zuzugehen.

»Macht Platz, Ladys. Macht Platz«, sagte er, als Lara sich seiner Schar Anhängerinnen näherte und die sich auf sein Kommando hin wie das Rote Meer teilten.

»Hier.« Sie streckte ihm die Schachtel entgegen. Sie war in einer ganz anderen Liga. Das war sie wahrscheinlich schon gewesen, ehe Jeff auf ihrem Selbstvertrauen rumgetrampelt war. »Die sind für dich. Die Cupcakes, die ich dir versprochen habe. Rocky Road und Erdnussbuttercreme.«

Er grinste, und obwohl sein Blick nicht an ihr hinabglitt, wusste sie genau, was er dachte.

Oder vielleicht war das Wunschdenken ihrerseits.

»Danke. Und willkommen bei *Die Hingucker.*«

Das war es auf jeden Fall. Mit einem Prachtexemplar, das jetzt einen Arm um ihre Taille legte und sie auf den Stand zerrte.

Lara dachte ernsthaft darüber nach, in Ohnmacht zu fallen. Was wahrscheinlich bedeutete, dass sie es nicht tun würde, da die meisten Leute *nicht* nachdachten, bevor sie in Ohnmacht fielen – weil sie es sonst nicht tun würden. Aber sie vergaß jeden Gedanken, als seine Finger ihre Haut berührten und sein Duft – männlich und sexy und ein wenig nach Schweiß –, der nur bei einem heißen Kerl funktionieren konnte, ihr Inneres auf den Kopf stellte und ihre Schenkel zum Beben brachte.

Oh Gott, wer hätte gedacht, dass es tatsächlich möglich war, bebende Oberschenkel zu haben?

»Also, was denkst du?«, fragte er mit diesem langsamen Tonfall, den er im Effeff beherrschte.

Also, wenn sie nachdenken müsste, würde sie denken, dass er mit Abstand der heißeste Kerl war, von dem sie jemals umarmt worden war. Und dass sie seine Arme nie wieder verlassen wollte. Und dass sie *ihn* definitiv nie vergessen würde, falls sie jemals das Glück haben sollte, die Nacht mit ihm zu verbringen.

»Ähm, beeindruckend.«

Oh Mann, dieses Grinsen. Und diese Grübchen. Der Kerl war pure Fantasie, die zum Leben erwachte.

»Ich fasse das als Kompliment auf.«

Das sollte er auch.

»Immerhin könnte mein Ego eine kleine Streicheleinheit gebrauchen«, fügte er hinzu.

Sie würde sich als Erste freiwillig melden. Oh, warte. Ego.

»Vor allem, nachdem du mir davongelaufen bist.«

Es dauerte ein paar Sekunden, bis sie seine Worte verstand. Und selbst dann ergaben sie keinen Sinn. »Ähm, was?«

»Nun, ja. Ich meine, ich bin es nicht gerade gewohnt, dass Frauen abhauen, ohne auch nur ›Guten Morgen‹ zu sagen. Anstand, weißt du?«

Äh, nein. Wusste sie nicht. »Anstand?«

Er lehnte sich vor, und ihre Haut zitterte, als er ihr ins Ohr flüsterte. »Erinnerst du dich etwa gar nicht mehr daran, dass ich dich vor zwei Wochen nach der Party mit in mein Zimmer genommen habe?«

Oh. Mein. Gott.

Heilige Scheiße.

Unglaublich.

Mr. Sexy Cowboy Gage war Mr. Knackarsch?

Vier.

Interessant, dass Ms. Lara Cavallo keine schlagfertige Antwort parat hatte. Das bedeutete entweder, dass er sie verärgert hatte, es ihr egal war oder sie nicht erwartet hatte, dass er sie auf ihren groben Bruch in der Etikette ansprechen würde.

»Wie viel für einen Lapdance?« Eine der Frauen steckte einen Zwanziger in das Fischglas mit den Visitenkarten.

Lara versteifte sich neben ihm.

Gage entschied sich für ›verärgert‹.

Er verstärkte seinen Griff. Sie würde nirgendwo hingehen, ehe er ein paar Antworten bekommen hatte.

»Ich zahle das Doppelte.« Eine andere Frau stopfte noch mehr Scheine in das Fischglas.

Dann zogen auch anderen Frauen nach.

Gage musste dem ein Ende setzen. Der schnellste Weg, von der Messe geworfen zu werden, war, einen Aufstand anzuzetteln. Die Organisatoren hatten in seinem Vertrag ausdrücklich festgehalten, dass nur Werbung gemacht werden durfte. *Keine Show*. Als ob eine Gruppe männlicher Tänzer – die nicht tanzten – ein Haufen Gigolos wären. Er würde jede Telefonnummer in diesem Fischglas darauf verwetten, dass Lara keine Verzichtserklärung für den Verkauf von sexuellen Diensten hatte unterschreiben müssen.

Er warf einen Blick auf ihr T-Shirt. *Ihre* Cupcakes ließen ihn definitiv an Sex denken.

Er schnaubte. Gott, war er wirklich so sehr mit sich selbst beschäftigt, dass er nicht damit umgehen konnte, dass eine Frau ihm davonlief? Musste er sich wirklich selbst beweisen, dass er sie um den Finger wickeln konnte?

Anscheinend schon.

Er setzte die Schachtel ab, griff dann mit der freien Hand das Fischglas vom Stand und klemmte es zwischen seine Knie. Er wollte Lara nicht loslassen.

Er fischte das Geld heraus und reichte es zurück. »Tut mir leid, Ladys, aber wir sind nur zu Werbezwecken hier. Nicht zur Unterhaltung.« Und er hatte es wirklich nicht nötig, dass Lara beim ersten Mal, als er mit ihr zusammen war – nun ja, beim ersten Mal, als sie *nüchtern* zusammen waren – so eine Show erlebte. Leslie hatte die Aufmerksamkeit, die ihm all die anderen Frauen entgegenbrachten, nur fünf Monate lang ertragen können.

Eine Frau zog ihren Zwanziger über ihre Lippen. »Oh, ich weiß nicht. Dich nur anzuschauen ist verdammt unterhaltsam.«

Wenn Lara neben ihm noch steifer würde, würde er denken, sie wäre tot. Ihre großen, wunderschönen dunklen Augen trugen auch nicht gerade dazu bei, diesen Eindruck zu verdrängen.

Zum Glück tauchten Murph und Tanner wieder auf, und als sie das Gedränge bemerkten, kamen sie von hinten auf den Stand.

»Mensch, Boss, wir lassen dich ein paar Minuten allein und du lockst sie an wie der Rattenfänger.« Tanner nahm seine Fliege auf und klemmte sie um seinen Hals.

»Jungs, könnt ihr hier übernehmen? Ich muss ein paar Worte mit Lara wechseln.«

»Klar doch. Mach, was du willst.«

Dazu würde es zwar nicht kommen, aber er nahm, was er konnte.

»Lara?« Er wies mit seiner freien Hand auf die Öffnung an der Rückseite des Standes. Auf keinen Fall wollte er sie loslassen. »Wollen wir?«

Sie sah ihn mit zusammengekniffenen Augen an. »Wollen wir was?«

Ah, die Möglichkeiten, die diese Frage eröffnete. Er konnte sich ein Lächeln nicht verkneifen. »Nun, ich dachte eigentlich, wir fangen damit an, über diese Nacht zu sprechen. Danach bin ich offen für alles, was du willst.«

Sie sagte nichts, begann aber, auf die Öffnung zuzugehen.

Er schnappte sich zwei der Klappstühle aus dem hinteren Teil des Standes – dafür musste er sie loslassen, aber zum Glück flüchtete sie nicht.

»Lass uns da rübergehen.« Er nickte in die hintere Ecke der Halle, wo bereits einige Versandcontainer für den Abbau der Veranstaltung bereitstanden. Er wollte für dieses Gespräch Privatsphäre, und angesichts der Röte, die auf ihren Wangen brannte, dachte er, dass sie das auch wollte.

Er führte sie in eine ruhige Ecke und stellte dann die Stühle auf. »Setz dich.«

Sie setzte sich, hatte aber immer noch nichts gesagt.

Er hatte kein gutes Gefühl bei dieser Sache. »Ist alles in Ordnung?«

»Hm?« Sie schüttelte den Kopf. »Ich bin mir nicht sicher.«

»Läuft die Messe gut für dich? Ich dachte, die Frauen interessieren sich für dein Angebot.«

»Nicht so sehr wie für deins.«

Ah, das Feuer war zurück. Er lächelte. »Na ja, Frauen stehen im Zweifel eher auf knackige Kerle als auf Cupcakes.«

»Sieht so aus.«

Und schon war das Feuer wieder aus.

Sie erröte jetzt noch mehr als zuvor. Mann, war sie eine Wucht. Ihre dunklen Wimpern umrahmten Augen, die so schwarz waren, dass er sich in ihren Tiefen verlieren konnte, und ihre schwarzen Locken lagen um ihren Kopf, als wäre sie gerade nach einer leidenschaftlichen Nacht aufgewacht.

Was würde er nicht dafür geben, das am eigenen Leib zu erfahren. Sie war schon weg gewesen, bevor er sie an diesem Morgen gesehen hatte. »Also, warum bist du abgehauen?«

Mist. Er hatte nicht vorgehabt, das einfach so rausplatzen zu lassen, aber, ja, sein Ego hatte Probleme damit.

Als sie ihre Unterlippe befeuchtete, reagierte seine Libido.

»Ich ... ähm.« Sie zuckte mit den Schultern. »Ich war mir nicht sicher, wie das Protokoll lautet. Das war das erste Mal, dass ich so etwas gemacht habe.«

Er wusste nicht, wie es möglich war, dass ihre Wangen noch röter werden konnten.

»Das erste Mal? Wofür? Bewusstlos im Bett eines Mannes zu landen?«

»Musst du es so brutal ausdrücken?«

»Brutal? Es sind nur Fakten. Du bist in meinem Arm einfach eingeschlafen, quasi ins Koma gefallen – genau genommen schon im Fahrstuhl, im Stehen! Dich in mein Bett zu tragen, war vielleicht nicht das, was ich hätte tun sollen.«

»Warum hast du es dann getan?«

»Na hätte ich dich im Aufzug lassen sollen?«

»Nein, ich meine, warum hast du mich nicht einfach in mein Zimmer gebracht? Das wäre doch das Anständigste gewesen.«

»Cupcake, ich hatte in dieser Nacht keine anständigen Gedanken. Und du auch nicht. Nicht mit der Art, wie du mit mir getanzt hast. Dann hast du dich praktisch an meinen Hals geworfen, als wir den Club verließen. Außerdem wusste ich deine Zimmernummer nicht und du warst nicht in der Verfassung, sie mir zu sagen.«

Lara biss sich auf die Unterlippe und sah weg, blinzelte, als hätte sie etwas im Auge – als wäre sie kurz davor, gleich richtig loszuheulen.

Shit. »Du hast noch nie einen Kerl abgeschleppt, oder?«

Sie schüttelte den Kopf.

Kein Wunder, dass sie geflüchtet war und sich sehr unwohl fühlte.

»Du weißt, dass zwischen uns nichts passiert ist, oder?«

»Wirklich?«

Die Hoffnung in ihrer Stimme und die Erleichterung in ihrem Blick hätten ihm die Füße weggezogen, wenn er nicht schon sitzen würde. Das tat weh, verdammt noch mal. Die meisten der Frauen, die ihn anbaggerten, wären einfach nur enttäuscht, wenn zwischen ihnen nichts lief.

»Natürlich nicht. Ich ziehe die Grenze beim Ausnutzen von komatösen Opfern.«

Sie wurde wieder rot. »Ich bin es nicht gewohnt, so viel zu trinken.«

»Das habe ich mir gedacht.« Er begann, sein Hemd zuzuknöpfen, weil er sich in ihrer Nähe ein wenig zu entblößt fühlte. Unschuld und sexy waren eine verführerische Kombination, aber angesichts ihres Mangels an, äh, Enthusiasmus, wollte er nicht in Versuchung geraten. Oder es versuchen, denn er war sich nicht sicher, ob er es überleben würde, noch mehr abgewiesen zu werden, als er es ohnehin schon wurde. »Du solltest in Zukunft vorsichtig sein. Nicht jeder wird so rücksichtsvoll sein, wie ich es war.«

»Vielen Dank dafür.«

»Ich würde ja sagen, es war mir ein Vergnügen, aber um ehrlich zu sein, war es das noch nicht.«

Sie wurde wieder rot.

Daran könnte er sich gewöhnen. Vor allem, wenn sich diese ganze heiße rosa Köstlichkeit auch nach unten ausbreiten würde.

Es half nicht, bei dem Versuch, nicht in Versuchung zu geraten ...

»Ich nehme also an, dass du weggelaufen bist, weil es dir peinlich war?«

Sie schob sich eine Locke, die sich aus ihrem Knoten gelöst hatte, hinters Ohr. »Wie ich schon sagte, habe ich das noch nie gemacht. Ich war mir nicht sicher, wie das Protokoll lautet, und dachte, dass es besser ist, zu gehen.«

»Feigling.«

»Entschuldigung?«

»Oh, Cupcake, Entschuldigung ist nicht das, worum du betteln willst.«

Ihre Kinnlade fiel runter. »Ich weiß nicht, was mich mehr beleidigt. Dieser dumme Spitzname oder deine Arroganz.«

»Egal, solange es dich dazu bringt, ein Gespräch mit mir zu führen, anstatt auf gute Manieren Rücksicht zu nehmen.«

»Ich bin mir nicht sicher, ob ich mit dir reden will.«

»Hey, ich bin mehr als bereit, eine bessere Verwendung für unsere Münder zu finden.«

Sie stand auf. »Du hältst dich wirklich für ein Geschenk Gottes an die Frauen, oder?«

Er griff nach ihrer Hand und verschränkte ihre Finger mit seinen. »Ach, komm schon. Verträgst du kein Necken oder etwas Flirten?«

Sie versuchte, ihre Finger zu befreien, aber er wollte sie nicht loslassen.

»Ist es das, was das war? Tut mir leid, wenn ich dachte, du würdest für das größte Arschloch des Jahres vorsprechen.«

»Nee, das hat Bry schon im Griff.«

»Bry?« Sie zerrte an ihren Fingern.

Er hatte immer noch nicht losgelassen. »Mein Partner. Bryan Lassiter.«

»Du bist homosexuell?«

»Komisch, er hat das Gleiche über dich gesagt. Nein, mein Geschäftspartner. *Die Hingucker*, erinnerst du dich?«

»Das werde ich wohl leider nie vergessen.« Sie sank zurück auf den Stuhl. »Du bist also einer der Stripper?«

»Nein. Mir gehört die Firma. Ich ziehe mich nicht aus.«

Der Blick, den sie ihm zuwarf, hatte vielleicht etwas Ungläubiges an sich, aber Gage hatte das Gefühl, als hätte sie ihn gestreichelt.

»Nicht mehr, meine ich.«

»Du hast also früher ...?«

»Gestrippt? Ja. Ich gebe dir eine Privatvorstellung, wenn du mir nicht glaubst.« Es war einfach zu einfach, sie zu necken.

Und schon wurde sie wieder rot. »Nein danke, nicht nötig.«

»Sicher? Jede der Frauen da hinten würde sterben, um mit dir zu tauschen.«

»Dann geh und rette ein Leben, indem du eine ihrer Fantasien wahr werden lässt. Lass dich von mir nicht aufhalten.« Sie stand wieder auf, nahm ihren Stuhl und klappte ihn zusammen. »Ich sollte an meinen Stand zurückgehen. Danke, dass du an diesem Abend ein Gentleman warst. Es tut mir leid, wenn es dir, äh, Unannehmlichkeiten bereitet hat.«

Nur wenn sie Blaue Hoden als lästig empfand.

Sie reichte ihm den Stuhl. »Und danke für deine Hilfe vorhin. Ich habe eine Menge Anfragen bekommen. Ich hoffe, dass es für dich auch gut läuft.«

Er nahm den Stuhl und lehnte ihn an seinen. »Ich bringe dich zurück.«

»Das ist nicht nötig ...«

»Ein Gentleman führt seine Lady zu ihrem Platz zurück, das gehört sich so.«

»Aber ich bin nicht deine Lady.«

Die Sache war, egal wie schlecht die Idee im Augenblick für seine Lebensplanung war, er wollte diese Frau haben. Er musste diese Frau haben.

Fünf

Alles, was Lara tun konnte, war, ihre Fassung zu bewahren, während er sie zurück zu ihrem Stand begleitete. Zugegeben, sein zugeknöpftes Hemd half, aber alles, woran sie denken konnte, war, dass sie ihn nackt gesehen hatte. Okay, nur seinen Arsch, aber es war ein schöner Arsch gewesen.

»Wie bist du denn auf die Cupcakes gekommen?«

Sie blickte ihn an. Dunkelblondes Haar streifte seinen Kragen und seine aquamarinblauen Augen funkelten, als er sie ansah. Er war wirklich zu hübsch für sein oder jedermanns Wohl.

»Ich habe schon immer gerne gebacken. Ich habe dann einige Kochkurse belegt, und dann haben meine Cousine und ich Cavallo's Cups & Cakes eröffnetet.« Sie verzichtete darauf, die ›Jeff-Jahre‹ zu erwähnen. Das war bei den meisten Gesprächen nicht angebracht, aber besonders nicht bei einem heißen Kerl, der aus Gott-weiß-was für Gründen Interesse an ihr zu haben schien. »Cupcakes sind der neueste Schrei. Ich habe festgestellt, dass Cupcakes den Großteil unseres Geschäfts ausmachen. Sogar Bräute entscheiden sich heute für Cupcakes anstelle der großen, mehrstöckigen Hochzeitstorte. Und wir können sie viel einfacher herstellen und zu einem besseren Preis als traditionelle Torten anbieten. Und sie machen Spaß. Die Menschen entfernen sich von den formellen gesellschaftlichen Ereignissen wie klassische Hochzeiten und entscheiden sich für eine Partyatmosphäre. Cupcakes eignen sich gut für diese Partyatmosphäre. Aber wir machen immer noch Torten. Das wird nie ganz aufhören.«

»Wie die Penis-Torte.«

»Die hast du gesehen, hm?« Sie hatte so gehofft, diesem Gespräch zu entkommen, ohne dass diese Torte erwähnt wurde. Als sie die Torte gebacken hatte, hatte sie sich die ganze Zeit schrecklich gefühlt. Cara hatte sich schlappgelacht, während Lara sich bemüht hatte, den Hodensack realistisch darzustellen.

»Wer war dein Vorbild dafür?«

»Das würdest du gerne wissen, was?« Oh, verdammt. Was war ihr Problem? Sie wollte nichts mit ihm anfangen. Schlimm genug, dass sie ihn schon angemacht hatte, nur um es nicht durchzuziehen – es gab eine weniger schmeichelhafte Bezeichnung für Frauen, die das taten –, sie sollte nicht mit ihm flirten. Diese peinliche Nacht sollte stattdessen besser einfach in Vergessenheit geraten.

»Hey, ich melde mich freiwillig, wenn du noch einen brauchst«, sagte Mr. Sexy mit einem Grinsen, das schelmischer nicht hätte sein können. »Nichts, was du nicht schon gesehen hättest.«

Genaugenommen schon. Sie hatte nur einen flüchtigen Blick auf seine Kehrseite erhascht. »Ich denke, wir haben den Kuchen im Griff, aber danke für das Angebot.«

»Jederzeit, Cupcake.«

»Weißt du, das ist ein wirklich sexistischer Begriff.«

»Ich denke, es ist süß. Voller Zucker und köstlicher Leckereien.«

Nun, wenn er es so sagte ...

Mist. Jetzt begannen ihre Knie weich zu werden.

Zum Glück war sie nur ein paar Schritte von ihrem Stand entfernt. »Nun, danke für die Begleitung. Ich wünsche dir alles Gute für dein Geschäft.«

Er studierte sie, seine blauen Augen verengten sich, während er an seinem Hemdausschnitt kratzte.

Und, ja, ihr Blick folgte seiner Hand, egal wie unklug es war. Aber es war nicht ihre Schuld, dass das Unternehmen des Mannes einen treffenden Namen hatte.

»Wenn du etwas brauchst, weißt du, wie du mich findest.«

»Danke.«

Aber nein danke.

Ja, sie brauchte es. Wollte auch. Aber sie wollte nicht in die Nähe von Mr. Sexy Cowboy Gage kommen. Sie sollte immun sein. Jeff war schließlich auch charmant und hinreißend gewesen und wusste, wie man eine Frau umgarnt. *Jede* Frau. Das war das Problem gewesen.

Was der Grund war, warum sie sich von Typen fernhielt. Besonders von wirklich heißen, charmanten.

Er berührte mit zwei Fingern die Stirn in einem schnellen Salut, drehte sich auf dem Absatz seines Cowboystiefels und schlenderte mit seinem hüftschwingenden Cowboystil davon.

Ja, ja. Bleib weit, weit weg.

»Wer ist *das*?«, fragte Jesse, die Atemlosigkeit in ihrer Stimme war etwas, das Lara vollkommen nachvollziehen konnte.

»Ihm gehört *Die Hingucker*.«

»Er *ist* ein *Hingucker*.«

Wie wahr. Lara zwang sich, wegzusehen. Es konnte nichts Gutes dabei herauskommen, wenn man so einem Kerl nachlief. Einem Kerl, dem die Frauen in Scharen hinterherliefen, auf den sie sich stürzten und für den sie, wenn man den Frauen an dem Stand zuhörte, die Männer in ihrem Leben über Bord warfen – alles in der Hoffnung auf eine Nummer im sprichwörtlichen Heu.

Eine, die sie verpasst hatte. »Also, was war los, während ich weg war? Irgendwelche Bestellungen?«

Jesse reichte ihr einen Stapel von Aufträgen. »Hier sind ein paar Anfragen. Die oberste scheint wirklich vielversprechend zu sein. Sie will ein Disney-Thema, und dein Aschenputtel-Schloss war genau das Richtige für sie.«

»Es ist das Schloss Neuschwanstein. Ich kann es nicht so vermarkten, sonst muss ich meinen Gewinn mit ihnen teilen.«

»Oh, Entschuldigung. Es sieht aus wie das Schloss von Aschenputtel.«

Das lag daran, dass ihr Schloss dem bayerischen Märchenkönig Ludwig nachempfunden war. Lara hatte es ihr schon erklärt, aber Jesse hatte es offensichtlich wieder vergessen. Lara konnte deswegen nicht sauer sein; das passierte, wenn man für Messen Aushilfen einstellte. Sie und Cara waren noch nicht so weit, dass sie feste Mitarbeiter einstellen konnten; sie konnten gerade mal die Betriebskosten für ihren Laden und die Raten für die Ausrüstung decken. Aber wenn sie weiterhin solche Empfehlungen bekämen, würden sie vielleicht in ein paar Monaten dazu in der Lage sein.

»Wie waren die Geschmacksproben und der Verkauf?« Die Geschmacksproben dienten dazu, potenziellen Kunden eine Kostprobe ihrer Arbeit zu geben und sie zu ermutigen, vor Ort Cupcakes zu kaufen. Sie zählte auf diese Verkäufe, um ihre Teilnahme an der Messe zu finanzieren. Das hatte bei den anderen Messen gut geklappt, und mit Gages Harem sollte es bei dieser noch besser klappen.

»Der Umsatz war großartig. Diese Frauen müssen überall von dir gesprochen haben, denn du bist fast ausverkauft.«

Lara atmete vor Erleichterung auf. Und vor Grauen. Sie hasste es, jemandem verpflichtet zu sein, aber nach dem, was Gage für sie getan hatte, war sie ihm etwas schuldig.

***

Gage scrollte durch die Liste mit seinen Favoriten und drückte auf Anrufen. »Hey, Gina«, sagte er, als sie antwortete. »Du musst mir einen Gefallen tun.«

»Nein, Gage, ich werde kein Kind für dich austragen.«

Er schmunzelte. »Verdammt, Frau, das tut weh.«

»Ja, nun, jemand muss mein Geschlecht vor dir retten.«

Er liebte Gina. Eine harte Nuss, die schon genug gesehen hatte, um sich irgendeinen Scheiß anzuhören. Nicht, dass er ihr das antun würde. Sie waren seit Ewigkeiten befreundet, ohne dass auch nur ansatzweise mehr im Spiel gewesen wäre – was gut war, weil ihm sonst Bry, sein bester Freund und ihr Cousin, in den Arsch getreten hätte. Aber es war schön, so eine Beziehung zu einer Frau zu haben. Jemand der ihm ehrlich die Wahrheit sagte und bei dem er sich nicht fragen musste, ob sie Hintergedanken hatte.

»Eigentlich hatte ich gehofft, du könntest einem anderen Mitglied des schönen Geschlechts aushelfen.«

»Wie? Indem ich sie mit deinem traumhaften Ich verkupple?«

Er konnte hören, wie sie mit den Fingernägeln gegen die Zähne klopfte. Das tat sie nur, wenn sie ungeduldig oder geil war. Und da Letzteres bei ihm nicht der Fall war, dachte er, er käme besser zur Sache. »Nein. Ich möchte, dass du bei ihr ein paar Cupcakes für deine große Eröffnung nächstes Wochenende bestellst.«

»Ich habe schon für den Nachtisch gesorgt, Gage.«

»Ich würde es als einen persönlichen Gefallen betrachten.«

Das Klopfen hörte auf. »Wie heiß ist sie?«

»Hm?«

»Du hast mich gehört. Wie heiß ist sie und warum sieht sie nicht, wie heiß du bist?«

»Gina, du hast eine falsche Vorstellung.«

»Uh huh. Du vergisst, dass ich dich kenne, Gage Tomlinson. Wenn es nicht um deine Schwester geht, tust du nur etwas Nettes für eine Frau, wenn du ihr an die Wäsche willst.«

Autsch. Warum war das der Eindruck, den sie von ihm hatte? Sie irrte sich. Sicher, er war so geil wie jeder andere Kerl, aber er behandelte die Frauen in seinem Leben mit Respekt. Ob sie ihn nun an die Wäsche ließen oder nicht. Lara eingeschlossen. »Hey, so schlimm bin ich gar nicht.«

»Nein, eigentlich habe ich gehört, dass du ziemlich gut bist. ›Spektakulär‹ war das Wort, das sie benutzt hat, glaube ich.«

»Sie?« Hatte Gina mit Lara gesprochen?

»Oh nein, du wirst keine Namen aus mir herausbekommen. Sagen wir einfach, einige deiner Abgelegten haben sich entschieden, sich auszutauschen.«

»Ihr vergleicht?« Frauen. Er musste ernsthaft sein Vorgehen ihnen gegenüber überdenken, wenn seine Fähigkeiten ein Gesprächsthema waren. Es erstaunte ihn immer wieder, wie wenig er wirklich über das schöne Geschlecht wusste – und je wissen würde.

»Vergiss nicht, Gage, ich habe nichts zum Vergleichen.«

Bei jeder anderen Frau würde er das für eine Beschwerde auffassen. Aber nicht bei Gina. Sie bevorzugte ihre Jungs rasiert und ohne Eier, damit sie die Zügel in der Hand hielt.

»Aber, hey, danke, dass du sie zufriedenstellst. Ich wünschte nur, deine Frauen hätten nicht das Bedürfnis, zu teilen.«

Ja, der Meinung war er nach diesem peinlichen Telefonat auch. »Hör zu, Gina, Lara hat gerade ihre eigene Konditorei eröffnet und könnte das Geschäft wirklich gebrauchen. Sie hat mir mit Empfehlungen auf dieser Messe geholfen und ich würde mich gerne revanchieren.«

»Ich habe bereits Essen bestellt, Gage. Und obwohl du mir einen tollen Rabatt auf die Show gibst, sprengt diese Eröffnung bereits das Budget. Es ist nichts mehr übrig, um dir zu helfen, den Helden zu spielen.«

»Bist du grausam. *Ich* bezahle für die Cupcakes; ich möchte nur, dass du sie bestellst. Alles, was du tun musst, ist, sicherzustellen, dass Lara die Bestellung bekommt und persönlich ausgibt. Oh, und erwähne mich nicht.«

»Schon klar. Wenn du dir so viel Mühe gibst, dass sie den Job bekommt, willst du offensichtlich nicht, dass die Frau weiß, dass sie in deiner Schuld steht. Wirst du ihr den Preis sagen, wenn sie es herausfindet? Denn du weißt, dass sie das tun wird; das tun wir immer.«

Jetzt sprach Gina aus eigener Erfahrung. Er und Bry hatten alle Hände voll zu tun gehabt, als sie das erste und einzige Mal auf ihr Herz gehört hatte.

Der Typ hatte es definitiv bereut, es ihr gebrochen zu haben. Vor allem, als sie ihm die Nase gebrochen hatten.

»Es gibt keinen Preis, okay? Ich helfe nur jemandem, der mir geholfen hat. Wirst du es tun?«

»Natürlich werde ich das. Aber du wirst mir was schulden.«

»Alles, Gina.«

»Ah, Gage, führ mich nicht in Versuchung. Da ist diese Vergleichssache, weißt du.«

Er liebte Gina und ihren Sarkasmus. Er konnte sich immer auf sie verlassen, wenn es darum ging. »Kein Problem, Schätzchen. Es ist ja nicht so, dass ich dich in Versuchung führen könnte.«

***

Gina legte auf und seufzte. Lang und laut und völlig niedergeschlagen.

Gage hatte wirklich keine Ahnung. Sie war schon seit Jahren in Versuchung geführt. Aber sie war nicht der Plastik-Barbie-Typ, auf den er stand. Und da er nichts für sie empfand, war es besser, seine Freundin zu sein als eine Ex mit gebrochenem Herzen, die ihm für den Rest ihres Lebens nachtrauerte.

Aber, ja, sie wollte diese Cupcake-Tussi abchecken.

Sechs

Lara sah Gage für den Rest der Messe nicht mehr, aber sie hörte jede Frau, die an ihrem Stand vorbeikam, von ihm reden. Es schien, dass *Die Hingucker* der Höhepunkt der Messe waren. Sie konnte es den Frauen nicht verübeln; wenn sie nicht an ihrem Stand sein müsste, würde sie auch die Jungs abchecken.

Super, jetzt sie war auch noch auf das Anschauen irgendwelcher Stripper fixiert.

Wann war ihr Leben so den Bach runtergegangen? Wann waren *Die Hingucker* ihre einzige Chance auf etwas geworden, das auch nur im Entferntesten nach Romantik und Sex aussah?

Und sogar das hatte sie vermasselt.

Gott, sie hatte in seinen Armen das Bewusstsein verloren. Im Fahrstuhl. Sie hatte es nicht mal bis zu seinem Bett geschafft.

Jeff würde einen Herzinfarkt bekommen, wenn er jemals von diesem kleinen Vorfall erfahren würde. Seine Ex hätte sich fast mit einem Stripper eingelassen. Oder würde er den Begriff *exotischer Tänzer* vorziehen? So oder so, es würde ihn entsetzen. Er hatte sie langweilig genannt. Gesagt, sie sei im Schlafzimmer nicht experimentierfreudig. Würde ihn das nicht überraschen?

Lara musste bei dem Gedanken kichern. Wenn es nicht so furchtbar peinlich wäre, würde sie es vielleicht selbst weitererzählen.

Aber Gott sei Dank hatte es keines der Mädchen auf der Party mitbekommen. Sie wollte nicht nur, dass Jeff davon keinen Wind bekam, sondern auch, dass jemand anderes über ihr peinliches Erlebnis redete. Es war schon schlimm genug, dass Gage es wusste.

Und, oh Gott, wem auch immer er es erzählt hatte. Kerle taten das, nicht wahr? Redeten über ihre Eroberungen?

Benutzte überhaupt noch jemand den Begriff ›Eroberungen‹?

Lara öffnete schnell den letzten Karton und ordnete die letzten anderthalb Dutzend Cupcakes auf einer Platte auf dem Stand neu an. *Denk an die Cupcakes. Denk an die Präsentation.* Nicht *an das, was Gage zu bieten hat oder an die Show, die er vorhin abgezogen hat.*

Ihr Handy klingelte und rettete sie davor, sich weiter mit ihren Gedanken zu quälen.

»Hey, Cara, was gibt's?«

»Ich wollte dich nur wissen lassen, dass Mrs. Applebaum uns fünfzehn Prozent Trinkgeld gegeben hat.«

»Hey, super!« Mrs. Applebaum war dafür bekannt, dass sie mit dem Trinkgeld geizte, also waren die üblichen fünfzehn von ihr wie fünfundzwanzig von jemand anderem.

»Nein, das ist nicht super. Die Frau *sollte* uns so viel Trinkgeld geben. Ich sage dir, wir erhöhen bei der nächsten Veranstaltung ihren Preis.«

»Das können wir nicht tun; sie wird nie wieder zurückkommen.«

»Oh ja, das wird sie. Sie plant die Abschlussfeier ihres Sohnes und – halt dich fest – sie will eine Nachbildung seines Colleges. Wir können ihr dafür einen Haufen Geld berechnen und sie wird es gerne bezahlen.«

»Ich weiß nicht, Cara, es scheint nur ...«

»Willst du den zweiten Mixer in Industriegröße mit allen Aufsätzen oder nicht?«

Cara hatte recht. Dieses eine Gerät würde ihnen das Leben erheblich erleichtern.

»Okay, aber wir können den Preis nur um fünf Prozent erhöhen.«

»Fünfzehn.«

»Das ist zu viel.«

»Und deshalb musst du die Preisgestaltung mir überlassen. Ich habe ihr bereits ein Angebot gemacht, und sie hat zugestimmt.«

»Ist das dein Ernst?«

»Ich mache keine Witze über das Geschäft, Lara. Deshalb kümmerst du dich ums Kreative und ich mich um den Papierkram. Ich will diese Kredite in der Hälfte der Zeit abbezahlt haben. Ich dachte, das willst du auch.«

Da hatte sie nicht unrecht. Denn dann könnte sie endlich aufhören, Jeffs Unterhaltszahlungen zu nehmen.

Das war ein weiterer Bereich, in dem sie und Cara sich nicht einig waren, aber das ging Cara nichts an. Es ging auch *Cavallo's Cups &*

Cakes nichts an. Als sie die Scheidungspapiere unterschrieben hatten, hatte Jeff sie als Klotz am Bein bezeichnet, ein Mantra, das er mit jedem dummen Post-It wiederholte, das er jedem Unterhaltsscheck beilegte.

Es war ihr egal, dass das Gesetz besagte, dass ihr dieses Geld zustand. Sie wollte mit Jeff abschließen, mehr noch, als er mit ihr abschließen wollte. Sie hatte seinen Nachnamen an dem Tag abgelegt, an dem er ausgezogen war. Und jetzt, unter ihrem eigenen Namen, wollte sie ihm – und sich selbst – beweisen, dass sie kein Klotz am Bein war. Dass sie nicht nur für sich selbst sorgen konnte, sondern dabei auch erfolgreich war.

Die Scheidung hatte ihr Selbstwertgefühl in Fetzen gerissen. Als er nach der Hochzeit gewollt hatte, dass sie zu Hause war und sich um ihn und das Haus kümmerte, hatte sie ihren Job als Restaurantkritikerin für die Lokalzeitung so bereitwillig aufgegeben. »Es ist für die Frau eines Anwalts nicht gut, einen so unwichtigen Job zu haben«, hatte er gesagt.

Unwichtig? Sie hatte ihren Job geliebt. Sie hatte etwas bewirkt. Einige Restaurants hatten nach ihren Kritiken einen Aufschwung erlebt.

Aber in Jeffs großem Plan für ihre Zukunft sollte sie die perfekte Gastgeberin sein, die zu Hause blieb und die Kinder großzog, denn seine Karriere würde dafür sorgen, dass es ihnen an nichts fehlte.

Und da sie zu Hause bei den zukünftigen Kindern sein wollte und er mit ihren unterschiedlich hohen Einkommen recht gehabt hatte, hatte sie ihren Job gekündigt und sich dem Country-Club angeschlossen. Außerdem hatte sie gelernt, wie man Blumen arrangierte und die besten Cocktailpartys veranstaltete, um ihm das Image zu geben, das er sich gewünscht hatte.

Und dann hatte der Bastard sie in dem Moment abserviert, in dem er Partner wurde.

Also ja, sie würde sein Geld nehmen, aber nur so lange, bis ihr Unternehmen genug Gewinn abwerfen würde. Und wenn die Hälfte der Kunden, die sich heute in ihre E-Mail-Liste eingetragen hatten, bei ihr bestellen würden, wäre sie auf dem besten Weg.

»Lara? Bist du da?«

»Ja.«

»Du bist also bei diesem Projekt mit an Bord?«

Lara stapelte die leeren Platten und legte sie in die Aufbewahrungsbox unter dem Stand. »Natürlich. Ich werde heute Abend, wenn ich zurück bin, recherchieren. Bilder und so weiter von der Schule.«

»Gut. Ich schicke ihr den Vertrag raus. Wir müssen zuschlagen, solange das Eisen noch heiß ist.«

»Schlechter Vergleich, Cara.«

»Wie ich schon sagte, du bist die Kreative. Also, wie ist die Messe gelaufen?«

Während sie den Stand abbaute und ihr Dekorationsmaterial, die Tischdecken und die Beschilderung zusammenpackte, erzählte sie Cara von dem großen Ansturm auf den Stand, vermied es aber tunlichst, Gage zu erwähnen. Kein Grund, ein empfindliches Thema anzusprechen, von dem Cara nicht unbedingt wissen musste.

»Großartig«, sagte Cara. »Ich fange mit den Anrufen an, sobald du zurück bist. Du wirst anfangen wollen, unser Inventar aufzustocken. Vergiss nicht, wir sind einer der Sponsoren für die Benefizveranstaltung an diesem Wochenende.«

Das war typisch Cara, ganz Business. Lara betrachtete ihre Torten nie als Produkt. Jede Torte war ein individuelles, persönliches Erlebnis für den Käufer und Lara war sich dessen immer sehr bewusst. Stolz auf ihre Arbeit zu sein war ihr Motto; das war es, was ihre Torten so besonders machte und die Kunden immer wieder zu ihr zurückbrachte. Wie Mrs. Applebaum oder die Leute, die heute ihre Cupcakes probiert hatten.

Würde es auch Gage zurückbringen?

Oh, Gott. Sie sollt nicht darüber nachdenken. Sie wollte ihn nicht zurück.

Lügnerin.

Nein, sie hatte nicht gelogen. Sicher, die Aufmerksamkeit, die er ihr geschenkt hatte, war nett gewesen, aber sie war doch nur gespielt, und außerdem war sie völlig geschockt gewesen, als er ihr eröffnet hatte, dass sie sich schon kannten. Hemmungsloser Sex mit ihm mochte zwar gut klingen, aber sie war einfach nicht die richtige Person dafür. Sie war vielleicht nicht langweilig, aber definitiv auch keine Frau für einen Stripper, der so heiß war, dass man in seiner Nähe wie Schokolade schmolz. Zwar war ihr in seiner Nähe schon warm geworden, aber das musste hauptsächlich am Wetter gelegen haben.

»Es klingt jedenfalls so, als wäre die Messe erfolgreich gewesen. Und der Verkauf aller Cupcakes beschert uns einen Gewinn von dreiundzwanzig Prozent, was zwölf Prozent über unserem Durchschnitt liegt.« Cara tippte Zahlen so schnell in den Taschenrechner ein, wie sie sprach. »Was glaubst du, hat dieses Mal den Unterschied ausgemacht?«

Gage. Aber sie konnten ihn sich niemals leisten – nicht beruflich und schon gar nicht privat.

»Ich denke, es waren die vielen Besucher, Cara. Es gab ziemlich viel Werbung für diese Messe und es war eine Menge los. Sagst du nicht immer, es kommt auch auf die Menge an?«

»Ja. Wenn man genug Gelegenheiten bekommt, trifft man immer jemanden, der interessiert ist. Schade, dass wir es nicht genauer sagen können. Ich hasse es, mich auf die Bemühungen des Messeveranstalters verlassen zu müssen. Wir müssen uns etwas einfallen lassen, um mehr Leute für unser Geschäft zu interessieren.«

»Okay, Cara, aber ich muss los. Es ist Zeit, abzubauen.« Lara wusste, was den Unterschied ausgemacht hatte, aber sie wollte ihn nicht verraten. Sie brauchten zu Caras Ausgabenposten keinen exotischen Tänzer hinzuzufügen.

Sieben

Gage öffnete die Fliegengittertür zur Wohnung seiner Schwester. »Hey, Schwesterherz, wie geht's ihm?«

Missy schenkte ihm ihr typisches gequältes Lächeln. »Wie immer.«

Das bedeutete, dass Connor darauf brannte, aufzustehen und herumzulaufen, aber die Gipsverbände und die Lähmung ihn daran hinderten.

Gott, der Junge tat ihm so leid. Wenn er könnte, würde er alles auf sich nehmen, damit sein Neffe das nicht müsste. Damit seine Schwester es nicht müsste. Es war schlimm genug, dass Connor angefahren worden und der Fahrer unerkannt geflohen war. Missys erbärmliche Krankenversicherung reichte nicht weit und die Rechnungen kamen viel schneller und waren viel höher, als sie erwartet hatten. Außerdem sah es so aus, als würde Connor dauerhaft eine Betreuung brauchen. Die Kosten waren schwindelerregend, und von ihrem beschissenen Ex hatte sie auch nie einen Cent gesehen. Der Kerl hatte sich aus dem Staub gemacht, bevor Connor geboren worden war.

»Du wolltest ein Kind, nicht ich«, hatte die kaltherzige Antwort gelautet, als sie ihn nach dem Unfall um Hilfe gebeten hatte.

Wäre das Arschloch nicht ständig arbeitslos und mit Möchtegern Hell's Angels am Herumhängen, hätte Gage ihn aufgespürt und die Zahlung in physisch akzeptabler Form herausgeholt.

Aber Missy und Connor brauchten nicht noch mehr Probleme in ihrem Leben. Sie hatten mehr als genug, und *Die Hingucker* waren die beste Möglichkeit, sie alle aus diesem Schlamassel zu befreien.

»Du wirst froh sein, zu hören, dass wir am Wochenende eine Menge Anfragen bekommen haben. Ich habe bereits zwei Auftritte für das nächste Wochenende vereinbart, zusätzlich zum Benefiz.«

Missy lächelte wieder, aber es wirkte genauso gequält. »Ich bin dir so dankbar, Gage.«

»Missy, hör auf.« Er wollte ihre Dankbarkeit nicht. Connor war wie sein eigenes Kind, eine Tatsache, die ihm bewusst geworden war, als er an seinem Krankenhausbett gestanden und Gott angefleht hatte, ihn nicht sterben zu lassen. »Ich habe dir gesagt, ich mache das, um euch zu helfen, nicht um dir noch mehr Kummer zu bereiten. Lass uns den Tag genießen, okay?«

Diesmal war ihr Lächeln etwas weniger gequält. »Er hat sich nach dir erkundigt.«

»Wann tut er das nicht?«

»Oh, Gott. Er hat dein Ego.«

»Daran ist nichts auszusetzen.«

Sie schlug ihm auf den Arm, als er in Connors Zimmer ging, und Gage konnte sich vor Erleichterung kaum auf den Beinen halten. Seit dem Unfall vor drei Monaten war Missy nicht mehr sie selbst gewesen. Naja, ihr altes Ich. Und bei dem, was sie durchgemacht hatten, konnte er es ihr nicht verübeln, aber ihn zu schlagen? Das war seine jüngere Schwester, über die er sich als Teenager so geärgert hatte.

Was würde er nicht dafür geben, wieder so unbeschwerte Tage zu erleben.

Aber es ist, was es ist; er war einfach dankbar, dass er Optionen hatte. Dass Missy und Connor Optionen hatten.

Er ging in Connors winziges, mit Spielzeug vollgestopftes Kinderzimmer und machte einen Bogen um den Rollstuhl, den sie alle drei hassten. »Hey, Kumpel, immer noch am Herumlungern, wie ich sehe.«

»Hi, Onkel Gage«, sagte der Sechsjährige. »Du kennst doch Mom. Eine Bewegung zur Bettkante und sie beobachtet mich mit Argusaugen.«

»Argusaugen? Wo hast du das gehört?« Der Junge wurde viel zu schnell erwachsen. Es schien, als wäre es erst gestern gewesen, dass Missy ihn im Krankenhaus zur Welt gebracht hatte, allein, verängstigt, ohne einen Cent oder ein Diplom in der Tasche. Seitdem hatte sie ihren Abschluss gemacht und ein Abendstudium begonnen, um Rechtsanwaltsgehilfin zu werden, aber Connors Pflege legte das jetzt auf Eis.

»Nicky Pollecco hat es mir erzählt. Sein Vater sagt das immer.«

Nickys Vater sagte ständig eine Menge Dinge, von denen ihn die meisten in Kneipenschlägereien verwickelten.

Gage knirschte mit den Zähnen. Das war's; er würde ein Machtwort sprechen. Missy würde aus dieser Wohnung ausziehen und zu ihm in ihr

Elternhaus ziehen. Er hatte ihr das nicht wegnehmen wollen, den Anschein von Kontrolle in ihrem Leben, aber er würde ihr sagen, dass es am Geld lag, dass sie statt Geld für Miete auszugeben, Connors Arztrechnungen schneller abbezahlen konnten, und sie könnte wieder zur Schule gehen. Es war keine Lüge, und manchmal musste man einfach tun, was man tun musste.

»Also, was spielen wir heute?«

Connor schaute zu Missy, die in der Tür stand. »Es ist alles in Ordnung, Mom.«

Und wieder einmal traf es Gage Mitten ins Herz. Sein Neffe beruhigt seine Mutter. Der Junge sollte draußen sein, auf Bäume klettern und Fahrrad fahren und Nicky Pollecco verprügeln, nicht seine Mutter trösten, indem er so tat, als wäre alles in Ordnung.

Er begann, die Gagen durchzurechnen, die er neben der Benefizveranstaltung, die Gina organisiert hatte, mit den Auftritten des Wochenendes verdienen würde. Das würden einmalige Aufträge sein, und er konnte nicht vorhersagen, was dabei herauskommen würde. Nein, er musste dafür sorgen, dass weiterhin Geld hereinkam, und dafür würde er mindestens drei weitere Auftritte pro Wochenende brauchen. Es wäre großartig, wenn man in einigen der nahe gelegenen Clubs eine Ladies' Night veranstalten könnte, aber bis jetzt bissen die Clubs nicht an. Eine gelegentliche Show brachte Interesse, sagten sie, aber bei einer wöchentlichen Show verging der Reiz zu schnell. Ganz zu schweigen davon, dass die örtliche Handelskammer ihm und jedem Lokal, das auch nur einen Hauch von Interesse zeigte, vorwarf, gegen Anstand und gute Sitten zu verstoßen. Es war genug, um ihn verrückt zu machen.

»Ich will CoD spielen«, sagte Connor, als Missy die Tür schloss.

»Call of Duty? Das glaube ich nicht, Kleiner. Dafür bist du noch ein bisschen zu jung.«

»Aber Nicky spielt es.«

Was für eine Empfehlung. »Das ist mir egal. Nicky ist nicht mein Neffe; sondern du. Du musst nicht so schnell erwachsen werden.«

»Aber was ist, wenn ich es nicht schaffe?« Er bewegte seinen gelähmten Arm mit dem guten, ein Anblick, der Gage immer wieder zu Tränen rührte. Tränen, die er zurückhielt. »Ich will CoD spielen, bevor etwas anderes passiert.«

Scheiße.

Scheiße. Scheiße.

Gages Kehle schnürte sich zu. Connor war von dem Gedanken

besessen gewesen, dass er hätte getötet werden können. Gage und Missy waren das auch, aber es schien Connor in diesen Tagen zu bestimmen. Was, wenn er nicht überlebt hätte? Was, wenn so etwas noch einmal passierte, nur schlimmer? Was, wenn er nicht alle Operationen überstehen würde, die er noch brauchte, um den Schaden zu reparieren?

Gage räusperte sich. Der Psychologe, den sie aufgesucht hatten, hatte gesagt, Connor solle so normal wie möglich behandelt werden, und obwohl sein erster Instinkt war, dem Kind zu geben, was es wollte, wäre das nicht in seinem besten Interesse. Außerdem brauchte Connor den Mist in diesem Videospiel wirklich nicht zu sehen.

»Hey, Con, so darfst du nicht denken. Du wirst die restlichen Operationen haben und es wird dir gut gehen. Du brauchst diese CoD-Bilder nicht in deinem Gehirn, wenn du dich erholst.«

Connor seufzte. »Du wirst eines Tages ein echt nerviger Vater sein, Onkel Gage.«

Wow, noch so ein Treffer mitten ins Herz. Vater. Er konnte sich nicht vorstellen, dass das in nächster Zeit passieren könnte. Connor ging vor, erst dann würde er sich Gedanken darüber machen, mit jemandem eine Beziehung anzufangen und eine Familie zu gründen.

Laras Gesicht kam ihm in den Sinn. Die Wangen rosa vor Verlegenheit.

Irgendwie gefiel ihm die Vorstellung, dass sie nicht mit jedem ins Bett ging. Eigentlich total heuchlerisch, aber ja, es gefiel ihm. Er fragte sich, ob sie Kinder wollte.

Whoa. Jetzt aber mal langsam. Er wusste nicht einmal, ob er Kinder wollte, warum sollte er sich über sie Gedanken machen? Sie konnte ihm kaum ins Gesicht sehen, ganz zu schweigen von der Tatsache, dass sie ihm auf der Messe praktisch davongelaufen war. Er war an ihrem Stand vorbeigekommen, nachdem sie den Stand von *Die Hingucker* abgebaut hatten, aber sie war schon weg gewesen.

Noch deutlicher hätte sie nicht ausdrücken können, dass sie ihn nicht sehen wollte. Das war der Grund, warum er das Cupcake-Angebot abgelehnt hatte, als sie es zum ersten Mal angeboten hatte; er wollte eine Ausrede haben, um sie wiederzusehen, aber sie hatte es unmöglich gemacht, indem sie zu ihm gekommen war.

»Du hast ein komisches Grinsen im Gesicht, Onkel G. Was ist los?«

Der Junge war zu scharfsinnig für sein eigenes Wohl.

»Ich denke nur daran, wohin ich mit dir fahren werde, wenn du mit all deinen Operationen fertig bist.«

»Wohin?« Connor richtete sich mit glänzenden Augen auf.

Gages Herz schmolz dahin. Gott, er liebte diesen Jungen. »Nun, ich dachte, wir fangen mit einem Baseballspiel an. Hotdogs, Eis, Kuchen, das ganze Drum und Dran. Dann nehmen wir uns das Football-Stadion vor. Danach, ich weiß nicht, willst du Kajakfahren gehen? Wildwasser-Rafting? Bergsteigen?«

»Können wir wieder in den Vergnügungspark gehen? Ich will mit der Achterbahn fahren.«

Gages Kehle wurde wieder ganz eng. Connors Unfall war passiert, als sie in den Park fahren wollten, um genau das zu tun. Connor liebte Achterbahnen. »Auf jeden Fall. Wir können so oft mit der Achterbahn fahren, wie du willst.«

»Cool.« Connor lehnte sich zurück und spielte mit dem Rand seines Lakens. »Was ist mit Reiten? Können wir das machen?«

»Ja, klar, wenn du willst.« Gage hatte noch nie auf einem Pferd gesessen, aber was soll‘s. Er würde es mit Connor lernen. Und vielleicht konnte er etwas davon in seine Cowboy-Rolle einbauen.

Lara hatte der Hut gefallen. Ihr hatte das Gesamtpaket gefallen – er hatte gesehen, wie sie ihn beobachtet hatte, als er auf ihren Stand zugekommen war.

Gage dankte dem Himmel für sein Aussehen. Er hatte es immer für selbstverständlich gehalten. Sicher, es half dabei, Frauen anzuziehen, aber da war es ihm eigentlich egal. Aber jetzt, da er ihr Interesse wecken wollte, war er wirklich froh, dass er sich in Form hielt.

»Und woran denkst du jetzt?« Connor tippte ihn mit dem gesunden Arm ans Kinn. »Was sollen wir sonst tun?«

Gage wusste, was er tun wollte ... »Was immer du willst, Con. Lass uns die Operationen hinter uns bringen und ich werde alles tun, was du willst.«

»Sogar CoD spielen?«

»Weißt du was? Du überstehst die Operationen, arbeitest wirklich hart an deiner Therapie, und ich werde mit deiner Mutter darüber reden.« Und das würde er. Dem Tod im echten Leben ins Auge zu sehen, war viel beängstigender und traumatischer, als es in einem Videospiel zu tun.

»Okay, dann schätze ich, kann ich warten. Willst du Schach spielen?«

»Seit wann spielst du Schach?«

»Seit du mir den iPod Touch geschenkt hast, habe ich viele altmodische Spiele gelernt.«

Gage lachte. Altmodisch. Schach gab es schon immer. Es war das Spiel der Könige, aber wenn man ein Kind fragte, wurde es auf altmodisch reduziert.

Man muss die neue Perspektive lieben. Gage war so daran gewöhnt, mit dem Stress und den Ängsten von Connors Zustand umzugehen, dass er manchmal vergaß, zu atmen. Wertzuschätzen, was er hatte und im Hier und Jetzt zu leben.

Das ist es, was er mit Lara versucht hatte. Am letzten Wochenende und nach dem Junggesellinnenabschied. Sicher, es fing als Anmache an, aber als sie die Party mit ihm verlassen hatte, hatte es sich geändert. Er hatte etwas für sie empfunden. Zuneigung, keine Verärgerung. Und dann hatte er ihr das Kleid ausgezogen, und ja, das hatte ihn *sehr* interessiert. Aber als er ihr sein T-Shirt angezogen hatte, hatte sich etwas über ihn gelegt. Etwas Tröstliches. Ein gemeinsamer Moment nur für sie beide, anders als alles, was er bisher mit einer Frau geteilt hatte.

Schade, dass sie nicht bewusst dabei gewesen war. Aber er hatte sie beim Schlafen beobachtet. Die leisen Zuckungen ihres Mundes, die Art, wie sie die Hände unter die Wange gelegt hatte, die leisen Schnarchgeräusche ...

Er hatte noch nie eine Frau beim Schlafen beobachtet. Er hatte nie die Kurve der Wange einer Frau studiert oder das sanfte Heben und Senken ihrer Schultern. Die Art und Weise, wie sie ihr Bein zu ihrer Brust hinaufgezogen hatte. Wie süß und sexy ihr entblößter Schenkel war ...

»Onkel Gage? Geht es dir gut?«

»Ja. Sicher. Warum?«

»Weil du wieder so einen anderen komischen Gesichtsausdruck hattest.«

Lust, Junge.

Nein. Etwas, das ein bisschen mehr als Lust war. Er hatte schon vorher Lust empfunden. Aber er hatte nie etwas Anderes dabei gefühlt.

»Okay, Con, wo ist das Schachbrett? Ich werde dir zeigen, wie gut ich bin und dir dabei in den Hintern treten.«

»Nein, wirst du nicht. Ich bin jetzt wirklich gut, wenn es um Strategie geht.«

In Anbetracht der Tatsache, dass Gage Lara an diesem Wochenende wiedersehen würde – er hatte sie auf der Liste der Sponsoren für die Benefizveranstaltung gesehen –, sah es bei ihm an der Strategiefront auch nicht allzu schlecht aus.

Acht

Gage hievte am Montagmorgen den Rest der Vierkanthölzer auf die Ladefläche seines Pickups und band sie dann für die Fahrt zu dem Pavillon am fünfzehnten Loch fest. Ein Nachteil bei der Arbeit auf einem Golfplatz: Er musste jedes Stück Material vom Lager auf die Baustelle schleppen, anstatt es direkt dorthin liefern zu lassen. Die Besitzer wollten, dass der Pavillon so schnell wie möglich aufgebaut wurde, ohne dass die Mitglieder davon gestört wurden. Folglich musste er sehr früh aufschlagen und vor elf Uhr vormittags alles aufräumen, ehe die Nachmittagsbesucher auftauchten. Was normalerweise ein höchstens einwöchiges Projekt gewesen wäre, war nun mitten in der zweiten Woche und würde wahrscheinlich eine dritte dauern.

Normalerweise würde er sich nicht beschweren, weil der unterbrochene Zeitplan seinen Stundensatz in die Höhe trieb, aber er war nicht in der Lage gewesen, andere Projekte zu beenden, weil er nach der Küchenrenovierung der Whitmans oder dem Kellerumbau der Torringtons nur ein paar Stunden anbieten konnte. Glücklicherweise waren die Kunden mit dem Zeitplan einverstanden, aber seine Rechnungsstellung hing von der Fertigstellung der Aufträge ab. Wären *Die Hingucker* nicht gewesen, hätte er kein Geld, um Rechnungen zu bezahlen. Einige davon waren fällig, darunter eine für Connors Physiotherapie.

Ja, er musste dieses Gespräch mit Missy eher früher als später führen.

Er fuhr die Zufahrtsstraße zum achtzehnten Loch hinunter und lud die Baumaterialien am Pavillon ab. Er musste den Dachstuhl errichten und die Dachplatten und Dacheindeckung anbringen, bevor er die letzten Arbeiten an der Verkleidung und den Wegen erledigen konnte. Höchstens fünf Tage, aber wegen Ginas Party am Freitag würde er wohl erst nächste Woche fertig werden.

Er stellte seine Sägeböcke auf und maß die nächsten vier Dachbalken aus. Er schloss die Säge an den Generator an und wollte sich gerade seine iPod-Ohrstöpsel in die Ohren stecken, als ein früher Golfer mit seinem Golfwagen vorfuhr.

Gage unterdrückte ein spöttisches Grinsen. Golfwagen waren etwas für Opas, die Schwierigkeiten hatten, die achtzehn Löcher zu laufen, aber Typen in den Dreißigern wie dieser? Es würde ihm mit Sicherheit nicht schaden, etwas gegen die beginnende Plauze zu unternehmen.

»Sind Sie der Typ, der dafür verantwortlich ist?«, fragte der Golfer und winkte mit einer behandschuhten Hand auf den Pavillon.

»Technisch gesehen ist es das Management, aber ja, sie haben mich beauftragt, ihn zu bauen.«

»Sie liefern anständige Arbeit.«

Okay, das war jetzt überraschend. Diesem Kerl stand schon *Arschloch* auf die Stirn geschrieben, von der gelb-weißen Argyle-Weste, der hellbraunen Hose, den weißen Schuhen und sogar dem einen Handschuh bis hin zu dem kleinen Ring und der Designer-Schlägertasche, die der Caddy trug, während *er* hinter dem Golfwagen über den Platz lief.

Gott bewahre ihn vor aufgeblasenen, hochnäsigen Arschlöchern.

»Ich habe darüber nachgedacht, einen an meinem Pool bauen zu lassen. Wären Sie daran interessiert, mir einen Kostenvoranschlag zu machen?«

Gott bewahre ihn vor aufgeblasenen, hochnäsigen Arschlöchern, die ihn *nicht* engagieren wollten.

Gage zog eine Visitenkarte aus seiner Gesäßtasche. »Ja, klar. Ich kann das machen. Wann soll er denn fertig sein?«

Der Typ zog ein goldenes Etui aus seiner Brusttasche unter der Weste – war ja klar – und reichte Gage seine Karte. »Ich gebe nächsten Monat eine Party. Ich möchte ihn bis dahin fertig haben. Am Neunten, um genau zu sein. Die Gäste werden gegen vier Uhr eintreffen.«

Gage überprüfte die Adresse. J.C. McCullough in Fox Run Hills. Nobel. Das bedeutete Geld. Als ob er das nicht schon allein an der Ausstrahlung des Kerls hätte erahnen können. »Ich denke, das ist machbar. Sind Sie nachher zu Hause, damit ich mir den Platz ansehen und einen Kostenvoranschlag erstellen kann?«

»Heute passt nicht so gut, aber morgen geht's. Nach sechs.«

Gage ging seinen Terminplan durch. »Sagen wir um sieben, dann sehen wir uns dort.«

»Ausgezeichnet.« Der Mann nickte, dann ging er auf das Loch zu und steckte dem Caddy die Hand für seinen Schläger entgegen.

Gage musste lachen, als er seine Ohrstöpsel einsteckte. Kerle wie J.C. brachten ihn immer zum Lachen. Sie arbeiteten sich auf der Karriereleiter so weit nach oben, mit Assistenten und Caddies und Dienstmädchen und Fahrern, dass er sich fragte, ob sie auch jemanden hatten, der ihnen das Toilettenpapier reichte.

Ah, nun, wer war er, um sich zu beschweren? Das Geld des Mannes war genauso gut wie das von jedem anderen, und diese Sorte Kunde wollte normalerweise Spitzenqualität. Wer es sich leisten konnte – Gage hatte nichts dagegen. Bei den Rabatten, die er auf Premium-Materialien bekommen konnte, arbeitete er jederzeit lieber an einem High-End-Job, weil der Gewinn größer war.

Ein weiteres Projekt, um seine eigene Kasse für Connors Operation aufzustocken.

***

»Hey, wir haben noch einen.« Cara legte den Hörer auf und tanzte, als wäre Bescherung. Jeder Auftrag war ein Geschenk. »Nächsten Freitag. Die Kundin will einen Kuchen mit Beachdeko und ein Riesenrad mit Cupcakes. Unser Riesenrad dreht sich noch, oder?«

Lara riss den Deckel von der Dose mit dem Fondant ab. »Ja, das tut es. Wie viele Leute erwartet sie denn?«

»Etwa 100. Sie hat eine große Eröffnung für ihr Day-Spa. Eine Strandparty mit angekarrtem Sand und so weiter. Sie möchte außerdem, dass du vor Ort bleibst, bis der Kuchen serviert wurde, weil sie die Kaution für das Riesenrad nicht bezahlen will.«

Das Riesenrad war eine große Ausgabe gewesen, aber es sollte das erste Gerät sein, das seine Kosten wieder einspielte. Aus irgendeinem Grund liebten die Leute Cupcakes, die im Kreis fuhren. »Aber meine Zeit ist etwas wert, Cara.«

»Ich weiß. Deshalb habe ich ihr fünfundsiebzig Prozent der Kaution berechnet. Das ist billiger für sie und eine Chance für dich, ihren Gästen unseren Service zu verkaufen und dabei Geld zu verdienen.«

Lara zog sich ein Paar Latexhandschuhe an, damit sie sich nicht ihre Finger einfärbte, wenn sie die Lebensmittelfarbe in den Fondant gab. »Ich kann keine Werbung machen, während ich auf ihrer Veranstaltung arbeite.«

»Sicher kannst du das. Und es ist keine wirkliche Werbung. Du wirst nur da sein, um Fragen über unsere Dienstleistungen zu beantworten, wenn jemand danach fragen sollte. Das ist so, als würdest du Broschüren herumliegen lassen, aber interaktiver. Alles, was du tun musst, ist, du selbst zu sein, und ich garantiere dir, wir werden ein paar neue Aufträge bekommen.«

Lara schüttelte den Kopf. Alles, was sie hatte tun wollen, war backen und kreieren. Menschen zum Lächeln bringen. Deshalb hatte sie sich mit Cara zusammengetan, die Fondant zwar nicht von Buttercreme unterscheiden konnte, aber wusste, wie man Geld verdiente und dafür sorgte, dass die Rechnungen bezahlt wurden.

Sie fügte die Lebensmittelfarbe zum weißen Fondant hinzu. Mrs. Keswicks Einweihungskuchen sollte zu den Fensterläden ihres neuen Hauses passen. Das ging so weit, dass Mrs. Keswick den Bauunternehmer gebeten hatte, ihr einen Fensterladen zu schicken. Lara wollte ihr Bestes tun, damit es passte. »Um wie viel Uhr nächsten Freitag? Ich habe am späten Nachmittag die Geburtstagsparty von Marcella Sloan.«

»Die übernehme ich. Es ist nur eine Lieferung.«

»Nicht ganz, Cara. Es sind einige Vorbereitungen vor Ort nötig.«

»Dann bring es mir bei. Wenn ich mit Zahlen jonglieren kann, bin ich mir sicher, dass ich auch mit Kuchen jonglieren kann.«

»Gut, komm her, dann gebe ich dir eine Lektion im Umgang mit Fondant, denn du musst damit den Boden der Sonnenblumen bedecken.« Die sechsjährige Marcella feierte eine Gartenparty und ihre Mutter wollte, dass die Torte ein Garten *ist*. Ein lebensgroßer, mit Immergrün und Gänseblümchen und Rosen, alles Dinge, die Lara vor der Lieferung anbringen konnte, aber die Sonnenblumen waren ein Fall für sich. Sie hatte die PVC-Halterungen im Boden für die Bambus-›Stängel‹ vorbereitet, aber Cara würde sie vor Ort mit Fondant-›Gras‹ abdecken müssen.

»Gib mir zehn Minuten«, sagte ihre Cousine und zog einen Bleistift hinter ihrem Ohr hervor. »Ich muss der Frau bei der Benefizveranstaltung eine Liste mit Zutaten geben, damit sie sie für Allergiker aushängen kann, und ich muss noch bei einem halben Dutzend der Kontakte, die du von der Messe mitgebracht hast, anrufen und nachfragen.«

Lara brauchte keine zusätzlichen Erinnerungen an die Messe, denn sie konnte Gage nicht aus dem Kopf bekommen. Sie war sogar so weit gegangen, dass sie am Wochenende seine Website besucht hatte. Okay, sie war nicht stolz auf sich, aber was niemand wusste, konnte ihr auch nicht schaden.

Außerdem gab es sowieso kaum Bilder von Gage. Die meisten Videos und Bilder waren von den Jungs. Auf der ›Über uns‹-Seite gab es ein Foto von ihm und seinem Partner, aber sie trugen Businessanzüge und sahen ganz professionell aus. So ein ganz anderes Bild als Mr. Knackarsch.

Lara wischte sich mit dem Unterarm über die Stirn. Sie sollte die Klimaanlage höher stellen. Es war ein ständiger Kampf mit Cara, die Kosten niedrig zu halten und gleichzeitig zu verhindern, dass die Kuchen und Glasuren schmolzen.

Und jetzt auch sie. Sie musste die Gedanken an Gage aus ihrer Backstube fernhalten.

»Und, hast du die Stripper gesehen, als du am Samstag dort warst?« Cara tackerte einen Stapel Papiere zusammen und steckte sie auf ihren Rechnungsspieß. »Ich habe gehört, sie waren der Höhepunkt der Messe.«

»Niemand hat sich ausgezogen.« Während, an dem Samstag ...

Cara grinste sie an. »Hast du hingesehen, ja? Du hast nicht zufällig eine von ihren Nummern bekommen, oder?«

Sie hatte *seine* Nummer bekommen ... »Wofür? Um uns bei der Arbeit zu unterhalten?«

Cara grinste und wackelte mit den Augenbrauen. »Hey, versuch es erst einmal, bevor du es ablehnst.«

Sie *hatte* es versucht – und war dabei eingeschlafen.

Gott, wenn Cara das jemals herausfinden würde, würde sie es ihr immer wieder aufs Brot schmieren.

»Ich habe gehört, dass es die gleiche Truppe war, die auch bei Jennys Junggesellinnenabschied im Club war.«

»Das ist keine große Überraschung. Ich bezweifle, dass diese Stadt mehrere männliche Stripper-Truppen zu bieten hat, also ist es nicht wirklich überraschend, dass es ein und dieselbe ist.«

»Hmmm.« Cara tippte auf ihre Lippe.

»Was?«

»Das waren für deine Verhältnisse ganz schön viele Worte über heiße Typen. Du hast nicht zufällig an deren Stand rumgehangen, oder?«

Lara wischte sich wieder mit dem Unterarm über die Stirn, aber diesmal nicht, um etwas aus ihren Augen zu entfernen. Diesmal ging es nur darum, Cara nicht anzusehen. Sie waren praktisch zusammen aufgewachsen; Cara konnte in ihr lesen wie in einem Buch, und die Röte auf ihren Wangen war ein sicheres Indiz dafür.

»Siehst du den Stapel Visitenkarten?«, fragte Lara, in der Hoffnung, den Spieß umzudrehen. »Was glaubst du denn, wann ich Zeit hatte, die Teilnehmer zu begaffen?«

»Schade. Du musst mehr rauskommen. Sieh dich um. Nur weil Jeff ein Arsch war, heißt das nicht, dass alle Männer so sind.«

»Das von dir? Die Frau, die Männer nach der Größe ihrer Hände kategorisiert?«

»Hey, wenigstens weiß ich, wozu ein Mann gut ist. Das scheinst du vergessen zu haben.«

Oh nein, das hatte sie nicht. Sie hatte den Vorfall in Gages Hotelzimmer jede Minute der letzten sechzehn Tage in HD vor Augen – zumindest alles, an das sie sich erinnerte.

»Ich dachte, wir konzentrieren uns darauf, dieses Geschäft zum Erfolg zu führen? Wer hat schon Zeit für Dates?«

»Dating und Sex müssen nicht Hand in Hand gehen.«

»Weißt du, Cara, nur weil ein Typ für Trinkgeld strippt, heißt das nicht, dass er für alles andere zu haben ist. Das geht auch nicht Hand in Hand.«

Cara tippte wieder auf ihre Lippe, diesmal erschien ein kleines Lächeln.

»Was?«

Caras Lächeln wurde breiter. »Nichts.«

Es war nicht nichts. Lara konnte die Räder in Caras Kopf rattern hören. »Raus mit der Sprache, Cara.«

»Nun, du verwendest unglaublich viele Worte, um über ein Thema zu reden, das wir schon vor Absätzen hätten abschließen können.«

Lara schnaubte. »Stimmt. Dann hättest du dich gewundert, warum ich so wenig sage und mehr daraus gemacht habe, als da ist. Hör zu, Cara, die Typen waren heiß. Natürlich habe ich hingesehen. So wie wir alle auf Jennys Party hingesehen haben. Dafür waren die Jungs *da*. Um angesehen zu werden. Das ist ihr Job. Genau wie das hier«, sie wedelte mit ihrem Nudelholz in der Backstube herum, »unser Job ist. Wenn du also nicht vorhast einen Posten für Unterhaltung am Arbeitsplatz in die Spesenliste aufzunehmen, weiß ich nicht, warum wir weiter darüber reden müssen.«

»Ich habe gehört, dass du Jennys Party früher verlassen hast.«

Verdammt, Cara war schon immer in der Lage gewesen, ohne mit der Wimper zu zucken das Thema zu wechseln.

»Ich sagte doch, ich war müde. Ich hatte an diesem Tag an drei Partys gearbeitet, plus Jennys Torte. Ich war erledigt.«

»Ja, aber Jenny sagte, sie hätte in deinem Zimmer angerufen und du hättest nicht geantwortet.«

Lara zog eine Grimasse. »Sambuca. Der beste Schlaftrunk der Welt.«

»Verdammt. Ich hatte gehofft, du hättest den Kerl, mit dem du getanzt hast, abgeschleppt und eine heiße Nacht lang wilden Sex gehabt.«

Lara konnte sich das Lachen nicht verkneifen. »Ja, ich auch, aber sorry, ich bin einfach nicht so abenteuerlustig.«

Keine dieser Aussagen war eine Lüge. Leider. Sie *wünschte sich* auch, sie hätte heißen, wilden Sex gehabt, aber Gage hatte ihr versichert, dass das nicht passiert war.

Sie war geneigt, ihm zu glauben. Sie hatte noch nie heißen, wilden Sex gehabt, war sich aber ziemlich sicher, dass man am nächsten Morgen ein paar Muskel spüren würde, die man noch nicht kannte.

Sie konnte immer noch nicht glauben, dass er so ein Gentleman gewesen war. Sie hätte es ihm nicht übel genommen, wenn er sie einfach auf dem Flur oder irgendwo auf einer Bank zurückgelassen hätte. Er hätte die Rezeption kontaktieren können, damit dort jemand ihr Zimmer für sie hätte finden könnte, oder er hätte sie zurück in den Club bringen und sie bei ihren Freundinnen lassen können. Aber nein, er hatte sie mit auf sein Zimmer getragen, sonst aber seine Finger von ihr gelassen.

Obwohl er sie ja schon ausgezogen *hatte* ...

Ihre Wangen begannen wieder warm zu werden. Und Cara schaute ein wenig zu genau hin.

»Du hättest es tun sollen, weißt du. Etwas Neues ausprobieren. Nicht alle Typen sind wie Jeff.«

»Ich will nicht über Jeff reden.«

»Das tust du nie.«

»Mit gutem Grund.«

»Ja, aber wenn du dich von ihm so beeinflussen lässt, gibst du ihm Macht. Du wirst nie über ihn hinwegkommen, wenn du ihn nicht exorzierst.«

Sie würde ihn gerne exorzieren. Brennende Handflächen, Erbsensuppe, eine Voodoo-Puppe oder zwei ... »Ich bin über Jeff hinweg, Cara. Glaub mir, er hat keinen Platz mehr in meinem Gehirn.«

»Rede dir das weiter ein und du fängst vielleicht an, es zu glauben. Aber ich habe dich in der Nähe von Kerlen gesehen; du lässt sie alle links liegen. Als Jenny mir erzählte, dass du auf ihrer Party mit einem wirklich heißen Typen getanzt hast, bin ich fast umgefallen.«

»Na, danke für dein Vertrauen.«

»Oh, Süße, ich habe das Vertrauen, dass du sie anziehen kannst. Ich bin mir nur nicht so sicher, ob du erkennst, dass sie sich zu dir angezogen fühlen. Wir müssen wirklich jemanden für dich finden, der dir zurückgibt, was Jeff dir genommen hat. Jemanden, der dir beibringen kann, wie man lebt.«

Bilder von Gage – nackt, Cowboy, flirtend, dieser Gang – blitzten vor Laras Augen auf. Er könnte ihr definitiv ein paar Dinge beibringen.

Sie hielt den ausgerollten Fondant hoch. »Können wir diese Diskussion auf – ach ich weiß nicht –, in zwei Jahren verschieben, bis sich der Laden selbst trägt? Ich habe heute drei Aufträge zu erfüllen und muss noch achthundert Rosenblätter machen. Plus deine Lektion über Fondant.«

»Gut. Wie du willst. Die Arbeit geht vor.«

»Du bist diejenige, die immer davon redet, dass das Geschäftliche an erster Stelle steht, Cara.«

»Und seit wann hörst du auf mich?« Cara winkte ab. »Und wann kommt unsere Praktikantin? Diese Rosenblüten sollten sie eine Weile beschäftigen.«

Sie hatten mit der örtlichen Berufsschule ein Praktikum vereinbart, um die Arbeitskraft zu erhalten, die sie sich im Gegenzug für praktische Erfahrung leisten konnten – kostenlos. Und hoffentlich konnten sie sie einstellen, wenn Jesse die Ausbildung abgeschlossen hatte.

Lara schaute auf die Uhr. »In etwa einer halben Stunde. Also lass mich diese Torten noch mit Fondant überziehen, damit ich alles vorbereiten kann, ehe sie kommt, und dann bringe ich dir bei, was du wissen musst.«

Cara wackelte mit den Augenbrauen. »Aber wer wird *dir* beibringen, was du wissen musst?«

Neun

Gage fuhr die Auffahrt zu J.C. McCulloughs McMansion hinauf. Giebeldach, Feldsteinfassade, professionell angelegt mit einem gepflegten Rasen, der aussah, als könnte man ihn für einen Golfplatz nutzen, und natürlich eine Garage für vier Autos.

Nur vier? Wo hatte der Typ nur seinen Golfwagen geparkt?

Gage stellte seinen Truck hinter der Hecke ab, um ihn von der Straße abzuschirmen. Die meisten gehobenen Häuser hatten so einen Sichtschutz nur für die Bauunternehmer, die sie anheuerten.

Er schnappte sich iPad, Klemmbrett und Maßband, setzte sich die Baseballkappe von Tomlinson Contracting auf den Kopf und stieg aus dem Truck aus. Darin bewahrte er Kleidung zum Wechseln für Kundenbesuche nach einem Arbeitstag auf. Das rote Polohemd und die khakifarbene Hose waren also angemessene Kleidung, und er hatte seine Arbeitsstiefel gegen ein sauberes Paar ausgetauscht, das ebenfalls zu diesem Zweck im Truck lag. Nach einem Tag auf dem Bau mit dreckigen Schuhen durch das Haus von potentiellen Kunden zu stapfen, war das sicherste Mittel, um einen Job zu verlieren.

Er klingelte an McCulloughs Tür und war nicht überrascht, als ihm eine ältere Frau in einem schwarzen Kleid mit weißer Schürze öffnete.

»Hi, ich bin Gage Tomlinson. Ich habe einen Termin bei J.C. McCullough.«

»Ja, Mr. McCullough ist auf der Veranda. Er sagte, das Pooltor ist offen und Sie sollen hindurchgehen.«

Gage biss sich auf die Lippe. Der Dienstboteneingang. Alles klar.

Ja, der Kerl war das *Arschloch*, das ihm ins Gesicht geschrieben stand; Gage hatte sich nicht getäuscht.

Egal, das Geld eines Arschlochs war so gut wie das eines jeden anderen.

Er fand McCullough auf einer wunderschönen Steinterrasse, er las die Zeitung, aß ein Rib-Eye-Steak und hatte ein Glas mit einer bernsteinfarbenen Flüssigkeit neben sich stehen. Was würde Gage nicht alles geben, um sich so ein Haus leisten zu können. Der Pool sah aus wie ein privater Teich, komplett mit einem Wasserfall und einem Whirlpool, der Wunder für Connors Physiotherapie bewirken würde, und die Terrasse hatte einen eingebauten Kochbereich mit einem holzbefeuerten Pizzaofen. Das Poolhaus, komplett mit Bar, war der perfekte Party-Treffpunkt. McCulloughs Party am Neunten würde der Hammer werden.

»Tomlinson.« McCullough setzte seine Gabel ab und faltete seine Zeitung zusammen. »Danke fürs Kommen. Wie Sie sehen können, gibt es nur einen Platz für den Pavillon. Da drüben.« Er zeigte auf die linke Seite des Pools. »Ich hätte gern sechs bis acht Sitzplätze, wenn das möglich ist.«

Die richtige Menge an Geld konnte alles möglich machen.

Gage löste sein Maßband vom Gürtel und hoffte, dass die Bewegung das Knurren seines Magens überdeckte. Mittagessen war schon lange her, und das Steak roch köstlich. »Lassen Sie mich ein paar Maße nehmen, dann reden wir weiter.«

McCullough nickte, schlug die Zeitung auf und aß weiter sein Abendessen.

Gage nahm die Maße und legte sie über die Bilder, die er mit seinem iPad aufnahm, um McCullough eine vorläufige Vorstellung davon zu geben, was er vorschlagen würde. Er hatte festgestellt, dass es die Erwartungen des Kunden besser erfüllte, wenn er eine individuelle Darstellung erhielt.

Gage ließ sich Zeit, wollte die räumlichen Verhältnisse richtig hinbekommen, dem Kerl aber auch die Chance geben, sein Essen zu beenden, – auf das Essen eines Kunden zu sabbern, war bestimmt auch eine Möglichkeit, einen Job zu verlieren.

Als McCullough seine Gabel ablegte, ging Gage zu ihm zurück und setzte sich an den Tisch. Er legte das Tablet mit seinem Modell vor McCullough. »Wie wäre es damit? Wir nehmen die gleichen Steine wie bei der Terrasse und nutzen sie auch für die Grundmauern und Dachstützen. Ich werde Hohlblocksteine für das Innere verwenden und sie dann mit dem Stein verkleiden. Ich nehme an, Sie wollen, dass das Dach zum Poolhaus passt, richtig? Schiefer ist ein großartiges Material für diese Art Bauwerke.«

»Natürlich. Ich will das Beste.«

War schon klar. Gage verkniff sich das Lächeln. Der Typ wollte definitiv damit angeben oder mit den anderen mithalten – was Gage nur recht war. Je edler das Design, desto größer der Gewinn. »Dann also Schiefer. Das hilft auch beim Unterhalt, denn der Aufwand ist minimal. Eine größere Investition am Anfang, aber das gleicht sich auf lange Sicht aus.«

McCullough nahm einen Schluck aus seinem Schnapsglas. Es musste Brandy sein; ein Typ wie er würde Brandy zu seinem Essen trinken. Wahrscheinlich brachte er den Portwein und die Zigarren zum Dessert heraus. »Geld ist nicht das Problem. Zeit und Aussehen schon. Das ist meine Verlobungsparty, und ich möchte, dass sie für meine Verlobte perfekt ist.«

Gage hatte das komische Gefühl, dass Aussehen und ›Geld-ist-kein-Problem‹ viel wichtiger für die Verlobung waren als der Pavillon.

Gott, war er zynisch. Warum konnte der Kerl nicht eine Verlobte haben, die ihn für das liebte, was er war, und nicht für sein Geld?

Weil dieser Typ ungefähr so liebenswert war, wie die schmiedeeisernen Möbel, auf denen er saß.

»Okay, ich habe, was ich brauche. Ich werde einen Kostenvoranschlag ausarbeiten und es Ihnen bis morgen Nachmittag per E-Mail schicken. Klingt das gut?«

McCullough nickte und schlug die Zeitung wieder auf. »Ich freue mich schon darauf.«

Er wollte ihm zum Abschied also nicht mal die Hand schütteln.

Zehn

»Bereit, sie mit deinen Cupcakes zu verzaubern, Cousinchen?« Cara steckte den Stecker des Riesenrads in die Kabelleiste, die zwischen den Ständen der Wohltätigkeitsveranstaltung in der Mitte des Fußballfeldes des Gemeindezentrums verlegt war.

Lara musste dem Drang widerstehen, auf ihre *Cupcakes* zu schauen. Sie konnte immer noch Gages neckischen Tonfall hören, als er sie auf der Messe so genannt hatte.

Sie musste sich ein Lächeln verkneifen. Cara würde nachfragen, und nun ja, sie wollte nicht wirklich teilen. Es war schon lange her, dass Flirten Spaß gemacht hatte, und mit Gage machte es das definitiv.

»Lara? Hörst du mir zu, Süße?« Cara stupste sie an. »Ich weiß, dass die Simpson-Party gestern Abend sehr spät geworden ist, aber wir müssen heute fit sein. Es ist unsere bisher größte Veranstaltung.«

»Mir geht's gut. Keine Sorge.« Sie lenkte ihre Gedanken wieder ins Hier und Jetzt, Gage war Geschichte. »Gib mir mal die Muffins mit den Vereinslogos, ja? Ich erwarte, dass sie heute ein großer Hit werden.«

Angesichts der Tatsache, dass die Benefizveranstaltung für einen sechsjährigen Jungen war, dachte sie, dass Sport als Motto eine sichere Sache war.

Weggehen wie heiße Semmeln würden diese tollen Cupcakes sicher. Cupcake. Wie schön das geklungen hatte, wenn Gage das zu ihr gesagt hatte. Oh, Gott. Konnte sie nicht mal an etwas anders denken? Das war schon eine Woche her, und abgesehen von diesem einen schwachen Moment, als sie ihn online nachgeschlagen hatte, hatte sie sich wirklich bemüht, ihn zu vergessen.

Offensichtlich war es ihr nicht gelungen.

Als sie und Cara mit dem restlichen Aufbau des Standes fertig waren, stand davor schon eine Schlange. Essensstände hatten bei

Veranstaltungen immer eine anziehende Wirkung. Lara hatte dafür gesorgt, dass sie die doppelte Menge an Cupcakes mitgebracht hatten, als sie es normalerweise tun würden. Cara hatte neue Broschüren entworfen, um die Aufmerksamkeit der Leute zu erregen, und verteilte sie am Anfang des Standes. In der Mitte verführte Lara die Besucher mit Kostproben, und am Ende lag eine einsame Liste und bettelte um E-Mail-Adressen, die fast jeder gerne ausfüllte.

»Ich muss auf die Toilette«, sagte Cara, als gerade einmal etwas weniger los war. »Meinst du, du kommst allein zurecht?«

»Kein Problem. Ich werde in der Zwischenzeit den Tisch auffüllen. Kannst du mir auf dem Rückweg eine Limonade mitbringen?«

»Sicher. Wir sehen uns gleich.«

Lara beugte sich hinunter, um eine weitere Schachtel mit Muffins zu öffnen. Sie hatte herausgefunden, dass weniger Leute an einen Stand kamen, wenn er spärlich bestückt war, also brachte sie immer mehr mit, als sie dachte, dass sie brauchen würden. Sie hatte sich bisher nur einmal geirrt.

»He da, Cupcake.«

Okay, zweimal.

Lara sah auf. Cowboy Gage stand an ihrem Tisch. Ohne Hut, Chaps oder Stiefel, aber es war definitiv er. Diese aquamarinblauen Augen waren einmalig. Wie auch seine Wirkung auf sie.

Sie widerstand der Versuchung, mit einer Hand durch ihre Locken zu fahren, um sicherzustellen, dass sie halbwegs vernünftig aussah. Durch die Luftfeuchtigkeit war es ohnehin sinnlos, und es gab keinen Grund, die Aufmerksamkeit auf das widerspenstige Durcheinander zu lenken, wenn er in marineblauen Shorts, einem weißen Hemd und einem Lächeln *so* gut aussah.

Gott, dieses Lächeln. Dieser Mann konnte mit seiner Ausstrahlung die Polkappen zum Schmelzen bringen.

»Äh, hi. Machst du – das heißt, macht deine Truppe bei der Benefizveranstaltung mit?« Sie hätte gedacht, dass Stripper für eine Gemeindeveranstaltung zu gewagt sind, aber vielleicht hatten die Organisatoren auf den Anziehungsfaktor gezählt.

»Nein. *Die Hingucker* sind für dieses Publikum nicht gerade geeignet.«

Stimmt. Es war mehr das Sambuca-Junggesellinnenabschied-Publikum, von dem sie – sehr zu ihrem Leidwesen – jetzt ein Teil war.

»Ich bin hier, weil ich der Onkel von Connor bin.«

»Connor Nelson? Der Junge, für den die Benefizveranstaltung ist?« Sie wusste nicht, warum sie überrascht war; Gage hatte sicher das Recht, eine Familie zu haben. Sie hatte ihn nur nicht auf diese Weise betrachtet.

Vielleicht, weil sie in anderer, unpassender Weise an ihn gedacht hatte.

»Ja, Connor ist mein Neffe. Ich gehe zu allen Sponsoren, um mich persönlich dafür zu bedanken, dass sie ihm und meiner Schwester helfen. Sie brauchen es wirklich und schätzen sehr, was du tust. Das tun wir alle.«

Seine Stimme klang jetzt schwerer, aber auf eine Weise, die nichts mit Flirten zu tun hatte, und es brachte sie dazu, ihn trösten zu wollen. Sie griff nach seiner Hand. »Ich bin froh, dass wir helfen können. Ich hoffe, dass alles gut wird, und dass Connor wieder gesund wird.«

Er drückte ihre Finger. »Das *muss* er.«

»Wenn es etwas gibt, was ich tun kann, brauchst du nur zu fragen.«

»Danke. Es war ...« Er sah weg. »Es war hart.«

Lara konnte sich nicht vorstellen, was sie gerade durchmachten. Der Unfall und die Verletzungen waren schon schlimm genug, aber dann der zusätzliche Stress durch die steigenden Arztrechnungen; es war kein Wunder, dass Gage so angespannt war.

Es war auch kein Wunder, warum sie ihn trösten wollte. Trotz all seiner Neckereien und Flirts hatte Gage etwas sehr Echtes an sich. Etwas, das sie ansprach.

Nein, nein, nein. Sie würde diesen Weg nicht noch einmal einschlagen. Sie hatte ein Geschäft, um das sie sich kümmern musste. Ein kaputtes Ego, das sie wieder zusammensetzen musste. Ein Selbstwertgefühl, das wieder aufgebaut werden musste. Von und für sich selbst; *nicht* wegen eines Mannes.

»Hey, willst du einen Cupcake?«

Ihre Frage entlockte ihm ein Lächeln, genau wie sie es beabsichtigt hatte, denn sie hielt ihm einen von den ganz besonders schönen entgegen.

»Rosa und Glitzer? Ist es das, was du von mir denkst?«, fragte er, wobei sein Lächeln eine ganz eigene Art von Verwüstung anrichtete.

»Das ist eigentlich ein winziger Kandiszucker, aber er hat dich zum Lächeln gebracht, oder?«

Und *das* brachte ihn zum Lachen. »Gib ihn mir. Ich bin mir sicher, er schmeckt fantastisch, egal wie du ihn dekoriert hast.« Er entfernte das quietschrosa Papier und nahm einen Bissen.

Sie hätte ihm nicht dabei zusehen sollen.

Er schloss die Augen, während seine Zunge schnell über seine Lippen leckte und er stöhnte. Was hatte sie nur alles in dieser einen betrunkenen Nacht verpasst.

»Wow, Lara. Deine Cupcakes sind spektakulär.«

»Freut mich, äh, dass sie dir gefallen.« Sie ging zurück, um den Tisch weiter aufzufüllen. Und das Riesenrad. Und verdammt, sie legte auch mehr Prospekte aus. Alles, um nicht dabei zuzusehen, wie er die rosa Buttercreme von seinen Lippen leckte.

Darin war sie auch nicht sehr erfolgreich. Vor allem, als er sich die Finger ableckte.

Wo war ihre Cousine mit dieser verdammten Limonade? Lara brauchte sofort eine Abkühlung.

Gage knüllte das Papier zusammen und warf sie – perfekt – in den Mülleimer hinter ihr. »Hey, danke. Für den Cupcake und fürs Mitmachen.«

»Gern geschehen. Wie ich schon sagte, ich hoffe, es hilft.«

»Ich bin sicher, das wird es.«

»Gut.«

»Ja.«

Okay, jetzt war es peinlich. Vor allem, weil er einen winzigen Klecks Buttercreme im Mundwinkel hatte und sie unbedingt diejenige sein wollte, die ihn abschleckte.

»Cupcakes!« Das Kreischen unterbrach den peinlichen Moment, Gott sei Dank. Genauso wie die etwa hundert oder so Kinder, die massenhaft auf ihren Stand zuströmten.

»Ich will die Eagles!«

»Lakers!«

»Nee, gib mir die Cowboys!«

Lara hätte nichts gegen einen gewissen Cowboy ...

Sie lenkte ihre Gedanken von Gage ab und konzentrierte sich auf die hungrigen Kinder, die jedes Team forderten, das sie gebildet hatte, was kein Problem wäre, wenn sie sich hätte merken können, welches Logo zu welchem Team gehörte. Sie mochte zwar Sport, aber das hier überstieg ihr Wissen.

Glücklicherweise sprang Gage ein, um zu helfen, und schnappte sich links und rechts Cupcakes, um die Nachfrage zu befriedigen. »Wer will die Marlins?« Er hielt den Cupcake hoch wie ein Auktionator.

Sechs Kinder hoben die Hand.

»Ich will die Dolphins!«, rief ein anderer.

»Was ist ein Marlin?«, fragte ein anderer.

»Es ist ein Baseball-Team, Dummkopf. Und die Dolphins spielen Football«, erklärte ein Junge.

Ein Mädchen schüttelte den Kopf. »Nuh uh. Ein Marlin ist ein großer Fisch. Mein Vater hat mal einen gefangen.«

»Und Dolphins, also Delfine, sind Säugetiere«, sagte ein anderes Mädchen, das ganz in Rosa und Glitzersteinen gekleidet war. »Sie sind schlauer als die meisten Menschen.«

Lara hatte den perfekten Cupcake für *sie*. Sie übergab ihr den gleichen Cupcake, den sie auch Gage gegeben hatte.

Er zog seine Augenbrauen hoch und lächelte.

»Alles ist schlauer als du«, lachte einer der Jungen, und seine Freunde lachten mit ihm, als das Mädchen traurig nach unten sah.

Lara wollte gerade etwas sagen, als sich ein schlaksiger Junge durch die Menge drängte und den Tyrannen zur Rede stellte. »Hey, Miller, pass auf, was du sagst!«

»Was willst du dagegen tun, Greeley?« Miller verschränkte die Arme mit einem Grinsen, das Lara eine Gänsehaut bescherte.

»Das.«

Sie hätte nicht gedacht, dass Greeley es in sich hat, aber er schlug Miller auf den Arm.

Es war eine sehr schlechte Entscheidung. Miller und seine Kumpane bliesen sich mit vorpubertärer Wut auf, der es vielleicht an Testosteron mangelte, aber nicht viel.

Es war gerade dabei, hässlich zu werden, als Gage ein »Sofort aufhören, Jungs!«, brüllte und den Stand verließ, um sich zwischen die beiden Kinder zu stellen. »Hey, beruhigt euch. Das soll ein netter, entspannter Tag werden. Kämpfen ist nicht erlaubt.«

»Er hat angefangen«, sagte Miller gereizt.

Gage sah ihn an. »Versuch es gar nicht erst. Du warst genauso schuldig. Reden wir stattdessen darüber, worum es heute geht.«

»Ein Kind wurde von einem Auto angefahren.« Miller wischte das weg, als wäre es keine große Sache.

Lara konnte sehen, wie der Schmerz in Gages Blick aufstieg, aber er unterdrückte ihn.

Ihr Herz schlug für ihn. Der heutige Tag war für ihn auf einer sehr realen Ebene persönlich.

»Dieses Kind ist ein sechsjähriger Junge namens Connor. Wisst ihr noch, wie es war, sechs zu sein?«

Die ach so weisen Zehnjährigen nickten feierlich. Lara musste ihr Lächeln verbergen. Gage konnte wirklich gut mit ihnen umgehen.

»Awww, er ist ja noch ein Baby«, sagte das rosa-blinkende Mädchen, das nun bewundernd auf ihren Ritter in Shorts starrte.

Wie schlimm war es, dass Lara eifersüchtig auf eine Zehnjährige mit ihrem ersten Schwarm war?

»Das ist richtig; Connor *ist das* Baby von jemandem«, sagte das Objekt *ihrer* Schwärmerei und kauerte sich auf ihre Höhe. »Seine Mutter liebt ihn sehr. Genau wie deine Eltern dich lieben. Und sie ist sehr traurig, dass er verletzt wurde, als ihn jemand mit dem Auto angefahren hat. Er kann nicht laufen und kann wegen seiner Verletzungen nur einen Arm benutzen. Also haben wir diesen Familientag mit Hilfe all dieser fürsorglichen Menschen an den Ständen zusammengestellt, um Geld für Connors Arztrechnungen zu sammeln, damit er sich darauf konzentrieren kann, gesund zu werden, anstatt sich Sorgen zu machen, dass er nicht die richtige Behandlung bekommt. Wie würde es dir gefallen, die ganze Zeit in einem Rollstuhl zu sitzen und dich nicht bewegen zu können, außer wenn dir jemand hilft?«

Miller und seine Anhänger nickten weise. »Das wäre scheiße.«

Mit einem Wort, ja, das wäre es. Lara musste die Tränen zurückhalten, während sie Gage zuhörte. Er sprach auf Augenhöhe zu den Kindern, ohne zuzulassen, dass die Emotionen, von denen sie wusste, dass er sie empfand, seine Stimme trübten.

»Es ist wirklich scheiße, äh ätzend für Connor. Er kann nichts alleine machen, und er kann nicht nach draußen gehen, um mit seinen Freunden zu spielen. Er hätte sogar Probleme, einen dieser Cupcakes zu essen, weil er ihn nicht alleine aus der Verpackung bekommen kann. Was hältst du also davon, wenn wir uns gegenseitig freundlich behandeln und jeder einen Cupcake bekommt, ohne dass Blut fließt, okay?«

Die Streithähne schlurften mit den Füßen. »Ja, ich denke das geht klar«, murmelte Miller.

»'Kay«, sagte Greeley – dessen Hand irgendwie in die des rosa Mädchens gewandert war.

Laras Lippen zuckten. Ah, junge Liebe.

Gage stand auf und blickte sie an.

Nein. Sie wollte nicht daran denken.

»Gut. Das wäre also geklärt.« Gage umarmte die Schultern der Jungs. »Jetzt lasst uns alle einen Cupcake holen.«

Danach benahmen sich die Kinder, stellten sich in einer geordneten Reihe auf und warteten, bis sie an der Reihe waren. Die gestressten Betreuer bedankten sich bei Gage, als sie das Ende der Schlange erreichten.

»Das war erstaunlich«, sagte Lara, als sich die Gruppe auflöste.

»Ja, sie wollten unbedingt Cupcakes. Sie sind fast alle.«

»Das meine ich nicht.« Lara griff nach einer der Schachteln, die sie geleert hatten, und faltete sie zusammen, um ihren Händen etwas anderes zu tun zu geben, als in *seine* Hand zu wandern, wie es Greeley getan hatte. »Ich meinte dich. Wie du mit ihnen umgegangen bist. Du kannst wirklich gut mit Kindern.«

Er zuckte mit den Schultern. »Das kommt vom Umgang mit Erwachsenen, schätze ich. Du würdest nicht glauben, wie viele Frauen ich von den Jungs losmachen muss. Dann sind da noch die eifersüchtigen Freunde oder Ehemänner. Manchmal kann es haarig werden. Wenigstens musste ich mir bei diesen Kindern keine Sorgen machen, dass sie mir gegenüber gewalttätig werden.«

»Nun, du hast wirklich eine Art, mit Menschen umzugehen.« Sie eingeschlossen. Sie konnte spüren, wie ihre Entschlossenheit – wenn es um ihn ging – unbeteiligt zu bleiben, schmolz. Denn so charmant er in seinem Flirt- und Cowboy-Modus auch war, im Moment war er noch gefährlicher für ihr inneres Gleichgewicht. Das war der echte Gage, und er war eine starke Mischung aus sexy und süß.

»Ich bin es gewohnt, mit einem Sechsjährigen umzugehen, der an einen Rollstuhl gefesselt ist und Angst hat, nie wieder laufen zu können. Glaub mir, ich kann mit den Emotionen dieser Kinder viel leichter umgehen als mit denen von Connor.«

Und das war eine weitere Schwachstelle in ihrer Rüstung.

Gage wischte sich die Hände an einem Papiertuch ab und erzielte zwei weitere Punkte. »Ich schätze, ich sollte jetzt gehen. Es gibt eine Menge anderer Leute, denen ich danken muss.«

»Danke, dass du mir geholfen hast.«

Er drückte ihren Arm. »War mir ein Vergnügen.«

Für sie auch. »Ähm, ja, nun, danke fürs Vorbeischauen. Es war schön, dich wiederzusehen.«

Er lächelte ein süßes, schiefes Lächeln, komplett mit diesem

Grübchen. »Dich auch«, sagte er, bevor er den Stand verließ und einen Teil ihrer Entschlossenheit mitnahm.

Aber als sie ihn weggehen sah, wollte sie stöhnen. *Danke fürs Vorbeischauen*? *Es war schön, dich wiederzusehen*? Vergiss den heutigen Tag; er war der Mann, mit dem sie im *Bett* gewesen war. Derjenige, der ihr das Kleid aus- und sein T-Shirt angezogen hatte. Der Gentleman genug gewesen war, sie nicht auszunutzen (was er aber wahrscheinlich am nächsten Morgen vorgehabt hatte), und sie *dankte ihm, dass er vorbeigekommen war*?

Kein Wunder, dass sie seit der Scheidung nicht mehr als zwei Dates mit jemandem gehabt hatte, wenn sie einen Kerl so behandelte. Mehr hatte sie nicht verdient.

***

Gage musste sich überreden, um wegzugehen.

Deine Cupcakes sind spektakulär.

Großer Gott. Er war völlig von der Rolle. Er würde nie so etwas Kitschiges zu einer Frau sagen, wenn er klar denken würde, aber das tat er offensichtlich nicht. Seine Gefühle waren heute völlig durcheinander, und das war nicht der richtige Zeitpunkt, um mit einer Frau zusammen zu sein, die diese Wirkung noch verstärkte.

Sie ließ sein Gehirn von Dingen träumen, die er nicht verdient hatte, während sein Neffe im Rollstuhl saß und sich mit der Möglichkeit konfrontiert sah, nie wieder so zu sein, wie vor dem Unfall.

Gott sei Dank waren die Kinder gekommen; er hatte die Ablenkung gebraucht. Lara hatte umwerfend ausgesehen, sogar mit ihrer Kochmütze auf dem Kopf, die nicht jeder tragen konnte. Aber ihr Haar war ein Meer aus Locken, in dem er seine Finger versenken wollte, und die Glut auf ihren Wangen hatte ihre Augen zum Funkeln gebracht, und das Lächeln, das sie ihm geschenkt hatte, als sie ihn gesehen hatte ...

Er würde gerne glauben, dass da mehr war als nur ein: *Es war schön, dich wiederzusehen.*

Und doch hatte er sie mit genau dem zurückgelassen. Wo war sein Charme? Hätte er noch unbeholfener sein können?

Er war im Umgang mit Frauen nie unbeholfen. Aber ihm wurde langsam klar, dass Lara nicht irgendeine Frau war.

Er rieb eine Hand über seinen Mund. Scheiße. Zuckerguss. Er hatte in der Abteilung ›‹Lara beeindrucken‹ einen Volltreffer gelandet. Sie war bei ihm in Ohnmacht gefallen, konnte es kaum erwarten, seinen Stand zu verlassen, hatte die Messe verlassen, bevor er sie wiedersehen konnte, und jetzt lief er mit rosa Zuckerguss im Gesicht herum, zusätzlich zu der *Es war schön, dich wiederzusehen*-Sache. Er sollte einfach seine Schadensbegrenzung betreiben und weitermachen.

Abgesehen davon würde er sie dank seines Ritter-in-glänzender-Rüstung-Komplexes nächstes Wochenende bei Ginas Eröffnung wiedersehen.

Sein Telefon klingelte. »Hey Miss, ich bin gleich da.« Connor war angekommen. Es war wichtig für alle, ihn zu sehen, aber er und Missy mussten aufpassen, dass sie es nicht übertrieben. So verrückt der Junge auch sein mochte, so etwas würde seine Energie aufbrauchen.

Verdammt, man musste sich nur ansehen, was es mit Gage gemacht hatte.

***

Lara sah zu, wie Gage ging, und ausnahmsweise waren ihre Gedanken nicht bei dem prächtigen Hintern, den seine Hose verbarg.

Nun, nicht nur.

Er war verletzt. Es stand so im Widerspruch zu dem Typ, den sie gekannt hatte. Nicht, dass sie ihn im tatsächlichen Sinne gekannt hatte. Nicht wirklich. Sie hatte lediglich gewusst, dass er gut aussah, tanzen konnte, ein interessantes Geschäft besaß und flirten konnte wie ein Casanova, aber sie hatte ihn nicht wirklich gekannt.

Jetzt tat sie es. Oder, sie wusste ein bisschen mehr über ihn als vorher. Und was sie jetzt wusste, gefiel ihr. Und zwar sehr.

Sie beugte sich zurück unter den Stand, sowohl um mehr Cupcakes zu holen, um die Auslage aufzufüllen, als auch um ihre Augen von ihm abzuwenden. Sie konnte nicht *wollen,* ihn zu mögen. Nichts zwischen ihnen ergab Sinn. Sie hatte zu viel zu tun, steckte zu viele Stunden in Cavallo's Cups & Cakes, um auch nur daran zu denken, ihre Nicht-Beziehungs-Regel über Bord zu werfen. Sie war nicht wie Cara, die so leicht eine Beziehung eingehen konnte. Es war einer der wenigen Unterschiede zwischen ihnen, aber Lara ging nicht ständig mit jemanden ins Bett – abgesehen von der Nacht mit Gage. Und das war ein alkoholbedingter Versuch gewesen, sich gut zu fühlen. Logisch gesehen wusste sie, dass Jeff derjenige mit dem Problem war, aber gefühlsmäßig? Gefühlsmäßig sehnte sie sich nach Bestätigung.

Und anscheinend auch nach Gage, wenn man den Erinnerungsblitzen Glauben schenken durfte, die immer wieder in unpassenden Momenten auftauchten.

»Ich glaube es nicht.«

Das wäre einer dieser unpassenden Momente. Jeff.

»Du hast das tatsächlich durchgezogen. Was hast du dir dabei gedacht, Lara?«

Sie stand auf, diesmal ohne ihre Locken zurückzustreichen. Ihr Ex-Mann hatte ihr Haar immer gehasst, wenn es wild und frei war.

»Hallo, Jeff.« Es kostete sie alles, höflich zu sein, aber sie wollte ihm nicht die Genugtuung geben, vor ihm ein weinendes, heulendes Häufchen Elend zu sein. So weit war sie schon mal und würde es nie wieder tun. Mistkerl.

»Ich kann nicht glauben, dass du so tief gesunken bist. Du hättest die Scheidung nicht durchziehen sollen, Lara.«

»Du hast mich betrogen. Ich hatte keine andere Wahl.«

»Wir haben immer die Wahl, Lara.«

»Und du hast die falsche getroffen, als du dich an sie rangemacht hast.«

»Sie hat mir nichts bedeutet.«

»Was die Tatsache, dass du dafür unsere Ehe ruiniert hast, noch bedauernswerter macht.«

Es war das gleiche alte Argument und es hätte jede von einem Dutzend oder mehr Frauen sein können. Sie hatten einen gut aussehenden, wohlhabenden Anwalt gesehen und sich nicht daran gestört, dass er verheiratet war.

Jeff auch nicht.

Aber Lara schon. »Brauchst du etwas, oder bist du nur vorbeigekommen, um dich über mich lustig zu machen?«

Jeff strich sich mit der Hand über den Unterleib. Es war eine Affektiertheit von ihm, mit der er versuchte, Charme und Kultiviertheit der alten Welt zu vermitteln, aber sie durchschaute es. Jeff war stolz auf seine Bauchmuskeln.

Sie waren nichts im Vergleich zu denen von Gage.

Großartig. Nicht das, woran oder an wen sie denken wollte, wenn sie mit ihrem Ex-Mann zu tun hatte.

»Eigentlich bin ich gekommen, um dich zu engagieren.«

»Auf keinen Fall.« Cara tauchte wie aus dem Nichts auf und klebte praktisch an Laras Seite. »Wir sind an dem Tag ausgebucht.«

Jeff sah mit hochgezogener Augenbraue zu Cara. Sie hatten sich noch nie gut verstanden. »Du weißt nicht einmal, welcher Tag es ist.«

»Das macht nichts. Für dich sind wir ausgebucht.«

Lara liebte es, dass ihre Cousine sie zu beschützen versuchte, aber die Realität war, dass sie Jobs brauchten, und Jeffs Geld dafür zu nehmen, etwas zu machen, was sie tun wollte, war tatsächlich etwas, das sie zum Lächeln brachte. »Wann ist es, Jeff, und was hast du dir vorgestellt?«

»Lara ...«

Sie drückte Caras Hand. »Lassen wir ihn ausreden.«

Die Veranstaltung war genau so, wie sie es von Jeff erwartet hatte. Alle seine Anwaltstypen kamen zu einem schicken Buffet auf der hinteren Terrasse. Er nannte seine Veranda tatsächlich Terrasse. Es war nicht das Haus, in dem sie mit ihm gewohnt hatte – mit seiner Partnerschaft in der Kanzlei war eine neue Adresse gekommen. Aber sie hatte es gegoogelt. Hatte die begrünte *Terrasse* und den Pool gesehen. Ein großes Mausoleum für einen Mann – denn die Ische des Monats war natürlich nie eingezogen. Lara hatte von ein paar gemeinsamen Bekannten gehört, dass er weitergezogen war. Mehrmals. Wenn es einen Trost in der Tatsache gab, dass er fremdgegangen war, dann den, dass ihm die Frau genauso egal gewesen war wie sie.

»Wir arbeiten ein Angebot aus und schicken es dir diese Woche zu, Jeff. Vielen Dank für das Geschäft.«

»Sorg einfach dafür, dass es etwas Besonderes ist, Lara. Wie die Party, die wir ausgerichtet haben, als die Garretts geheiratet haben. Ich kann nicht zulassen, dass meine eigene Verlobungsparty von einer vergangenen in den Schatten gestellt wird.«

»Verlobung?« Mist. Das hatte er mit Absicht gemacht, um sie zu überrumpeln.

Es hatte funktioniert, verdammt, aber sie wollte ihm diese Genugtuung nicht geben. Sie würde *nicht* weinen. Es würde sie *nicht* beunruhigen.

Und warum sollte es? Die arme Frau, die er heiratete, sollte diejenige sein, die man bemitleidete. Und die man warnte. In dieser Reihenfolge.

»Ja. Ich werde wieder heiraten. Du hast doch nicht gedacht, dass ich mich zurücklehne und warte, bis du zur Vernunft kommst, oder?«

Cara knurrte. Tatsächlich *knurrte sie.* »Hör zu, du aufgeblasener Arsch ...«

Lara packte den Arm ihrer Cousine. »Cara, es ist alles in Ordnung.« Sie sah Jeff an. »Ich schätze, Glückwünsche sind angebracht. Kenne ich sie?«

»Wohl kaum. Man verkehrt nicht mehr in denselben Kreisen.«

Sie legte den Seitenhieb zu den Akten. Jeff war ein Meister der Seitenhiebe. »Na, herzlichen Glückwunsch jedenfalls. Möchtest du, dass ich mit ihr darüber spreche, was sie will, bevor ich dir den Kostenvoranschlag gebe?«

»Ja sicher. Als ob ich dir die Chance geben würde, sie gegen mich zu vergiften.«

»Wir sollten *dich* vergiften«, murmelte Cara.

Jeff starrte sie an.

Lara schüttelte den Kopf. »Hört auf damit, ihr zwei. Jeff, bist du sicher, dass du nicht willst, dass ich mit ihr spreche und ihre Meinung einhole? Es ist ja auch ihre Verlobungsfeier.«

»Sie wird mit dem zufrieden sein, was ich aussuche.«

Natürlich denkt er das. Schließlich war Lara es ja auch gewesen. Für Jeff hatte sich nichts geändert, außer dem Namen.

»Gut. Wie ich schon sagte, ich werde dir bis Mitte der Woche ein Angebot schicken.«

»Gut. Und ich erwarte von *dir, dass du* vor Ort bist. Nicht deine Cousine.« Das letzte Wort zischte er höhnisch, bevor er ging, ohne Cara auch nur anzusehen. Gott sei Dank, denn *sie* sah aus, als wäre sie bereit, ihm an die Gurgel zu gehen.

»*Was* war das?« Cara stürzte sich auf sie, sobald Jeff außer Hörweite war. »Hast du den Verstand verloren? Warum denkst du, dass du für ihn arbeiten solltest? Der Kerl ist Abschaum. Bist du nicht durch die Hölle gegangen, um das zu lernen?«

»Natürlich ist er das, Cara. Aber das ist eine tolle Gelegenheit.«

»Um wieder verletzt zu werden.«

»Das nicht. Denk darüber nach. Wir brauchen Jobs; Jeff hat einen. Und er will, dass *ich* ihn mache. Er denkt, er beleidigt mich, indem er mich arbeiten lässt, aber er kapiert es nicht. Wir können ihm das Doppelte berechnen und er wird es bereitwillig bezahlen. Also wer ist jetzt derjenige, der ausgenutzt wird?«

Es dauerte ein paar Sekunden, aber dann dämmerte das Licht in

Caras Augen. »Du verschlagenes kleines Ding. Ich wusste nicht, dass du es in dir hast.«

»Jeff auch nicht. Deshalb ist es ja so toll. Und noch besser wäre es, wenn wir mehr Jobs von seinen sogenannten Freunden bekämen. Das wird ihn entsetzen. Er hat das nicht wirklich durchdacht. Er denkt, er erniedrigt mich, indem er mich für ihn arbeiten lässt, aber es wird ihm nicht gefallen, dass andere Leute mich dort sehen, wenn ich nicht seinen Namen trage. Er wird die Schande nicht ertragen können.«

»Kannst du?«

»Die Sache ist die, dass ich mich mit vielen seiner Kollegen gut verstanden habe, und es ist nichts Schändliches daran, auf seiner Party zu arbeiten. Mir wird es gut gehen. Es wird mir sogar mehr als gut gehen. Ich werde den ganzen Weg zur Bank lachen.«

Elf

»Ich nehme das Rib-Eye-Steak, eine Ofenkartoffel mit allem Drum und Dran, dazu Zwiebelringe und Krautsalat.« Lara klappte die Speisekarte zu und reichte sie der Kellnerin.

Cara fiel der Mund auf. »Du wirst doch nicht ernsthaft alles davon essen.«

»Doch, das werde ich. Ich bin am Verhungern.« Sie hatte das ganze Wochenende nach der Benefizveranstaltung gearbeitet, um sich auf die Lieferungen dieser Woche vorzubereiten, und hatte das Mittagessen ausgelassen, um der Jubiläumstorte der McBrides den letzten Schliff zu geben, bevor sie sie abgeliefert hatten und zum Ausgleich würde sie sich nun bei Donegan's etwas Besonderes gönnen.

»Ich nehme einen Haussalat.«

»Ah, komm schon, Cara. Warst du nicht diejenige, die mir gesagt hat, ich solle ein bisschen leben? Abenteuerlustiger sein?«

Cara klatschte mit der Hand auf die Speisekarte, bevor sie sie der Kellnerin gab. »Ich bezweifle, dass man etwas auf Donegan's Speisekarte als abenteuerlich bezeichnen kann.«

»Oh, ich weiß nicht, diese Rocky Mountain Austern sind nichts für schwache Nerven.«

»Und sie sind auch nichts für mich, also denk nicht mal dran. Aber vielleicht sollten wir uns etwas Wein oder so gönnen.« Cara spielte mit dem Strohhalm in ihrer Limonade. »Heute war ein guter Tag, Lara. Wir hatten zwei weitere Aufträge und eine Zusage vom Seniorenzentrum für ihren Tag der offenen Tür. Es geht voran. Unser Name spricht sich langsam herum.«

Lara holte tief Luft und lehnte sich in der Bank zurück. Genau die Nachrichten, die sie brauchte. Jeff am Wochenende zu sehen, hatte den ganzen Mist, den sie durchgemacht hatte, noch einmal hochgebracht. Sie hatte versucht, es nicht zu tun, aber es hatte damit geendet, dass sie sich am Samstagabend eine kitschige Romanze angesehen und versucht hatte, herauszufinden, warum sie A) nicht in der Lage gewesen war, ihre Ehe zum Funktionieren zu bringen, B) dumm genug gewesen war, ihn überhaupt zu heiraten, C) das, was sie aufgegeben hatte, für jemanden aufgegeben hatte, der es nicht zu schätzen wusste, und D) immer noch seine Unterhaltsschecks einlösen musste.

Sie hatte sein Jobangebot überdacht. Sehr oft. Es ging ihr das ganze Wochenende durch den Kopf. Aber sie wollte keinen Rückzieher machen, um ihr Gesicht zu wahren. Die Verlobungsfeier war ein bezahlter Job und die Konditorei war zu neu, um bei den Kunden wählerisch zu sein, aber eines Tages würde sie gerne die Gelegenheit haben, ihn abzuweisen. Wer weiß? Vielleicht würde sie genug Aufträge von seinen Gästen bekommen, dass sie es beim nächsten Mal könnte.

Na ja, sie konnte immerhin davon träumen.

»Hey, Joe, wie läuft's?«

Und dort war der Kerl, von dem sie geträumt hatte. Gage hatte das Restaurant betreten.

Sie hatte es schon gewusst, bevor er gesprochen hatte. Es war, als hätte die Luft sich verändert. Sich verschoben. Ihre Sinne wurden geschärft.

Sie verschluckte sich an einem Schnauben. Ja, und kleine Feen flatterten um ihren Kopf und verteilten überall Feenstaub und Liebeszauber. Gott, es hatte sie ganz schön erwischt.

»Aber hallo!« Cara schielte natürlich zu ihm hinüber. »Siehst du *das*, Lara?«

Cara wäre überrascht, wenn sie genau wüsste, wie viel sie schon davon gesehen *hatte*. »Äh, ja. Nett.«

»Schatz, das ist mehr als nett. Das ist erste Sahne.«

Nein, er war ein erstklassiger *Hingucker*, aber Lara hatte nicht vor, ihr Wissen zu teilen.

Lara fuhr mit dem Handgelenk über ihr kühles Wasserglas. »Also, was machen wir für das Seniorenzentrum? Torte oder Muffins? Thema?«

»Ernsthaft? Du willst über die Arbeit reden, während da drüben ein toller Kerl ganz allein sitzt?«

Lara hob die Limonade auf. »Seit wann bist du auf Männerjagd? Weiß Nick davon? Und außerdem ist das hier kein Aufreißerladen, sondern ein Restaurant. Wer kann schon sagen, ob er sich nicht mit jemanden trifft?«

Oh, Gott, dieser Gedanke war ihr bis jetzt noch nicht einmal in den Sinn gekommen. Hätte er aber tun sollen. Gage war, wie Cara es so grob ausgedrückt hatte, erste Sahne. Auf keinen Fall würde er lange Single bleiben. Wahrscheinlich hatte er ein Dutzend Frauen, eine für jede Nacht in der Woche und zwei an den Wochenenden.

Von denen sie eine gewesen war.

Sie nahm einen großen Schluck von der Limonade. Und verschluckte sich dann an einem Eiswürfel.

Cara sprang von ihrem Sitz auf und klopfte ihr auf den Rücken. »Bist du okay?«

Der verflixte Eiswürfel saß fest. Und es half auch nicht, dass das halbe Restaurant sie anstarrte.

Und natürlich gehörte *er* auch dazu.

Gage war aus seinem Sitz aufgestanden und zerrte Lara schneller von ihrem Po, als sie realisieren konnte, dass sie in Schwierigkeiten steckte.

Er schlang seine Arme um sie, grub seine Faust in ihr Zwerchfell und zog ruckartig nach oben.

Der Eiswürfel flog ihr aus dem Mund.

Er drehte sie in seinen Armen herum und sie bekam aus nächster Nähe einen Blick auf das sexyste Augenpaar, das sie seit langer, langer Zeit gesehen hatte.

»Bist du okay, Lara?«

»Jetzt ja.« Gott, sah er gut aus. Ein Hauch von Bartschatten, sein Haar zerzaust, und seine Lippen in Kussweite. Er trug ein Golfhemd und Khakihosen, und irgendwie war dieser Look an ihm genauso sexy wie das Cowboy-Kostüm und die Kleidung, die er bei der Benefizveranstaltung getragen hatte.

Und die fehlende Kleidung im Hotel.

Daran brauchte sie nicht zu denken. Nicht, wenn Cara sie wie mit Argusaugen beobachtete.

Eigentlich brauchte sie gar nicht darüber nachzudenken. Nicht wegen Cara, und nicht wegen Gage. Sondern einfach nur so nicht.

Cara räusperte sich und streckte ihre Hand aus. »Hi, ich bin Cara Cavallo. Danke, dass du ihr Leben gerettet hast.«

Gage brauchte drei Herzschläge, um Cara anzuschauen. Lara zählte mit.

»Gage Tomlinson.« Er nickte Cara zu, aber er ließ Lara nicht los. »Ich bin nur froh, dass ich hier war, um zu helfen.«

Das war Lara auch.

»Willst du mit uns essen?«, fragte Cara.

Lara hätte sie am liebsten umgebracht. Sie war nicht in der Lage gewesen, eine Limonade zu trinken, als er am anderen Ende des Raumes an der Bar gestanden hatte; auf keinen Fall würde sie mit ihm an ihrem Tisch essen können.

»Das wäre nett. Danke.« Gage löste einen Arm von ihrer Taille, hielt sie aber mit dem anderen fest umklammert. »Ist das für dich okay, Lara?«

Sie nickte. Was sollte sie tun, nein sagen? Cara würde ihr nie verzeihen.

Obwohl, den Blicken nach zu urteilen, die Cara ihr zuwarf, wollte sie eine Erklärung dafür haben, woher Gage ihren Namen kannte.

Was dazu führen würde, woher Gage sie kannte.

Was, wie sie hoffte, nicht dazu führen würde, wie *gut* Gage sie kannte. Im biblischen Sinne.

Nun, technisch gesehen, kannte sie ihn nicht im biblischen Sinne. Sie hatte die Herrlichkeit, die Gage war, gesehen, aber nur aus der Entfernung. Eine kurze Entfernung, um ehrlich zu sein, aber genug, um biblisches Wissen zu verhindern.

Toll, sie schwafelte in Gedanken. Schon wieder.

Sie rutschte auf ihre Bank und huschte noch weiter, als Gage sich neben sie setzte.

Cara setzte sich mit ihrem ›Du *wirst* mir alles erzählen‹-Blick auf die gegenüberliege Seite.

Lara lächelte. Irgendwie.

»Also, Gage.« Cara wirkte harmlos, als sie ihre Serviette aufschüttelte und auf ihren Schoß legte. »Woher kennst du Lara?«

Gage wandte seinen Blick nicht von ihr ab. »Wir haben uns auf der Hochzeitsmesse kennengelernt.«

Lara wollte ihn küssen. Er war wirklich ein Gentleman.

Nun, sie wollte ihn aus mehreren Gründen küssen, aber es war ein Anfang.

»Die Messe?« Cara klopfte mit den Zinken ihrer Gabel auf den Tisch. »Du bist verlobt?«

Eine Seite von Gages Mund verzog sich zu einem Lächeln. »Noch nicht, nein. Ich war einer von den Ausstellern.«

»Wirklich. Was bietest du an?«

Lara verdrehte die Augen. *Jetzt kommt's ...*

Gages Grinsen wurde immer breiter. »Unterhaltung bei Junggesellinnenabschieden.«

So konnte man es auch ausdrücken.

Cara hat es sofort verstanden. »Du bist einer der Stripper?«

Das lenkte schließlich Gages Aufmerksamkeit auf Cara. »Der offizielle Begriff ist exotischer Tänzer. Was die Jungs ausziehen oder nicht ausziehen, ist ganz ihnen überlassen. Und nein, ich tanze nicht.«

Oh doch, das tat er. Er hatte ihr eine Privatvorführung angeboten.

Lara konnte spüren, wie ihr die Hitze durch die Knochen kroch – wobei es auch etwas damit zu tun haben könnte, dass Gage an ihrer Seite klebte.

Sie zügelte ihre Glückshormone, bevor Cara noch interessierter wurde, als sie es ohnehin schon war.

»Ich wette, die Messe war eine Goldgrube für dich, wenn du so erfolgreich warst wie wir, was Anfragen angeht. Lara hat erzählt, dass es dort von Frauen nur so gewimmelt hat«, sagte Cara, zum Glück wieder aufs Geschäft fokussiert. Cara war in allem, was sie tat, leidenschaftlich, egal ob es darum ging, das Geschäft zu führen oder sich ernsthaft mit einem Mann zu beschäftigen – oder einen zu verfluchen. Wenn sie sich auf die geschäftliche Seite der Veranstaltung konzentrierte, könnte sie vergessen, Lara später auszufragen. Allerdings rechnete Lara nicht damit, nachdem sie Cara das ganze Wochenende dabei zugehört hatte, wie sie Jeff verbal zu Kleinholz verarbeitete.

»Es lief gut«, sagte Gage und verschränkte seine Finger auf dem Tisch.

Starke Hände. Fähige Hände. Die sie hätten verwöhnen können, wenn sie nicht diesen letzten Sambuca gehabt hätte.

»Ich bin froh, dass wir teilgenommen haben. Die Organisatoren haben uns anfangs ganz schön Probleme bereitet, aber am Ende hat es sich gelohnt, dass wir die Hürden genommen haben.«

»Probleme?«

»Ja. Die Leute hören, was wir machen, und denken sofort das Schlimmste. Ich musste sogar eine Klausel unterschreiben, die im Grunde besagte, dass wir keine privaten Dienstleistungen vor Ort anbieten würden.«

Cara legte ihre Gabel ab. »Du machst Witze.«

»Das habe ich auch gedacht. Wo wir gerade von Objektivierung sprechen. Das erlebe ich oft. Sehr oft sogar. Die Leute hören, was unsere

Jungs machen, und denken sofort an Escort-Service und alles, was damit verbunden ist. Die meisten verstehen nicht, dass es ein Job ist, wie Kellner oder Kassierer. Die meisten meiner Jungs sind Studenten, die das Tanzen als eine Möglichkeit sehen, um ihr Studium zu finanzieren. Ich habe es getan und hatte am Ende kaum Schulden, behielt meine Integrität und verdiente Geld mit etwas, das Spaß machte. Niemand sollte ein Problem damit haben.«

Cara hob ihre Hände. »Hey, den Boten trifft keine Schuld. Ich bin für die freie Wirtschaft.«

Und nackte Tänzer. Cara war definitiv dafür.

Die Kellnerin kam mit einer Speisekarte an ihren Tisch zurück. »Kann ich dir etwas zu essen bringen, Gage? Die anderen Bestellungen sind fast fertig.«

»Ich habe an der Bar bestellt, aber wenn die Damen einverstanden sind, kannst du es hierher bringen.«

»Von mir aus gerne«, sagte Cara.

Lara nickte nur. Sie traute sich immer noch nicht zu sprechen. Wie sollte sie essen, wenn er sich an sie drückte? Ihre Hormone spielten verrückt, und sie bezweifelte, dass sie ihr Besteck einigermaßen stabil halten konnte.

»Hey, Gage!« Joe, der Barkeeper, rief quer durch den Raum. »Telefon.«

Gage zog sein Handy aus der Tasche. »Verdammt. Der Akku ist leer. Würdet ihr mich für eine Sekunde entschuldigen?«

»Sicher«, sagte Cara – die sprechen konnte.

Lara – die nicht sprechen konnte – nickte nur. Wieder.

Dann holte sie tief und zitternd Luft, als er von der Bank rutschte.

Cara spielte mit ihrer Gabel. »Weißt du, ersticken ist kein Weg, an den ich je gedacht hätte, um mir einen heißen Typen zu angeln, aber ich muss sagen, die Idee wächst mir ans Herz.«

Lara verdrehte ihre Augen. »Ja, klar. Ich habe mein Leben riskiert, nur weil er das Heimlich-Manöver kann. Geht's noch, Cara?«

»Süße, besser als Gage geht's nicht. Hast du seine Muskeln gesehen?«

Ja. Das hatte sie. Vor allem sein Gesäß.

»Warum hattest du dann nicht das Bedürfnis, mir mitzuteilen, dass du den Chef *Der Hingucker* kennengelernt hast, als ich dich danach gefragt habe?«

»Ich treffe bei diesen Shows eine Menge Leute. Erzähle ich dir von jedem Einzelnen?«

»Sieht noch einer so aus wie er?«

»Nein, aber ...«

»Nix *Aber*. Also, warum hast du es nicht getan?«

Lara verschränkte die Hände unter den Oberschenkeln. »Es ist keine große Sache, Cara. Wir haben uns getroffen, uns unterhalten und Visitenkarten ausgetauscht. Es war rein geschäftlich.«

»Ich habe seine Visitenkarte in dem Stapel, den du mir gegeben hast, nicht gesehen.«

»Er ist kein potenzieller Kunde.«

»Lara, jeder ist ein potenzieller Kunde. Und manche sind nur potenziell.«

»Ganz genau. Das ist genau der Grund, warum ich es dir nicht erzählt habe. Ich wusste, dass du so reagieren würdest.«

»Kannst du es mir verübeln? Ich meine, er ist umwerfend!«

»Das war Jeff auch.«

»Andere Liga. Lara. Ganz andere Liga.«

Und so weit über ihr, dass diese Diskussion lächerlich war.

Glücklicherweise kam Gage gerade in diesem Moment zurück an den Tisch.

»Alles in Ordnung?«, fragte Cara.

Er nickte. »Ja, Mini-Familienkrise abgewandt. Keine große Sache.«

»Du hast eine Familie?« Cara lehnte sich vor.

»Hat das nicht jeder?«

Jetzt wäre der perfekte Zeitpunkt, um Cara über Gages Neffen aufzuklären. Aber Cara nutzte diese Gelegenheit dafür, sich an Lara zu rächen, weil diese Gage nicht erwähnt hatte, und gewährte ihm tiefe Einblicke. Es hätte vielleicht funktioniert, wenn er nicht zufällig *Lara* ansehen würde, Pech für Cara, dass Lara im Moment nichts teilen wollte. Besonders nicht Gage.

»Bist du okay, Lara? Du siehst aus, als hättest du ein paar Gläser Sambuca getrunken.«

Sie starrte ihn an. Nicht fair.

Sie setzte ihr süßestes Lächeln auf und verschränkte die Arme unter ihren Brüsten.

Das erregte seine Aufmerksamkeit.

»Nein, Gage, es geht mir sehr gut.«

»Soll ich das beurteilen?«, flüsterte er.

Äh, ja, warum nicht.

Cara klopfte auf den Tisch, um seine Aufmerksamkeit wieder auf sich zu lenken, wofür Lara zutiefst dankbar war. »Ich meinte eine Familie, wie eine Frau und Kinder und so?«

Gage ruckte mit dem Kopf herum. »Eine Frau? Kinder? Nein. Ich nicht. Noch nicht.«

Interessante Antwort. Er hatte also keine, wollte aber vielleicht später eine Familie haben? Lara würde sich das für die Zukunft merken.

Die Kellnerin tauchte, Gott sei Dank, mit ihrem Essen auf. Caras kleiner Salat sah neben den zwei Steaks, den Ofenkartoffeln mit den Beilagen und den zwei Portionen Krautsalat verdammt erbärmlich aus.

»Hey, das ist mein Lieblingsessen«, sagte Gage und klaute ihr einen der Zwiebelringe.

Sie klaute ihm ebenfalls einen. »Nein, du hast *mein* Lieblingsessen bestellt.«

»Nun, ihr beide macht mich mit all dem Essen irgendwie krank. Vielleicht sollte ich mir einen eigenen Tisch suchen.«

Cara wusste zum Glück, wann sie über war. Ihr Blick wanderte von Gages Hemd durch den Raum und sie stand auf, um sich ›an der Bar einen Drink zu holen‹, Code für ›Dann versuch mal, ob du ihn abschleppen kannst, Cousinchen‹.

Lara sollte sich nicht übermäßig darüber freuen, aber sie tat es.

»Also ist alles in Ordnung mit deiner Familie?«, fragte sie, nachdem Cara gegangen war.

»Ja. Connor brauchte mich nur, um seiner Mutter zu sagen, dass er ihre Hilfe bei einigen, ähm, persönlichen Bedürfnissen nicht braucht.«

»Kann er das alleine machen?«

Gage zuckte mit den Schultern. »Es steht mir nicht zu, ihn in Frage zu stellen. Er ist alt genug, um seine Privatsphäre zu wollen, und, ja, ich verstehe das. Meine Schwester neigt dazu, um ihn herumzuschwirren.«

»Kannst du es ihr verübeln?«

»Nein, verdammt. Ich schwirre auch um ihn herum. Es ist ... hart.«

Das hatte er schon einmal gesagt, und Lara hatte das Gefühl, dass da noch viel mehr war, was er nicht sagte.

Gage räusperte sich und trommelte mit den Fingern auf dem Tisch herum. »Er braucht noch zwei weitere Operationen und eine Menge Physiotherapie, aber wir hoffen auf eine vollständige Genesung.«

»Ich hoffe, dass die Benefizveranstaltung eine Menge Geld für ihn gebracht hat.«

Das Lächeln, das Gage trug, strahlte nicht gerade Glück und Licht aus, und Laras Herz flog ihm zu. Sie legte ihre Hand auf seinen Arm.

Er zog ihn nicht weg. »Die endgültige Summe steht noch nicht fest, aber mehr als das Geld war es die überschwängliche Unterstützung von allen. Wenn so etwas passiert, neigt man dazu, sich zu verkriechen und alles zu verdrängen. Aber das kann man nicht. Wir brauchen Hilfe, selbst wenn es nur Essen ist oder ein paar Stunden, in denen jemand bei ihm sitzt, um uns eine Pause zu gönnen. Das war der überraschende Teil des Samstags. Ich hatte es nicht erwartet, aber meine Schwester hat jetzt eine Liste von Leuten, die sie anrufen kann, wenn sie eine Pause braucht und ich nicht da sein kann. Es ist hart mit zwei Jobs.«

»Zwei?«

Er bedeckte ihre Hand mit seiner. »*Die Hingucker* ist nur für die Zeit nach Feierabend, aber es nimmt genauso viel, wenn nicht sogar mehr Zeit, in Anspruch als mein regulärer Job. Aber meine Schwester braucht für Connors Pflege mehr Geld, als wir beide verdienen können.«

Und genau in diesem Moment verliebte sich Lara ein bisschen in ihn. Und sie hatte nicht einmal vor, sich darüber zu ärgern, denn wenn sich jemand *nicht* in einen so selbstlosen Kerl verliebte, musste etwas mit ihm nicht stimmen. Und egal, was Jeff ihr weismachen wollte, mit ihr war definitiv alles in Ordnung.

Aber sich auch nur ein bisschen in ihn zu verlieben, war ein großes Problem.

»Willst du das wirklich alles essen?« Gage wies mit seiner Gabel über ihren Teller.

»Ich hätte es nicht bestellt, wenn ich es nicht wollen würde.«

»Es scheint für so ein kleines Ding wie dich eine ganze Menge zu sein.«

Er *musste* ihr einfach immer wieder Gründe geben, sich in ihn zu verlieben, nicht wahr?

»Vertrau mir, ich schaffe es.«

»Willst du darauf eine Wette abschließen?«

»Ernsthaft? Du willst mit mir wetten, dass ich das alles nicht essen kann?«

»Jepp.«

»Einverstanden.« Sie stach in die Kartoffel und fragte, ehe sie anfing zu essen: »Um was wetten wir?«

»Um einen Lapdance.«

Sie spuckte den Bissen Kartoffel wieder aus. »Was?«

Er wischte die Kartoffel mit einer Serviette auf. »Du hast mich gehört. Wer zuerst fertig ist, gewinnt einen Lapdance vom anderen.«

»Irgendwie geht es bei dir immer um das Gleiche.«

»Keine Lust?«

Doch, wenn er für sie tanzen würde.

»Also, bist du dabei oder kneifst du?« Er schob sich ein Stück Steak in den Mund, und ja, sie sah die Zungenbewegung, die darauf folgte, und ja, es machte sie heiß.

Was zur Hölle sollte ein Lapdance bringen, wenn ihre Nerven schon zu Brei wurden, wenn sie ihm nur beim Essen zusah?

Sei abenteuerlustig. Caras Worte verspotteten sie.

So ähnlich wie Cara es von der Bar aus tat. Ihre Augenbrauen waren hochgezogen. Gott allein wusste, was Cara tun würde, wenn sie dieses Gespräch tatsächlich hören könnte.

Schön. Er wollte mit der Lapdance-Challenge ganz sexy sein? Bei dem Spiel konnten zwei mitspielen.

Sie teilte einen Zwiebelring und schob ein Ende zwischen ihre Zähne. »Ich bin dabei.« Und sie saugte den Zwiebelring Zentimeter für Zentimeter in ihren Mund.

Gage schluckte.

Zweimal.

Sie schaute auf ihre Kartoffel hinab und tauchte sie nonchalant in etwas Frischkäse, dann leckte sie ihre Gabel ab, schön langsam.

Gage bewegte sich in seinem Sitz.

»Bist du nicht hungrig?«, fragte sie ihn und leckte sich kurz über die Lippen.

»Äh, ja. Das bin ich.«

Das war definitiv Hunger, der in seinen Augen aufloderte, und sie würde einen Lapdance darauf wetten, dass es nicht ums Essen ging.

Guter Gott, was war nur über sie gekommen? Lara verschluckte sich fast an ihrem nächsten Bissen Kartoffeln. Wer war diese Frau, die ihren Körper übernommen hatte und ihre Libido auf Hochtouren brachte?

Das war nicht sie. Ganz und gar nicht. Mitten im Donegan's durch eine Ofenkartoffel auf fleischliche Gelüste zu kommen? Das war so untypisch für sie, wie eine Lapdance-Challenge anzunehmen.

Dennoch hatte sie es getan.

Sie schluckte die Kartoffel hinunter. Sie hatte die Wette angenommen, weil sie nicht in ein paar Jahren darauf zurückblicken und bereuen wollte, dass sie die Einladung eines superheißen Typs nicht angenommen hatte. Es bedeutete nichts, würde nichts bedeuten, aber jetzt, in diesem Moment, machte es Spaß.

Ja, und das war wahrscheinlich auch ihr letzter zusammenhängender Gedanke auf Jennys Junggesellinnenabschied gewesen, und sie hatte nicht vergessen, wie das geendet hatte.

»Wirst du schon langsamer?« Er stupste ihren Ellbogen an.

»Niemals.« Sie schaufelte eine weitere Gabel voll Kartoffel in sich hinein.

»Die Beilagen auch.«

»Ja, natürlich. Anders kann man eine Ofenkartoffel nicht essen.« Sie tauchte ihre Zinken in die Butter und leckte sie ab. Eine nach der anderen.

Gage griff nach seinem Bier und nahm einen Schluck – oder auch zwei.

Lara schnitt ein Stück Steak ab und umschloss es genüsslich mit den Lippen. Oh, und hoppla – sie musste einfach den winzig kleinen Tropfen Bratensaft, der ihr aus dem Mundwinkel tropfte, mit der Zunge auffangen.

Gage griff wieder nach seinem Bier.

Sie nickte dem Glas zu. »Ich denke, du solltest zwischendurch auch etwas essen.«

Sein Bier verharrte auf halbem Wege zu seinem Mund. Genau wie ihre Gabel. Oh Gott, sie hatte nicht beabsichtigt ... Sie wollte nicht, dass er dachte ...

Sie schob sich eine gehäufte Gabel Kartoffel in den Mund. Dann noch eine. Und, verdammt, warum nicht noch eine dritte?

Sie spülte sie mit der Hälfte ihrer Limonade hinunter.

Ernsthaft, wann würde der Boden aufgehen und sie verschlucken?

***

Gage schwor, dass sein Herz stehen geblieben war.

Lara *flirtete* mit ihm. Zur Hölle, sie tat viel mehr als flirten – *sie aß*?

Nein. Verdammt, nein. Sie hat nicht absichtlich gemacht, was er zu sehen geglaubt hatte. Sie könnte es gar nicht. Die Frau wurde doch schon rot, wenn er sie nur *ansah*. *Das* zu tun ...

Er nahm noch einen Schluck Bier, ließ sich Zeit beim Schlucken und stellte dann sein Glas ab. Dann nahm er vorsichtig Messer und Gabel in die Hand, schnitt ein weiteres Stück Steak ab und steckte es in den Mund, wobei er sich darauf konzentrierte, wie gut es schmeckte.

Sie würde so viel besser schmecken.

Er schob einen Zwiebelring hinterher.

»Also, äh, wie lange hast du gebraucht, um all diese Cupcakes zu machen?« Es war ihm eigentlich egal, aber er brauchte etwas, um sich von dem Bild von ihr in seinem T-Shirt und dem knappen rosa Tanga abzulenken, den sie in der Nacht, in der sie sich getroffen hatten, in seinem Bett getragen hatte.

Das Bild war wie mit einem Brandeisen in sein Gehirn gebrannt worden.

»Das Backen dauert gar nicht so lange. Wir haben zwei Industrieöfen. Es ist die Dekoration, die dauert. An den Mannschaftslogos habe ich drei Tage lang gearbeitet.«

»Sie waren ein großer Erfolg.«

»Das war Greeley auch.«

Sie lachten, als sie sich an die Jungen erinnerten.

»Und was ist dein anderer Job?«

Gage schnitt ein weiteres Stück Steak ab. »Ich bin ein Handwerker von Beruf. Umbau, Zimmerei, so was in der Art. Im Moment ist es in dieser Branche schwierig, und *Die Hingucker,* nun ja, jeder Cent hilft.«

»Es kann nicht helfen, dass du die Last auf dich genommen hast, die Arztrechnungen deines Neffen zu bezahlen.«

»Connor ist keine Last. Niemals.«

»Ich wollte nicht ...«

Er blies einen Atemzug aus. »Tut mir leid. Ich bin gereizt, wenn es um ihn geht. Meine Schwester ist alleinerziehend – sein Vater ist ein Idiot – und ich bin alles, was sie hat.«

»Es seid nur ihr beide?«

»Nein, wir haben noch eine Schwester. Sie studiert im ersten Jahr am College, zum Glück mit einem Stipendium. Sie wollte eigentlich Lehrerin werden, aber die Sache mit Connor ... Sie hat ihr Hauptfach zu Medizin gewechselt.« Er war so verdammt stolz auf Jayna. Als ihre Eltern vor drei Jahren bei einem Unfall ums Leben gekommen waren, hatte sie sich mit Lernen von ihrer Trauer abgelenkt, um die beste Studentin zu werden, die sie sein konnte, und sich für jedes College und Stipendium beworben, das sie finden konnte. Nachdem sie gesehen hatte, was Missy nicht aus ihrem Leben gemacht hatte, hatte sie beschlossen, nicht in die Fußstapfen ihrer großen Schwester zu treten.

»Und was ist mit dir? Nur du und Cara? Und was hat es mit den gereimten Namen auf sich? Seid ihr Zwillinge?« Sie könnten es sein; sie sahen sich ähnlich genug und waren ungefähr im gleichen Alter. Aber wo Laras kurvige Zierlichkeit ihn völlig aus dem Tritt brachte, tat Caras unverhohlene Sexualität das nicht.

»Nein, wir sind Cousinen. Drei Wochen auseinander geboren. Unsere Mütter dachten, es wäre lustig, das mit unseren Namen zu machen. Sie waren seit ihrer Kindheit beste Freunde und haben Brüder geheiratet. Eine große, glückliche Familie, die sich den Winter gerne in Florida auf Golfplätzen vertreibt. Sie werden in den nächsten Wochen wieder Richtung Norden ziehen.«

»Keine Geschwister?«

Sie schüttelte den Kopf und schob sich etwas Krautsalat in den Mund. »Deshalb stehen wir uns so nah. Wir sind nicht nur wie Schwestern aufgewachsen, sondern als die einzigen Schwestern, die wir je haben werden.«

Ein Stückchen Karotten klebte an ihrer Lippe.

Gage wollte es wegküssen.

»Wirst du langsamer?« Es war ihm egal, wer von ihnen die Wette gewann; es war eine Win-Win-Situation, egal wie er es betrachtete. Und eigentlich hätte er sie schon längst gewinnen können; diese Menge an Essen war kein Problem für ihn. Aber er genoss das Gespräch und ihre Entschlossenheit zu gewinnen, und hey, er hatte nichts dagegen zu verlieren.

»Langsamer werden? Ich?« Sie schob sich mehr Kartoffeln in den Mund – verdammt, an ihrer Unterlippe klebte die Butter. »Auf keinen Fall. Ich werde gewinnen.«

Gut. Er würde liebend gerne seine alten Moves wieder aufleben lassen, nur für sie.

»Was passiert, wenn wir ein Unentschieden haben?« Sie verputzte den letzten Rest ihres Krautsalates.

»Wir schenken uns gegenseitig einen Lapdance.«

Sie legte ihre Gabel auf den Teller. »Wieso bist du so besessen von Lapdances?«

»Du magst sie nicht?«

»Ich weiß nicht; ich hatte noch nie einen.«

Jetzt ließ er fast seine Gabel fallen. »Du machst Witze.«

»Nein. Das ist nicht gerade etwas, das ich auf meiner ToDo-Liste habe.«

»Kein Ex hat je für dich getanzt?«

Da war wieder diese verdammte Röte. »Wohl kaum. Mein Ex-Mann hätte nicht mal im Traum daran gedacht. Und doch sagt er, *ich* sei diejenige, die langweilig ist.«

Ex-Mann? Ja. Scheiße. Und *langweilig?* »Dieser heiße, pinke Tanga, den du auf dem Junggesellinnenabschied anhattest, war alles andere als langweilig.«

Jetzt hatte sie den gleichen Farbton wie dieser Tanga. Gott, es war so einfach, sie zu reizen.

»Ich habe bei ihm keine Tangas getragen. Ich wollte mich daran erinnern, dass ich geschieden und wieder zu haben bin. Es schien mir das Richtige für einen Junggesellinnenabschied zu sein.«

»Wie lange ist die Scheidung her?«

»Nicht lange genug.«

Und nochmal Scheiße. Er wollte kein Trostpreis sein. Nicht mit ihr.

»Zwei Jahre.«

»Wie lange warst du verheiratet?« Er schätzte sie auf neunundzwanzig – er schätzte alle Frauen Ende zwanzig/Anfang dreißig auf neunundzwanzig. Damit kam er meistens gut an. Sie war bei der Scheidung also 27. Dazu das Trennungsjahr ...

»Drei Jahre. Ich war jung und unwissend. Er war älter und oberflächlich. Ich habe es nicht bemerkt, bis er Partner in seiner Anwaltskanzlei geworden war und beschlossen hatte, dass ein Partner eine blonde Geliebte haben sollte, um das Klischee zu vervollständigen.«

»Es tut mir leid.« Dass ihr Ex-Mann ein Arsch war, nicht dass sie geschieden war.

»Muss es nicht. Ich bin über Jeff hinweg. Ich konzentriere mich darauf, die Konditorei zu einem Erfolg zu machen.«

Wahrscheinlich, um es dem Ex unter die Nase zu reiben, aber Gage verstand das. Er würde dem Kerl gerne die Nase brechen, obwohl er ihm wahrscheinlich dafür dankbar sein sollte, dass sie wieder zu haben war und er sie gefunden hatte.

Sie beendete die Ofenkartoffel, bevor er mit seiner auch nur angefangen hatte. Er schob sich noch zwei kleine Bissen in den Mund und ließ sich Zeit. Jede Frau hatte ein Recht auf mindestens einen guten Lapdance in ihrem Leben.

Für sie hatte er mindestens zwei geplant.

»Hey, Leute.« Cara ging zurück an den Tisch. »Nick ist hier, und na ja, wir müssen ein paar Sachen klären, also werde ich mich auf den Weg machen. Kannst du Lara nach Hause bringen, Gage? Ich möchte mich nach unserem, ähm Gespräch, nicht auf Nick verlassen müssen.«

»Cara ...«

»Sicher. Kein Problem.« Er senkte seine Stimme so, dass nur sie es hören konnte. »Die perfekte Gelegenheit, um die Wettschulden zu begleichen.«

»Das ist doch in Ordnung für dich, oder, Lara?«, fragte Cara.

Er musste ihr zugutehalten, dass sie sich um ihre Cousine sorgte, aber er würde Lara heute Abend auf keinen Fall gehen lassen.

Lara sah ihn an, endlich etwas Hitze in ihren Augen statt Verlegenheit. »Bist du sicher?«

»Ich hätte es nicht angeboten, wenn ich es nicht wäre.«

Sie hob ihren letzten Zwiebelring auf. Er betete, dass sie ihn nicht zwischen ihren Lippen saugte. Er hatte es kaum ausgehalten, als sie es das erste Mal gemacht hatte.

»Ja, das ist in Ordnung, Cara.«

»Toll.« Cara winkte – mit einem Grinsen. »Habt einen schönen Abend.«

Gage wollte zurückgrinsen. Ein schöner Abend war genau das, was er vorhatte.

Zwölf

»Dann schulde ich dir wohl etwas.« Gage öffnete die Beifahrertür und reichte ihr die Hand, um ihr beim Einsteigen zu helfen. Er war froh, dass er sich keine Trittbretter zugelegt hatte. Er war groß genug, um sie nicht zu brauchen, und auch wenn Lara sie gebrauchen könnte, zog er es vor, einfach seine Hände um ihre Taille zu legen und sie hineinzuheben.

Aber als sie allein hochkletterte und ihre Brüste genauso eindrucksvoll wippten wie die ihrer Cousine, beschloss er, dass er lieber zusehen würde, wie sie allein einstieg.

»Nein, wirklich, Gage, du bist mir nichts schuldig. Es hat nur Spaß gemacht, die Wette abzuschließen.«

»Die Wettschulden zu begleichen, wird noch viel mehr Spaß machen. Vertrau mir.«

Ihre Augen weiteten sich wieder und sie fuhr sich mit der Zunge über die Unterlippe.

Gott, er wollte das tun.

Ein kleines Ziehen an ihren Fingern brachte Lara dazu, sich zu ihm zu lehnen, und verdammt, Gage konnte nicht anders.

Nur ein bisschen knabbern ...

Ihre Lippen waren so weich, wie er es sich vorgestellt hatte, und sie schmeckte nach Butter und Steak und Limonade. Sogar die Zwiebelringe schmeckten aus ihrem Mund gut. Und die kleinen Atemzüge, die sie machte ... Das Blut raste durch seine Adern.

Dann berührte sie seine Zunge mit ihrer, und er verlor den Rest seiner Kontrolle.

Gage schlang seine Arme um ihre Taille und zog sie über den Sitz, während er sich zwischen ihren Schenkeln positionierte. Der Kuss wurde leidenschaftlicher. Gage schob seine Zunge in ihren Mund, presste ihre Brüste gegen seine Brust, und wenn er sich auf der Stelle in sie hätte versenken können, ohne wegen Erregung öffentlichen Ärgernisses verhaftet zu werden, hätte er es getan.

Das einzig Unanständige an diesem Kuss war, dass er enden musste. Rummachen auf einem Parkplatz war mindestens fünfzehn Jahre her und Lara hatte etwas Besseres verdient. Etwas viel Besseres.

Er zog sich zurück – nicht zu weit, denn er ließ sie immer noch nicht los – legte seine Stirn an ihre, und ihre schweren Atemzüge passten sich dem Rhythmus des anderen an.

»Ich werde mich nicht dafür entschuldigen.« Das konnte er nicht, weil es ihm nicht leid tat.

»Gut.«

Und sie hatte es wieder geschafft, ihn zu überraschen.

Er zog sich zurück, dieses Mal waren seine Augen groß vor Überraschung. »Wirklich? Ich dachte, du würdest wieder rosa werden und anfangen zu stammeln.«

»Ich stammle nicht.«

»Dann habe ich nicht gut genug versucht, dir die Sprache zu verschlagen.«

Sie zog ihn an den Haaren. »Du hast wirklich eine hohe Meinung von dir selbst, nicht wahr?«

Sie neckte ihn, aber ... er hatte nichts dagegen. »Ich würde sagen, eine *gute* Meinung, nicht hoch. Ich weiß, dass ich eine Wirkung auf dich habe; das ist keine Prahlerei. Ich kann es an deinen geweiteten Pupillen und der Röte auf deiner Haut sehen, und an der Art, wie du atmest.«

Sie folgte seinem Blick, als er ihre Brust betrachtete. Ihre Brüste waren verdammt beeindruckend. Genau die richtige Größe für seine Hände – wenn er sie je zu fassen bekommen könnte – und sie bewegten sich sehr eindrucksvoll und verursachten eine entsprechend eindrucksvolle (zumindest wollte er das denken) Ausbeulung in seiner Hose.

Er lehnte sich gegen sie. »Du machst das Gleiche mit mir. Was hältst du davon, wenn wir uns mit der Wette beschäftigen und sehen, was dann passiert?«

Sie wollte es; er konnte es in ihren Augen sehen. Aber er wusste auch, dass sie es nicht tun würde. *Langweilig*, hatte ihr Ex sie genannt. Es brauchte viel mehr als einen Kuss auf einem Parkplatz, um *langweilig* wieder auszutreiben.

Er könnte sie herausfordern oder er könnte sie küssen, um diesen Gedanken zu vertreiben, aber das wollte er nicht. Er wollte, dass sie es wollte. Dass sie ihn wollte. Und nicht, weil er tanzte oder sie betrunken war, sondern weil ihr gefiel, was sie sah und sie es sich holte.

Er würde warten.

»Komm schon. Lass mich dich nach Hause fahren.«

Er spürte, wie sie ihn mit großen Augen anstarrte, als er um die Vorderseite seines Trucks herumging.

***

Lara fiel es schwer zu verarbeiten, was gerade passiert war. In einem Moment war sie ein wogendes Meer von Hormonen gewesen, und im nächsten ... nichts. Nun, okay, ihre Hormone schlugen immer noch Wellen, aber er hatte aufgehört.

Aufgehört.

Was zum Teufel sollte das? Diese Hosen waren nicht gerade aus Stahl; eher hatte es sich so angefühlt, als ob sich darunter etwas zu Stahl verfestigt hätte. Sie hatte *gefühlt,* wie sehr er sie gewollt hatte. Und jetzt wollte er wegfahren? Sie nach Hause bringen?

Oh Gott. Hatte Jeff recht? Stand ihr das *langweilig* ins Gesicht geschrieben? Hatte sie einen großen fetten Aufkleber auf ihrer Stirn? Gage war wahrscheinlich so das Gegenteil von *langweilig*, weshalb sie ihn verschreckt hatte.

Er steckte seinen Autoschlüssel in die Zündung. »Also, wohin?«

Sie nahm einen tiefen Atemzug. »Zu dir.«

Er ließ den Schlüssel los. »Was?«

»Zu dir. Immerhin schuldest du mir was.« So. Wie un-*langweilig* war das?

»Bist du sicher?«

Sie war sich kein bisschen sicher, aber sie hatte sich entschieden. »Würdest du mich zur Kasse bitten, wenn du gewonnen hättest?«

Der heiße Blick war ihre Antwort.

»Ganz genau. Bezahl oder ich erzähle allen, dass du den Schwanz eingezogen hast.«

Ernsthaft, wer war diese Frau, die in ihr normales *langweiliges* Ich eingedrungen war und dafür sorgte, dass sie sich alles andere als *langweilig* benahm?

Gage startete den Truck, legte den Rückwärtsgang ein und fuhr vom Parkplatz.

Lara zappelte in ihrem Sitz und war völlig entnervt. Er schaute sie kaum an. Seine Augen klebten auf der Straße, wie sie vor zehn Minuten noch auf *ihr* geklebt hatten.

Was, wenn er enttäuscht war? Immerhin hatte sie es nicht geschafft, das Interesse ihres Mannes zu wecken. Der Mann, der ihr angeblich versprochen hatte, den Rest seines Lebens mit ihr zu schlafen. Bei Gage war es so, dass sich die Frauen auf ihn stürzten. Sie hatte es mit eigenen Augen gesehen. Warum in aller Welt sollte er sie wollen?

»Du machst dir zu viele Gedanken.«

Sein Cowboy-Dialekt machte sie nicht annähernd so sehr an wie seine echte Stimme. Weil es seine war. Echt. Mit allen möglichen Tönen und Betonungen und die Art, wie seine Lippen die Worte formten ...

Er ergriff ihre Hand und verschränkte seine Finger mit ihren.

Ja, er hatte recht. Sie dachte zu viel darüber nach. Sie brauchte nur auf die Stelle zu schauen, wo sich ihre Haut berührte, um zu erkennen, dass sie nicht denken musste. Sie taten es füreinander. Was das in der Zukunft bedeuten würde, wusste sie nicht. Und im Moment war es ihr auch egal. Alles, was sie herausfinden wollte, war, was es für sie auf *diesem Weg* bedeuten würde.

Er bog in ein älteres Wohnviertel ein. Zweimal Abbiegen später fuhr er in die Einfahrt eines Split-Level-Hauses aus den 1970er-Jahren mit neuer Verkleidung, neuen Fenstern, einer Doppelgarage und einer Schaukel im Garten.

»Das ist dein Haus?«

»Von meinen Eltern. Wir haben geerbt, als sie starben.«

Er hatte sie in sein Elternhaus gebracht.

Sicher, *sie* wohnten nicht mehr dort, aber das war auch keine Junggesellenbude. Das war der Ort, an dem er aufgewachsen war. Wo seine Familie gelebt hatte. Die Realität.

Verdammt. Sie war definitiv *langweilig*. Sie konnte dieses Haus, diese Familienerinnerungen, nicht mit einem Lapdance entehren. Besonders nicht mit ihrem ersten Lapdance.

Er öffnete ihre Tür, bevor sie diesen letzten Gedanken verarbeitet hatte.

Dann hielt er ihre Arme mit seinen starken Händen fest, und der letzte Gedanke verschwand in einer Woge dieser glühenden Sehnsucht.

»Ich habe dir gesagt, du sollst aufhören, zu viel darüber nachzudenken.«

Die Sehnsucht war verpufft. »Ich kann es nicht ändern. Das ... Ist dein Jugendzimmer noch so, wie es war, als du hier gewohnt hast? Trophäen und Poster und Baseballhandschuhe?«

Er sah weg. »So ist es nicht. Ich meine, ja, mein Jugendzimmer ist immer noch das gleiche, aber ich schlafe jetzt im großen Schlafzimmer.«

Das Schlafzimmer seiner Eltern. Sie hob die Augenbrauen.

»Ich habe es umgestaltet. Ich renoviere das ganze Haus. Bringe es auf den neuesten Stand.«

Aber er würde die Erinnerungen nie loswerden, und sie würde nie vergessen, dass er sich hier wahrscheinlich das Knie aufgeschürft oder die selbstgebackenen Schokokekse seiner Mutter gegessen oder mit seinem ersten Schwarm im Keller rumgemacht hatte.

Ja, sie war wirklich *so langweilig*.

Die Haustür öffnete sich und ein kleiner Junge in einem Rollstuhl erschien der Tür und winkte ihnen zu, als ob das Haus brennen würde. »Gage! Du bist da!«

»Connor. Hey, Kumpel.« Gage nahm seine Hände von ihren Armen und legte ihr einen Finger unters Kinn. »Sieht so aus, als müsste ich dir einen Gutschein für den Lapdance geben.«

Sie wusste nicht, ob sie vor Erleichterung oder Bedauern ausatmen sollte.

Dann ergriff er ihre linke Hand und führte sie die Rampe zur Eingangstür hinauf, eine Modifikation, die er offensichtlich wegen der Verletzungen seines Neffen vorgenommen hatte.

Bedauern. Auf jeden Fall bereuen.

»Hey, Con. Das ist meine Freundin, Lara.«

»Hi, Lara.«

»Hi, Connor.«

Gage zerzauste Connors Haar. »Was machst du denn hier? Wo ist deine Mom?«

»Sie ist im Schlafzimmer und packt aus.«

Gages Hand hielt mitten in der Bewegung inne. »Packt aus?«

Eine Frau, die Gage ähnlich genug sah, um seine Schwester zu sein, erschien hinter Connor. »Ja, packt aus. Du hattest recht. Es macht mehr Sinn für uns, hier zu leben. Du hast deine Meinung doch nicht geändert, oder?«

»Nein. Überhaupt nicht. Ich habe nur nicht damit gerechnet, dass es heute Abend sein würde.«

»Das kann ich sehen.« Die Frau streckte ihre Hand aus, und, ja, dieses Lächeln war das ihres Bruders. »Hi, ich bin Missy. Ich bin die Schwester von Gage.«

»Lara. Äh, Gage und ich ...«

Gage drückte Laras Hand. »Wir haben zusammen gegessen.«

Seiner Schwester entging nicht, dass er die Hand hielt. »Oh.«

Lara wusste nicht, wer mehr errötete, sie oder Missy.

»Ich wollte nur, äh ...« *Hierher kommen, damit dein Bruder mein Feuer anzünden kann.*

»Connor und ich, wir könnten ausgehen. Ins Kino. Oder so«, sagte Missy.

Gage biss sich auf die Lippe, und Lara konnte sehen, wie sein Lächeln geradezu danach juckte, herauszukommen. »Mach dir keine Sorgen, Missy. Wir sind nur vorbeigekommen, damit ich ein paar Dinge abholen kann.«

Waren sie das? Lara blinzelte einfach weiter. Sie würde ihn einfach machen lassen.

»Ich muss etwas für Lara reparieren, also sind wir nur kurz vorbeigekommen, um mein Werkzeug zu holen.«

Er hatte alle Werkzeuge, die er brauchte, bereits bei sich.

Lara spürte, wie ihr Gesicht warm wurde und betete, dass es niemandem auffiel. Was zum Teufel war in ihrem Essen gewesen? Soweit sie wusste, waren Zwiebelringe und Krautsalat *keine* Aphrodisiaka.

»Oh. Okay.« Missy wandte sich wieder dem Haus zu. »Komm mit, Connor. Du kannst Gage morgen sehen.«

»Kann ich mit dir kommen, Gage? Ich kann dir dein Werkzeug reichen.«

Die Erwachsenen schauten überall hin, nur nicht zueinander.

Gage zerzauste ihm wieder die Haare. »Diesmal nicht, Kleiner. Ich bin vielleicht erst wieder da, wenn du im Bett bist.«

»Oh, Mann. Es ist Sommer. Kann ich nicht länger aufbleiben?«

»Du hast deinen Onkel gehört, junger Mann. Lass uns gehen.« Missy packte die Griffe des Rollstuhls und drehte Connor zurück Richtung Wohnzimmer. »Viel Spaß, ihr zwei.«

Den würden sie haben, wenn sie nur einen Ort finden könnten, an dem sie allein waren.

Dreizehn

Laras Haus war nicht dieser Ort.

Gage hatte alle möglichen lustigen Ideen für sie geplant: Zuerst würde er mit ein paar normalen Tänzen beginnen, dann würde er auf ihrem Schoß tanzen, und dann, nun ja, vielleicht würde es ein paar horizontale Tänze geben.

Aber als sie auf den Parkplatz vor ihrem Apartmenthaus fuhren und Caras Auto sahen – mit einer weinenden Cara darin –, verabschiedete sich Gage von der Idee *jeglicher* Art von Tanz.

Er würde lieber Lara küssen.

Er stellte den Wagen auf Parken und stützte die Unterarme auf dem Lenkrad ab. »Ich schätze, es ist wirklich ein Gutschein für ein anderes Mal, was?«

Lara wirkte enttäuscht – was seinem Ego guttat. »Ich muss sehen, was los ist.«

»Du klingst nicht gerade begeistert.«

»Wärst du das? Ich habe die Wahl zwischen einem heißen Kerl, der mir eine Privatvorführung schuldet, oder Caras gebrochenem Herzen.«

»Du findest mich heiß, hm?«

Sie schlug ihm auf den Arm. »Das weißt du doch. Das ist nichts Neues.«

Er griff ihr in den Nacken und zog sie für einen kurzen Kuss zu sich heran. Er würde ihr zeigen, wie heiß er war – auf sie.

Okay, es war nicht kurz.

Lara nahm einen Atemzug und seine Zunge folgte, und Gage war verloren. Er fummelte an ihrem Sicherheitsgurt herum und zog sie an sich heran. Gott sei Dank hatte sein Truck vorne eine Sitzbank.

Er schlang seinen Arm um ihre Beine und zog sie über seinen Oberschenkel.

Ah, ja, da. Er musste sie genau da spüren.

Sie stöhnte und bewegte sich, und ja, noch besser.

Er neigte ihren Kopf und ließ seine Zunge in ihren Mund gleiten – in einer Bewegung, die der Rest seines Körpers auch machen wollte.

Dann berührte sie seine Wange und Gage war kurz davor, zu explodieren. Ihre Finger entfachten ein Feuer auf seiner Haut wie ein Feuerwerk an Silvester.

Er löste seine Lippen von ihren und vergrub sie in ihrer Halsbeuge. Gott, sie roch so gut, wie sie schmeckte, obwohl es dieses Mal keine Zwiebelringe waren. Ein süßer, fruchtiger Duft, der ihn dazu brachte, jeden Zentimeter von ihr lecken zu wollen.

Er erschauderte, als sein Schwanz gegen ihr Bein zuckte. Mann, er wollte sie. Aber nicht auf dem Vordersitz eines Trucks auf einem Parkplatz, wo jeder sie sehen konnte, mit ihrer Cousine, die sich zwanzig Meter entfernt die Augen ausheulte.

Er nahm ihr Gesicht in seine Hände, fing diese sinnlichen Locken mit ein und küsste ihre Wange. Die Nasenspitze. Die Oberlippe, an der er knabbern wollte ...

Er knabberte daran.

Lara seufzte. Dann schauderte sie.

Er lächelte, als er sie erneut küsste. Ein letzter Kuss. Ein süßer. Einer, der ihn nicht den Rest der Nacht hart vor Sehnsucht zurücklassen würde ...

Oder doch, aber auf eine gute Art und Weise.

»Ich hatte heute einen tollen Abend«, flüsterte er, als sich ihre Stirnen und Nasen berührten.

Ihre Augen – dunkel vor Leidenschaft – blinzelten ihn an, und Gage musste sich zwingen, sie nicht auf die Bank zu legen und zu beenden, was sie begonnen hatten.

»Hattest du?«

Er wollte ihren Ex-Mann umbringen, weil er diesen Zweifel in ihr geweckt hatte. Gage beschloss, es zu seiner persönlichen Mission zu machen, diese Zweifel zu vertreiben und vielleicht den Boden mit ihrem Ex aufzuwischen, sollte er jemals das zweifelhafte Vergnügen haben, diesem Arschloch zu begegnen.

»Ja, das habe ich. Aber es gibt noch ein paar Dinge, um die wir uns erst kümmern müssen.«

»Ich weiß.« Sie befeuchtete ihre Lippen.

Seine guten Vorsätze, sie aussteigen zu lassen, ohne dass er mit ihr schlief, wurden arg strapaziert. »Du wirst doch nicht versuchen, einen Rückzieher zu machen, oder?«

Ein weiteres Lippenlecken.

Seine Finger krallten sich in ihr Haar.

»Nein. Ich werde keinen Rückzieher machen.«

»Gut. Ich werde dich daran erinnern.« Er holte tief Luft – und prägte sich den süßen Duft ein –, bevor er sich zurücklehnte. »Du gehst besser rein. Sie braucht dich.«

Lara nickte. »Ich danke dir. Für ...«

Er legte einen Finger auf ihre Lippen. Und wollte ihn nicht mehr bewegen. »Es gibt nichts, wofür du mir danken müsstest.« Er beugte sich vor und öffnete ihre Tür. »Noch nicht.«

Vierzehn

Lara war sich nicht sicher, wie sie es geschafft hatte, aus Gages Truck und hinüber zu Caras Auto zu kommen, ohne sich in eine Pfütze aus Pheromonen aufzulösen.

Caras blickte erschrocken mit tränenverschmiertem Gesicht auf, nur um dann in einen weiteren Heulkrampf aufzubrechen.

Lara öffnete die Tür. »Komm schon, Cara. Lass uns reingehen.«

»Warum sind Männer solche Arschlöcher?« Cara hatte Schluckauf, als Lara die Tür zu ihrer Wohnung öffnete.

»Willst du, dass ich die Gründe alphabetisch aufliste oder sie einfach in zufälliger Reihenfolge herausschreie?«, fragte Lara, während sie ihre Schlüssel auf den Tisch neben der Tür warf und in die Küche ging, um eine Flasche Rotwein zu holen. »Was hat Nick getan?«

»Nichts. Das ist ja das Problem.« Cara ließ sich auf das Sofa fallen, das zweite Möbelstück, das Lara sich für ihre neue ›Single‹-Wohnung gekauft hatte, als die Scheidung rechtskräftig gewesen war. Ein Bett war das erste gewesen – eines, mit geblümter Bettwäsche und viel zu vielen Kissen. Schluss mit der einfarbigen, ›erwachsenen‹ Schlafzimmereinrichtung, auf die Jeff bestanden hatte.

»Also, warum weinst du? Ich dachte, ihr hättet eine lockere Beziehung.« Lara schenkte zwei Gläser Wein ein und brachte sie ins Wohnzimmer.

Cara schniefte. »Das dachte ich auch.«

Lara reichte ihr eine Schachtel mit Taschentüchern. »Wo ist dann das Problem?«

»Er will, dass ich bei ihm einziehe.«

»Du machst Witze.« Lara ließ sich neben ihr auf das Sofa plumpsen.

»Schön wär's.« Cara zog ein Bündel Taschentücher aus der Schachtel. »Warum musste er alles kaputt machen?«

Lara streichelte Caras Locken. »Weißt du, die meisten Frauen würden sich darüber nicht aufregen. Die meisten von ihnen wären begeistert.«

»Ich bin nicht wie die meisten Frauen.«

Das war sie nicht. Cara war einmalig. »Also, was wirst du tun?«

»Ich werde ganz sicher nicht bei ihm einziehen. Ich meine, komm schon, Lara, kannst du dir vorstellen, dass ich die göttliche Hausfrau spiele? Ich, die lieber 20 Minuten fährt, um irgendwo Essen zum Mitnehmen zu holen, als Wasser zu kochen? Ich habe keine Ahnung, wie das geht, selbstgemachte Hühnersuppe zu kochen und jemanden durch eine Erkältung zu pflegen; das ist für mich schlimmer als eine Steuerprüfung. Wie kann er damit leben wollen?«

Lara schnappte sich einen weiteren Stapel Taschentücher, während Cara sich auf das bisschen Information stürzte, das sie bereits hatte.

»Und wenn ihr es langsam angeht? Macht nur zwei Tage. Achtundvierzig Stunden. Du gehst nach der Arbeit zu ihm, isst zu Abend, hängst rum, tust was auch immer ... Am nächsten Morgen stehst du auf, gehst zur Arbeit und danach wieder zu ihm. Nach dem Abendessen am zweiten Tag weißt du, ob du dort bleiben oder zu dir zurückgehen willst.«

»Siehst du? Das habe ich ihm auch vorgeschlagen, aber er ist Mr. Alles-oder-nichts. Er kann sich nicht mit Notlösungen zufrieden geben.«

»Cara, gib dem Kerl eine Chance. Die meisten Menschen sind keine Lückenbüßer. Du bist ihm wichtig; er will, dass du in seiner Nähe bist.«

»Ja, aber was ist mit dem, was ich will?«

»Was willst du? Du wolltest mit Dale glücklich werden ...«

»Erwähn diesen Idioten nicht, wenn du den morgigen Tag noch erleben willst.«

»Ist es möglich, dass du nicht über ihn hinweg bist?«

»Ernsthaft, Lara, du magst meine Cousine sein, aber ich brat dir einen über, wenn du mit diesem Gedankengang weitermachst. Mit Dale und mir ist es aus. Erledigt. Aus und vorbei. Er hat das Beste verloren, was ihm je passiert ist, und ich habe nicht vor, wieder in das Loch zu kriechen. Es hat verdammt lange gedauert, daraus herauszuklettern, und wenn du auch nur eine Minute denkst, dass ich eine Wiederholung in *Betracht ziehen* würde, dann kennst du mich nicht ... «

»Cara ...«

»... so gut, wie du glaubst ...«

»Cara ...«

»... und ich werde das auf keinen Fall machen.«

Lara legte ihrer Cousine eine Hand auf den Mund. »Hey. Sei mal einen Moment still, ja?« Sie nahm ihre Hand weg, nur einen Zentimeter, voll darauf vorbereitet, sie wieder genau dort hinzulegen, wenn Cara auch nur daran dachte, ihn wieder zu öffnen.

»Gut. Jetzt halt die Klappe und hör mir einen Moment zu.« Lara klemmte sich die Hand unter den Oberschenkel. »Ich weiß nicht, ob du dich gerade verhört hast, aber alles, was du über Dale gesagt hast? Du projizierst das auf Nick.«

»Ich projiziere das nicht ...«

Lara hielt drohend die Hand hoch. »Ich meine es ernst; hör auf zu reden.« Sie wartete, bis Cara sie finster ansah, bevor sie nickte.

Ihre Hand wanderte zurück unter ihren Oberschenkel. »Also gut. Was ich aus dieser netten kleinen Tirade von dir herausgehört habe, ist, dass du nie wieder so verletzt werden willst, wie Dale dich verletzt hat, und indem du dem nachgibst, was Nick will – indem du dich für eine ernsthaftere Beziehung mit ihm öffnest – öffnest du dich für die Möglichkeit, dass er dich verletzen könnte.«

»Das ist lächerlich, Lara. Nick ist nicht Dale.«

Lara verschränkte die Arme, lehnte sich zurück und lächelte.

»Oh, du denkst, du bist so schlau, nicht wahr?« Cara schlug sie mit einem Kissen.

»Äh, wenn ich so schlau wäre, hätte ich dem Schlag ausweichen können.« Lara setzte sich anders hin, um ihre Körpermitte vor weiteren unüberlegten Kissenattacken zu schützen. »Aber im Ernst, Cara, denk doch mal nach. Nick hat nichts anderes getan, als dich wundervoll zu behandeln, dir deinen Freiraum zu lassen, und jetzt will er mit dir zusammenleben. Wo ist das Problem?«

»Das Problem ist ...« Ihre Miene verzog sich unentschlossen in den klassischen ›Wutausbruch bei einer Vierjährigen‹-Ausdruck, den Cara im Alter von zwei Jahren perfektioniert hatte und dem sie nie entwachsen war.

»Ja?«

»Was ist, wenn er nicht mit mir leben kann? Was ist, wenn es *nicht* in Ordnung ist, dass ich die Handtücher zweimal falte, sobald ich sie nicht mehr brauche? Was ist, wenn er es nicht erträgt, eine nach Größe und Gebrauch geordnete Besteckschublade zu haben? Was, wenn er den Toilettensitz oben lässt?«

Lara klemmte sich das Kissen unter die Arme und gab sich große Mühe, nicht zu lachen. Wenn das nur ihr und Jeffs Problem gewesen wäre.

»Süße, das sind Kleinigkeiten. Ich weiß, ich weiß. Du siehst es nicht so, aber du und Dale wart in der Hinsicht kompatibel und es hat trotzdem nicht funktioniert. Vielleicht ist das die Art des Universums, dir zu sagen, dass du Nick eine Chance geben sollst. Versuche etwas anderes. Verlass deine Komfortzone.«

Oder vielleicht war es die Art des Universums, *ihr* das zu sagen, weil Gage *weit* außerhalb ihrer Komfortzone war.

Cara erkannte es zur gleichen Zeit wie sie. »Oh, ich sollte also *abenteuerlustig* sein?«

Sie war an der Reihe, das Kissen in den Magen zu bekommen.

Daraus wurde eine Kissenschlacht mit viel Gekicher, in der eine Wolke gebrauchter Taschentücher auf den Teppich rieselte.

Als das Kichern nachließ, lagen sie zwischen den Taschentüchern auf dem Boden vor dem Sofa.

»Wir sind so zwei, nicht wahr?«, sagte Cara und ließ sich gegen Laras Rücken sinken.

»Wir sind etwas Besonderes, das steht fest. Zwei Frauen, die Angst vor der einen Sache haben, die alle anderen zu wollen scheinen.«

»Liebe.«

»Ich wollte eine feste Beziehung sagen.«

»Ist das nicht das Gleiche?«

»Nicht in meiner Welt. Was ist mit deiner?«

Cara zuckte mit den Schultern. »Stimmt. Ich habe Dale geliebt, aber das hatte nicht das Geringste mit fester Beziehung zu tun.«

»Für Jeff auch nicht.«

»Arschlöcher.«

»Ja.«

»Was ist mit Gage?«

»Oh, ich bin sicher, dass er irgendwann eines wird, aber im Moment, nein, ist er es nicht.«

Cara setzte sich auf und winkelte die Beine unter sich an. »Warum denkst du, dass er irgendwann eins wird? Er scheint ein netter Kerl zu sein. Er scheint auf jeden Fall in dich verliebt zu sein.«

Lara sammelte ein paar Taschentücher neben ihrem linken Oberschenkel ein und warf sie auf den Zeitungsstapel auf dem Couchtisch. »Weil Typen wie er das immer tun. Ich meine, ich bin ganz okay, aber sieh ihn dir an. Er kann jede Frau bekommen, die er will, und dann bin ich vergessen. Hab ich schon erlebt, will ich nicht noch mal machen.«

»Ah.« Cara zerknüllte die Taschentücher auf der Titelseite des Sportteils. »Jeff erhebt sein hässliches Haupt.«

»Jeffs Haupt war nicht hässlich. Das war ein Teil des Problems.«

»Ich habe nicht von dem Teil auf seinen Schultern gesprochen.«

Das brachte Lara zum Schmunzeln. »Ich wünschte, ich könnte sagen, dass du recht hast, aber das war auch nicht Jeffs Problem.«

»Schwachsinn. Sein kleines Köpfchen hatte eine blöde Idee in seinem winzig kleinen, erbsengroßen Gehirn und hat entschieden, dass du nicht gut genug für das kollektive *Es* bist, das Jeff McMonster ist.«

Lara hob eine Augenbraue. »McMonster? Bitte sag mir, dass du mich nie so genannt hast, als ich seinen Nachnamen trug.«

»Natürlich nicht. Und ich habe ihn nur in meinen Gedanken so genannt. Obwohl ich glaube, dass es mir vielleicht einmal rausgerutscht ist. Seine Mutter hat mich auf der letzten Geburtstagsparty, die du für ihn veranstaltet hast, so komisch angeschaut.«

Die Geburtstagsparty, auf der sie ihm ihre Idee für ihre Konditorei zeigen wollte. Sie hatte sich für diese Torte abgeschuftet, und verdammt, sie war gut gewesen. Sie hatte Fotos davon gemacht, und sie würde mit denen mithalten können, die sie jetzt machte. Aber Jeff war entsetzt gewesen, dass seine Frau eine Torte *gebacken hatte*, anstatt sie bei der Spitzenkonditorei zu bestellen, die seine Firma benutzte.

Und sie hatte dagestanden und seinen Spott ertragen, weil *sie* keine Szene hatte machen wollen.

»Kannst du dir vorstellen, was McMonster sagen würde, wenn er dich mit Gage sehen würde? Besonders, wenn er Gage bei der Arbeit sehen würde.«

»*Die Hingucker* sind nicht das Einzige, was Gage macht, weißt du.«

Cara schnaubte, das Kichern kam immer noch. »Sorry, Lara, aber das klingt einfach so falsch.«

»Du weißt, was ich meine.«

»Ich schon, aber du musst zugeben, dass es komisch ist. Ich meine, hätten sie sich nicht einen, ach, ich weiß nicht, subtileren Namen ausdenken können?«

»Du musst zugeben, dass es deine Aufmerksamkeit erregt.«

»Das tun die Jungs auch.«

»Deshalb ist es der perfekte Name. Ich meine, man kann nicht beschönigen, was sie tun. Man kann also genauso gut sagen, wie es ist.«

»Worte, die du dir vielleicht zu Herzen nehmen solltest, Lara. Der Mann will dich.«

»Das Gleiche könnte ich zu dir sagen, Cara.«

Das Kichern versiegte

Gage war ziemlich muskulös ...

Cara fuhr sich mit der Hand durch die Locken, und Lara verzichtete darauf, ihr zu sagen, dass sie wie Medusa aussah. Das war schon in der Highschool ihr persönlicher Horror gewesen. Aus gutem Grund.

»Okay, ich werde es tun, wenn du es tust.«

»Gage hat mich nicht gebeten, bei ihm einzuziehen.« Und sie hatte die Sache mit dem Lapdance *nicht* erwähnt. Zu viel Informationen, sogar zwischen Cousinen.

»Das nicht.« Cara hatte das Böse Auge von ihrer italienischen Großmutter väterlicherseits geerbt. »Gib ihm eine Chance. Gib euch eine Chance, an diesen Punkt zu kommen. Und ich werde sehen, ob ich Nick von dieser 48-Stunden-Sache überzeugen kann. Vielleicht zweiundsiebzig, wenn er Glück hat.«

Fortschritte. Cara hatte definitiv Fortschritte gemacht.

Aber hatte *sie* auch den Mut dazu?

Fünfzehn

Das Universum war gegen sie.

Zwischen Gages normalen Job und ihrem plötzlichen Zustrom von Aufträgen, ganz zu schweigen von seinen Aktivitäten nach Feierabend bei *Die Hingucker* blieb ihnen keine Zeit, das zu beenden, was sie angefangen hatten. Am Donnerstagabend – um elf Uhr sieben – hatte Lara den Eindruck, dass das Universum ihr etwas mitteilen wollte.

»Ich hasse Fondant«, murmelte Cara und versuchte, ihr Auto mit dem Schlüssel zu öffnen, den sie verkehrt herum hielt.

Lara drehte ihn für sie um. »Fondant zahlt deine Hypothek.«

»Hey, ich habe eine Idee. Lass uns einen Haufen Fünfziger und Hunderter aus dem Zeug machen. Glaubst du, die Kassierer in der Bank würden sie einlösen?«

Lara legte ihre Hand auf Caras Kopf und schob sie auf den Fahrersitz, wie ein Polizist einen Verbrecher. »Ich bin mir nicht sicher, ob du nach Hause fahren solltest.«

Cara sank zurück gegen den Sitz. »Mache ich nicht. Ich fahre zu Nick.«

»Du hast es getan? Du hast ihn überzeugt?«

Cara nickte. »Ich habe ihm gesagt, dass es in Beziehungen immer um Kompromisse geht. Ich wäre bereit, wenn er es ist.« Sie öffnete ein Auge. »Außerdem ist es im Moment näher als meine Wohnung.«

Glückliche Cara. Gages Haus lag eine halbe Stunde weiter als ihres entfernt, und um elf Uhr nachts war es zu weit zum Fahren. Außerdem wohnten seine Schwester und sein Neffe dort.

Ja, was war eigentlich mit dem Universum?

»Fahr vorsichtig. Schick mir eine SMS, wenn da bist.«

»Du auch, Lara.« Cara zog die Tür zu, ließ das Auto an und senkte ihr Fenster. »Ich liebe dich.«

Lara ließ sich praktisch auf ihren Fahrersitz fallen. »Ich dich auch.«

Gott, war sie müde. Sie glaubte nicht, dass sie jemals so hundemüde gewesen war. Sie brauchten unbedingt Gummimatten – für die sie noch kein Geld hatten – bei den Vorbereitungstischen, weil die Crocs, die sie trug, bei 15-Stunden-Tagen nicht ausreichten. Ihr Rücken brachte sie um.

Sie schaltete die Klimaanlage ein, kurbelte die Fenster hoch und drehte den Musiksender auf laut. Sie brauchte etwas, das sie wach hielt, aber die Tatsache, dass sie nicht singen konnte, sollte andere nicht wach halten müssen.

Sie erhaschte einen flüchtigen Blick auf sich selbst im Rückspiegel. Oh Gott, ihre Locken hatten sich dank der Feuchtigkeit wie Korkenzieher zusammengezogen, mit grünen Buttercreme-»Strähnchen«, die entstanden waren, als Cara den Mixer zu stark aufgedreht hatte und der Zuckerguss überall herumgespritzt war. *Notiz an mich: morgen die Oberseite der Schränke überprüfen, bevor zuckersüchtige Mäuse auftauchen.*

Sie sah aus wie Medusa. Gut, dass Gage sie heute Abend nicht sehen würde; er würde schreiend in die andere Richtung flüchten.

Andererseits, da er ihr Sambuca-Koma ertragen hatte, würde er es vielleicht nicht tun.

Warum um alles in der Welt war er an jenem Abend an ihr interessiert gewesen?

Sie hatte nie daran gedacht, Jeff zu fragen, was ihn am Anfang zu ihr hingezogen hatte. Sie hatte ihn in einem Restaurant kennengelernt, das sie bewerten wollte. Sie hatte an der Bar gesessen, das Angebot auf der Speisekarte mit dem Selbstbewusstsein einer frischgebackenen College-Absolventinnen getestet, die ihren Traumjob gefunden hatte, und er hatte sich auf den Platz neben ihr gesetzt. Eines hatte zum anderen geführt und er hatte sie nach ihrer Nummer gefragt. Er war neun Jahre älter gewesen, umwerfend auf eine blonde Country-Club-Art, mit einem Jurastudium und dem richtigen Maß an Charme, um ihren Bauch mit Schmetterlingen zu füllen.

Sie hatte später – zu spät – herausgefunden, dass ihr Alter ihr größter Reiz für ihn gewesen war. Jung genug, damit er sie nach seinem Ideal von einer perfekten Partnerin formen konnte. Schon vor der Nacht, in der sie ihn dabei erwischt hatte, wie er sie mit Blondie betrog, hatte sie gedacht, dass er mit jemandem wie Blondie zusammen sein sollte. Er hatte sich vor ihr mit ein paar Modeltypen verabredet, aber er sagte, die Barbie- und

Ken-Kommentare seien mit den Jahren langweilig geworden. Er wollte etwas – jemanden – anderes, und eine kleine, dunkle, kurvige Italienerin war definitiv anders. Die Tatsache, dass sie an jedem seiner Worte gehangen hatte, hatte den Reiz wahrscheinlich nur noch verstärkt.

Wenigstens für eine kleine Weile. Zumindest hatte sie *gedacht,* sie hätten ein paar gute Jahre gehabt. Aber dann hatte sie ihn erwischt, und na ja ...

Er hätte sich von vornherein eine Trophäenfrau suchen sollen. Blaublütig statt Nudelsoße. Diese Frauen würden nie etwas anderes wollen, als seine perfekte Gastgeberin zu sein.

Sie fragte sich, was seine Verlobte beruflich machte. Oder was sie nicht tat. Und ob sie Barbie hieß.

Lara fuhr auf den Parkplatz ihrer Eigentumswohnung, als die letzte Note des Hits von *Evitas Don't cry for me Argentina* verklang. Sie war kein großer Fan der Madonna-Version, aber wenigstens kannte sie den ganzen Text. Der Name von Jeffs Verlobter spielte keine Rolle. Und die Verlobte auch nicht.

Und auch Jeff nicht.

Gage andererseits ... Was sah er, wenn er sie ansah? Stand er auf Pasta-Soße? Er stand auf Steak und Kartoffeln, also hatten sie das gemeinsam. Aber war das genug für eine Beziehung?

Und wer konnte schon sagen, dass er überhaupt eine wollte? Ein paar gute Nächte, ja, dafür war er definitiv zu haben, aber langfristig?

Lara stieg die Stufen auf dem Pfad zu ihrer Eigentumswohnung hinauf. Sie war dreißig Jahre alt; sie musste langfristig denken. Männer mussten sich darüber nicht so viele Gedanken machen, aber ihre Eier wurden nicht jünger, und wenn die Schmerzen in ihrem unteren Rücken ein Hinweis darauf waren, hatte sie nicht mehr die Kraft, noch viele Jahre lang Kleinkinder durch die Gegend zu jagen.

Sie konnte diese Jahre nicht mit einem Typen verschwenden, der nur eine gute Zeit haben wollte. Toller Sex, keine Verpflichtungen, sich treffen, wenn sie konnten ... all das wäre in ihren Zwanzigern in Ordnung gewesen – nur, dass sie die versaut hatte, weil sie mit Mr. Ken verheiratet gewesen war –, aber es war der Rest ihres Lebens, an den sie jetzt denken musste. Darauf musste sie sich konzentrieren, und nicht auf die Tatsache, dass Gage zum Anbeißen war und sie ihn einfach nur genießen wollte.

Sie stieg die zwei Stufen zu ihrer Veranda hinauf, öffnete die Fliegengittertür – und sah die Blumen.

Keine Rosen. Nein, natürlich nicht. Rosen wären zu gewöhnlich. Zu klischeehaft. Zu sehr *Trophäenfrau.*

Das waren Lilien. Tigerlilien, Taglilien, Calla-Lilien, mit Schwertlilien und Chrysanthemen gemischt, die die Skala von Rot über Orange bis hin zu allen möglichen Rosatönen abdeckten – mit einem Band voller Strass-Steinen.

Habe sie gesehen und an dich gedacht.
Die Blumen sind beinahe so hübsch wie du.
~ G

Okay, vielleicht gab es etwas, das dafür sprach, den Moment zu genießen.

Sechzehn

»Denk daran, die Sonnenblumen bis zur letzten Minute in der Kühlung zu lassen, Cara, damit sie nicht schmelzen. Diese Hitze wird ein Killer für den ganzen Zuckerguss sein.« Lara schob mehrere aufgerollte Geschirrtücher unter die Kiste mit den Sonnenblumen auf dem Rücksitz von Caras Auto. Sie hatte die Stiele auf einen Meter dreißig kürzen müssen und sich in letzter Minute eine Möglichkeit einfallen lassen, den eigentlichen Blumenteil daran zu befestigen, weil sie den Lieferwagen für die Strandparty benötigte und Caras Rücksitz deutlich kürzer war, als sie es für den Transport geplant hatte. »Und setz einen weiteren Lieferwagen auf unsere Wunschliste.«

»Vor oder nach dem zweiten Mixer?«

»Wie wäre es mit der gleichen Zeit?«

Cara rutschte auf den Fahrersitz und stieß dabei ihre Kochmütze vom Kopf. »Ich glaube, wir würden uns umbringen, wenn wir es gleichzeitig machen würden, Lara. Im Ernst, ich bin erledigt. Ich weiß nicht, wie du es geschafft hast, weiterzumachen.«

Schiere Entschlossenheit, inspiriert von Jeffs monatlichen Unterhaltsschecks.

»Weißt du noch, wie man die Stängel verbindet ...«

»Ja, ja, ich erinnere mich. Verdammt, ich habe letzte Nacht schon davon geträumt, du hast mich damit ganz wuschig gemacht, dass ich es falsch machen könnte. Es ist keine Raketenwissenschaft, Lara. Wenn ich die Prüfung zum Wirtschaftsprüfer bestehen kann, kann ich sicherlich auch ein paar Schrauben in Bambus schrauben.«

»Schraub sie aber nicht zu fest ein, sonst knackt es und die Sonnenblumen fallen um. Und wenn sie umfallen ...«

»Es wird einen Dominoeffekt auf den Rest des Gartens haben. Ja, ich weiß. Ich habe es verstanden. Ich glaube, deshalb war ich gestern die halbe Nacht wach.«

»Vielleicht hatte das mit Nick zu tun.«

Cara riss die Tür zu. »Das war die erste Hälfte der Nacht. Für den Rest bist du verantwortlich. Jetzt lass mich hier raus, sonst komme ich nie pünktlich an. Viel Spaß bei der Strandparty.«

Lara trat vom Fahrzeug weg, damit Cara loskam, und wischte sich mit dem Unterarm über die Stirn. Es fühlte sich wirklich so an, als würde sie an den Strand fahren. Nur ohne die angenehme Meeresbrise. Es war erst Anfang Juni, aber Mutter Natur hatte anscheinend beschlossen, alle Register zu ziehen und die Temperatur auf Mitte August zu erhöhen.

Als sie mit ihrem Transporter bei der Party vorfuhr, sah sie Gage dort in Shorts, einem Tank-Top und einem Paar Flip-Flops stehen, seine Haare waren von den langen Tagen in der Sonne ausgeblichen. Der Mann sah zum Anbeißen aus, mehr noch als einer ihrer Cupcakes.

»Hey, Cupcake.«

Vergiss den Fondant; *sie* war am Dahinschmelzen. »Was machst du denn hier?«

»Hier, ich helfe dir damit.« Er holte das Riesenrad von der Ladefläche. »Zwei von meinen Jungs sind hier, um aufzutreten. Gina ist die Cousine von Bryan.«

»Seine Cousine?« Sie zog die Rollwagen heraus, klappte die Beine aus, stellte die Bremsen fest und machte sich dann an die Arbeit, das Kuchenblech draufzustellen. »Du hattest nicht zufällig etwas damit zu tun, dass wir diesen Job bekommen haben, oder?«

Er zuckte mit den Schultern. »Gina brauchte Cupcakes, du verkaufst Cupcakes. Schien die perfekte Lösung zu sein.«

Er war wirklich entschlossen ihre Mauer einzureißen, oder?

»Danke.« Sie presste das Wort an dem Kloß in ihrem Hals vorbei – und bemühte sich, die Kontrolle über ihre Gefühle zu behalten. Nicht jeder gut aussehende Kerl war wie Jeff. Gage hatte das schon bewiesen.

»Gern geschehen. Wo soll das hin?« Gage hielt das Riesenrad hoch und sein Bizeps spannte sich an.

Und Gage war *definitiv* nicht wie Jeff.

Sie wischte sich einen Schweißtropfen von der Stirn. Es war wirklich heiß hier in der Sonne. »Gina sagte, sie hätte zwei Tische für mich.«

»Ah, ja. Sie sind neben dem Anbau für den Massageraum. Mir nach!«

Mit Vergnügen. Seine Nylonshorts bedeckten verführerisch seinen Hintern und wölbten sich bei jedem Schritt um seinen Knackarsch.

Ja, es war wirklich heiß in der Sonne.

Er leerte den Rest des Wagens für sie, während sie das Rad aufstellte und dem Kuchen den letzten Schliff verpasste.

»Die sehen toll aus, Lara.« Er ging hinter den Tisch, reichte ihr die Schachtel mit den Prospekten und beugte sich für einen kurzen Kuss vor. »Du siehst auch toll aus.«

Sie griff selbstbewusst nach ihrer Kochmütze. »Die Hitze muss dein Gehirn schmelzen lassen. Niemand sieht mit einer Kochmütze gut aus.«

»Du schon.« Er küsste sie wieder – zu schnell und mit viel zu wenig Zunge. Um genau zu sein, *ohne* Zunge.

Sie seufzte und erinnerte sich daran, dass das eine gute Sache war. Die Konditorin sollte nicht auf ihre Cupcakes sabbern. Auf Gage? Klar. Auf die Cupcakes? Nein, nicht unbedingt.

Sie fächelte sich Luft zu. »Junge, ist das heiß heute.«

»Das ist es jetzt.« Er schenkte ihr dieses schiefe Lächeln, das ihr Blut garantiert noch mehr erhitzte als die Sonne, und fuhr mit einem Fingerknöchel über ihren Arm. »Ich habe dich vermisst.«

Sie zitterte, was bei dieser Hitze lächerlich war. »Ich auch. Danke für die Blumen.«

»Du hast dich schon für sie bedankt.«

»Eine WhatsApp zählt nicht. Ich wollte dir persönlich danken.«

»Was hältst du davon, damit zu warten, bis wir hier fertig sind?«

Sie würde hier erst nach elf fertig sein, dann musste sie den Wagen zurückbringen, die Utensilien, Tabletts und das Riesenrad reinigen und alles für morgen vorbereiten. »Okay.«

Diesmal fuhr er mit dem Fingerknöchel über ihre Nasenspitze. »Toll. Dann haben wir ein Date.«

Sie zitterte wieder.

»Gage!« Eine Frau lief auf den Tisch zu. Eine wirklich hübsche Frau.

»Gina – was geht ab? Hast du Lara schon kennengelernt?«

Lara entspannte sich ein wenig. Gina. Die Cousine von Bryan. Wenn Gage sie gewollt hätte, hätte er jahrelang Zeit gehabt, seinen Zug zu machen.

»Schön, dich kennenzulernen.« Ginas Begrüßung war bestenfalls halbherzig. Ah, nun, Lara war Mrs. Applebaum gewohnt, also war das nichts. Der Kunde hatte immer recht. »Gage, wir haben ein Problem.«

»Was ist es?«

Gina warf einen Blick auf Lara. »Es ist ähm ... Vielleicht sollten wir das lieber unter vier Augen besprechen.«

Lara wiederholte ihr *›Der Kunde hat immer recht‹*-Mantra und winkte ab. »Mach nur. Wir können den Kuchen anschneiden, wann immer du willst.«

»Toll. Danke.« Gina schleppte ihn weg, aber Lara konnte sich nicht wirklich beschweren. Gage sah von hinten genauso gut aus wie von vorne.

Ja. Es war heute *wirklich* verdammt heiß.

***

»Was ist hier los, Gina?« Gage beeilte sich, mit ihr Schritt zu halten.

»Tanner ist, ähm, unpässlich.«

Er wölbte eine Augenbraue zu ihr. »Und?«

»Er ist nicht in der Verfassung, aufzutreten.«

»Was meinst du damit, dass er nicht auftreten kann?« Gage bewegte sich bereits auf das Haus zu. Mist. Das brauchte er heute bestimmt nicht. Heute Abend war die große Eröffnung des neuen Day-Spa, das er für Gina gebaut hatte, und ihre Freunde und Kunden gehörten zur Hauptkundschaft der *Hingucker*. Er hatte gehofft, heute Abend ein paar Aufträge an Land zu ziehen, aber das würde nicht passieren, wenn dieser Auftritt in die Hose ging.

Er schritt durch die Küche, blieb aber stehen, als er den Flur erreichte. »Wo ist er?«

Gina zeigte die Treppe hinauf. »Im Badezimmer. Das ist nicht schön.«

Er hatte Tanner unzählige Male in seinem Kostüm gesehen. Wenn Gina also sagte, es sei nicht hübsch, war etwas Schlimmes passiert.

»Scheiße.« Er nahm die Treppe, zwei auf einmal.

Tanner lag zusammengerollt auf dem Fußboden der Umkleide, Carlo stand daneben und sah hilflos aus.

»Was ist passiert?« Gage kniete sich über ihn.

»Ich weiß es nicht. Ich habe mich in letzter Zeit nicht so gut gefühlt, und als ich mich fertig machte, verspürte ich einen wirklich scharfen Schmerz.« Er fasste sich an den Unterleib. »Ich schwitze wie ein abgestochenes Schwein. Ich hoffe, es ist nicht mein Blinddarm.«

Gage geriet auch ins Schwitzen. Das setzte ihren Top-Verdiener außer Gefecht, und verdammt, Tanner war *kein* angenehmer Patient. »Gina, ruf einen Krankenwagen.«

»Schon erledigt. Ich gehe und warte auf sie.« Sie rannte hinaus.

»Ganz ruhig, Tan. Wir bringen dich ins Krankenhaus und sehen, was los ist.«

»Es tut mir leid, dass ich dich im Stich gelassen habe, Mann.«

»Hey, mach dir nichts draus. Werd einfach gesund.«

Die Haustür öffnete sich und er hörte die Sanitäter die Treppe hinaufkommen. Gage verließ die Umkleide, um ihnen Platz zum Arbeiten zu geben.

»Ich schaffe das schon allein, Boss«, sagte Carlo. »Ich werde doppelt so lange tanzen. Die Leute sollen was für ihr Geld bekommen.«

Gage schüttelte den Kopf. Das war doch wieder typisch, oder? Normalerweise wäre Bryan hier. Gina war ja schließlich seine Cousine. Eigentlich hätte er die Jungs beaufsichtigen sollen, aber Gage wollte näher an Lara rankommen, also hatten sie getauscht. Da Bry den Sicherheitsdienst auf der Party zum fünfzigsten Geburtstag leitete (diese Frauen mittleren Alters neigten dazu, viel gieriger zu sein, als er je erwartet hätte), war es an Gage, das Problem zu lösen.

Es gab nur einen Weg, wie er es tun konnte.

»Hol mir das Kostüm, Carlo. Ich habe ein Paar Ersatzshorts in meinem Wagen.« Er hatte sich angewöhnt, sie immer dabeizuhaben, nachdem er das erste Mal hatte einspringen müssen. Tanzen war eine Sache, mit einem Kerl die Unterwäsche zu teilen eine ganz andere. Beim ersten Mal hatte er ein Kondom und eine Socke getragen und seitdem hatte er sein eigenes Notfallset in seinem Truck. Es hatte ihm seinen Arsch – und seinen Schwanz – mehr als ein paar Mal gerettet.

Er rannte hinaus zum Truck, als Tanner in den Krankenwagen geladen wurde, und warf einen Blick auf Laras Tisch. Sie war mit einer Gruppe von Gästen beschäftigt. Hoffentlich würden sie sie während der Aufführung auch beschäftigen. Hätte er geahnt, dass er tanzen musste, hätte er Lara nicht engagieren lassen. Private Lapdances waren eine Sache, aber öffentlich? Das wäre zu persönlich geworden.

Zehn Minuten später hatte er Tanners Kostüm an und schwitzte nervös hinter der Bühne.

Er schüttelte die Arme aus, rollte den Kopf. Das war lächerlich. Er hatte nie Lampenfieber. Er hatte diesen Tanz schon dutzende Male aufgeführt. Hatte hunderte Male getanzt. Vielleicht tausende. Er musste einfach das tun, was er immer getan hatte. Sich eine Frau aus der Menge aussuchen und für sie tanzen.

Lara war in der Menge.

Das wurde zu einem Problem, als dies auch seinem Schwanz einfiel.

Scheiße.

Die Musik setzte ein und er gab Carlo einen Klaps auf den Arm. »Hals- und Beinbruch.«

»Dir auch.«

Er spielte mit dem Gedanken, sich etwas *anderes* zu brechen, das sich viel zu sehr für die Tatsache interessierte, dass Lara in der Nähe war. Als er die Lapdance-Wette vorgeschlagen hatte, war es mit der Absicht gewesen, dass es nur die beiden sein würden. Eine Beule in seiner Hose wäre dann kein Problem gewesen – es wäre sogar die Lösung gewesen, wenn eins zum anderen geführt hätte, aber jetzt? Er musste sich eine Großmutter aussuchen, auf die er sich konzentrieren konnte.

Selbst dieser Gedanke ließ ihn nicht schrumpfen. Großartig.

Sein Einsatz kam, und Gage holte tief Luft, konzentrierte sich darauf, seine Brustmuskeln aufzupumpen und drehte sich auf der Bühne.

***

Lara schaute auf, als die Musik begann. Auf der hinteren Terrasse hingen schwarze Samtvorhänge, an denen das Logo von *Die Hingucker* angebracht war. Die übergroßen Bilder der Jungs waren nicht da, aber was machte das schon, wenn das Publikum das Echte bekam?

Die beiden Tänzer kamen heraus und ...

Einer war Gage.

Oje.

Er trug eine schwarze Weste, eine Fliege und eine enge schwarze Hose, die nichts ihrer Fantasie überließ.

Und dann begann er zu kreisen – was *wirklich* nichts ihrer Fantasie überließ.

Wow, der Typ konnte *sich bewegen*. Was für eine Schande, dass sie diese Bewegungen verpasst hatte, als sie bewusstlos in seinem Bett gelegen hatte.

Er machte ein paar Beckenstöße und sein Sixpack – nein, *Eightpack* – ließ ihr das Wasser im Munde zusammenlaufen. Sein Partner tat es auch, aber, nun ja, *er* hatte nicht die Wirkung auf sie, die Gage hatte.

Die Menge liebte es. Die Frauen begannen mit anzüglichen Kommentaren und arbeiteten sich bis zur Bühne vor.

Ihre Begleiter bahnten sich hingegen einen Weg zu Laras Tisch. Sie verstand total, warum.

Gage hob seine Arme und verschränkte sie hinter seinem Nacken, seine Brustmuskeln tanzten im Takt mit dem schweren Downbeat, der durch ihre Adern bis hinunter zu einer bestimmten Stelle dröhnte. Er beugte seinen Bizeps im Rhythmus, erst den einen, dann den anderen, dann drehte er sich herum und – heilige Scheiße – ließ seinen Hintern im dreifachen Tempo wackeln.

Die Nylonshorts, die er vorhin getragen hatte, sollten verbrannt werden, denn sie betonten seine Muskeln nicht annähern so vorteilhaft, wie es diese Hose tat. Das schwarze Leder formte die straffsten Gesäßmuskeln, die sie seit langem gesehen hatte – nun, seit dem Morgen danach in seinem Hotelzimmer.

»Äh, Miss?« Ein Typ schnippte mit den Fingern in ihrem Gesicht. »Haben Sie auch Red Velvet-Cupcakes? Das sind die Lieblings-Cupcakes meiner Freundin.«

Lara schüttelte den Kopf und riss ihren Blick von Gage los. Die Arbeit ging vor.

»Ähm, ja. Habe ich. Sie sind ... Lassen Sie mich sehen ...« Verdammt, sie war völlig durch den Wind. *Die Arbeit, Lara.. Konzentrier dich auf die Arbeit. Und nicht auf den Inhalt von Gages Hose*.

Es war an diesem Abend wirklich verdammt heiß.

Sie reichte dem Mann den Cupcake.

»Danke. Mal sehen, ob das funktioniert«, murmelte er, bevor er sich in das Gedränge der tanzenden Frauen stürzte.

»Wie sieht es mit Schokolade aus?«, fragte ein anderer. »Mit Schokoglasur? Und Kern? Je mehr Schokolade, desto besser.«

Lara reichte ihm ihr Devil's Delight spezial, das alle drei Anforderungen erfüllte.

Der nächste Mann fragte nach Erdbeer, ein anderer nach Käsekuchen. Sie alle trugen die Cupcakes zurück in die tanzende Menge, wahrscheinlich um die Aufmerksamkeit ihrer Freundinnen von der Bühne abzulenken.

Viel Glück dabei. Ihre Cupcakes waren gut, aber nichts war vergleichbar mit der schieren Perfektion der männlichen Form, die zu dem schwülen, sexy Downbeat der Musik dort oben auf der Bühne die Hüften kreisen ließ. Diese Show war ein Fest für alle Sinne, und es war nicht Zucker, was diese Frauen wollten. Gage und Bryan hatten ganz bestimmt gewusst, was sie taten, als sie ihren Geschäftsplan aufgestellt hatten, und – puh – sie wussten auf jeden Fall, wie man ein Publikum für sich gewann.

Die Frauen kreischten förmlich. Eine hatte tatsächlich einen BH auf die Bühne geworfen. Gages Partner hob ihn auf und zwinkerte einer Frau in der ersten Reihe zu.

Völlig irrationale Eifersucht erfüllte Lara und drohte sie zu ersticken.

Eigentlich würde Lara diese Frau am liebsten erwürgen. Sie hatte sich nicht an Gage rangemacht, aber was, wenn er auf der Seite der Bühne gewesen wäre? Er musste daran gewöhnt sein, dass so etwas passierte. Verdammt, sie hatte sich ihm auf der Junggesellinnenparty an den Hals geworfen, ohne dass er auch nur ansatzweise ausgezogen war. Gott allein wusste, was sie getan hätte, wenn er es gewesen wäre.

Was konnte Gage nur in ihr sehen? Der Mann war körperliche Perfektion – mehr als Jeff es je gewesen war, und *er* hatte sie verlassen.

Caras Worte hallten in ihrem Kopf nach. *Gage will dich. Sei abenteuerlustig.*

Die hatte leicht reden; Gage war ein großes Risiko für ihr zerbrechliches Ego.

Zum Glück hatte sie einen ständigen Strom von eifersüchtigen, Cupcake suchenden Männern, die sie von ihm ablenkten, aber ab und zu blickte sie auf und ... ja, dieses Kribbeln war wieder tief in ihrem Bauch zu spüren.

Die Weste wurde ausgezogen. Als sie aufblickte, wirbelte er sie wie ein Lasso über seinem Kopf, und ihr Mund wurde knochentrocken.

Okay, keine gute Wortwahl, denn es lenkte ihren Blick direkt in seinen Schritt, und oh ja, da blieb *nichts* ihrer Fantasie überlassen. Selbst von hier hinten konnte sie erkennen, dass der Mann in dieser Abteilung keine Probleme hatte.

Dann riss er die Hose herunter.

Heilige Mutter Gottes ... Sie griff nach der Wasserflasche, die sie unter dem Tisch aufbewahrte, und spritzte sich etwas in ihr Oberteil.

Das half jedoch wenig, um ihr Gemüt abzukühlen.

Er trug enge kleine schwarze Shorts auf seinen kreisenden Hüften, mit viel zu vielen Beulen für ihren Geschmack – nun, nein, das stimmte nicht. Er gefiel ihr; sie wollte nur nicht, dass er auch anderen Frauen gefiel.

Und dann wurden die Dollarscheine gezückt. Natürlich hatte Gage innerhalb von dreißig Sekunden die Hose voll.

Sie war eifersüchtig. Sie hatte keinen Grund dazu, wirklich, aber *er hatte sie* geküsst, als sie angekommen war. Zugegeben, es war nicht so innig gewesen wie der Kuss vor ein paar Tagen, aber sie hatten Pläne für anschließend gehabt. Diese Frauen sollten ihre Finger und ihre Dollarnoten für sich behalten.

In einer perfekten Welt würde es so sein, aber das war es, womit Gage sein Geld verdiente. Er spielte mit den Fantasien dieser Frauen. Er ließ sie ihre schmutzigen kleinen Finger in seine Hose schieben. Vielleicht gingen einige von ihnen noch weiter, wer wusste das schon? Ist er oft auf ihre Angebote eingegangen? Immerhin hatte er es mit ihr getan.

Lara setzte sich auf einen Hocker. Gott, so hatte sie das nicht betrachtet. Sie war in dieser Nacht da gewesen, mehr als willig, und er hatte es ausgenutzt.

Nun, nein, er hatte sie nicht ausgenutzt, nur ihr Angebot. Er war eigentlich ein unglaublicher Gentleman gewesen, aber trotzdem. Es konnte nicht das erste Mal gewesen sein, dass er eine Frau aufgegabelt und auf sein Zimmer genommen hatte – würde er wollen, dass es das letzte Mal war?

Sie tupfte sich mit einem Geschirrtuch den Nacken ab. Sie machte sich lächerlich. Cara würde sie ohrfeigen, wenn sie sie hören könnte. *Sei abenteuerlustig. Er will dich.*

Aber für wie lange?

Das war die Frage. Sie konnte es nicht ertragen, wieder abserviert zu werden. Es tat zu sehr weh. Es war zu erniedrigend. Es lähmte sie. Liebe war es einfach nicht wert – und wer konnte schon sagen, dass Liebe überhaupt zur Debatte stand? Vielleicht war es nur die gute alte Lust. Gage fand, aus welchem Grund auch immer, Interessantes an ihr, aber nach ein paar Runden im Bett und es wäre vorbei.

Wo würde sie dann sein?

Er und sein Partner haben da oben auf der Bühne ein Vermögen verdient. Er konnte wirklich tanzen. Und sagte man nicht, dass die Art, wie ein Mann tanzte, darauf schließen ließ, wie er ...

»Nicht schlecht, hm?« Gina kam auf den Tisch zu.

Lara schoss wieder auf die Beine. »Ähm, ja. Du hast heute eine großartige Beteiligung. Nochmals vielen Dank, dass du Cavallo's Cups & Cakes geordert hast.«

»Ich habe von Gage gesprochen.« Gina nickte zur Bühne, wo Gage nun die Menge neckte, indem er die Dollars am Bund seiner Shorts entlang verteilte.

Wenn er die ausziehen würde, würde sie zu einem großen Haufen Glibber schmelzen, genau hier.

»Ähm, ja, nett. Er und Bryan haben ein gutes Geschäftsmodell.«

Sie wollte ihr Gesicht so gerne in dem Blechkuchen vergraben, als Gina grinste.

»Das ist das erste Mal, dass es jemand so formuliert hat, aber okay.« Gina nahm einen *Tasty Temptations* Cupcake in die Hand. »Also, Gage hat mir erzählt, dass das auch für dich ein neues Geschäft ist.«

Geschäft. Gott sei Dank. Das war genau das Richtige, um sie von Gages Bauch, Hintern, Oberschenkeln und Armen abzulenken. »Es ist nicht ganz neu. Meine Cousine und ich sind jetzt seit sieben Monaten im Geschäft. Wir haben viele zufriedene Kunden, und jeden Tag kommen neue Bestellungen rein.« Sie reichte Gina eine der Broschüren und versuchte, nicht über ihre Schulter auf Gages Bauchmuskeln zu starren, aber oh, es war verdammt schwer, es nicht zu tun. »Hier sind ein paar Erfahrungsberichte, und ich kann dir die Telefonnummern geben, wenn du direkt mit ihnen sprechen möchtest.«

Gina nahm die Broschüre. »Entspann dich. Ich habe dich auf Gages Wort hin eingestellt, und wenn du gut genug für ihn bist, bist du auch gut genug für mich.« Gina nahm einen Bissen von dem Cupcake. »Stell einfach sicher, dass du gut für ihn bist.«

Sie sprach über Cupcakes, richtig?

Lara überlegte gerade, wie sie darauf reagieren sollte, als es plötzlich einen riesigen Tumult auf der Bühne gab. Eine Frau war auf die Bühne *gesprungen*. Im Ernst, sie *war gesprungen*. Abgesprungen vom improvisierten Sprungbrett ihrer Freundinnen, das aus ihren gekreuzten Händen bestand – und sie hatten sie direkt auf Gage geworfen.

»Oh, verdammt. Wollt ihr mich *verarschen*?« Gina ließ den Cupcake auf den Tisch fallen und rannte los.

Lara konnte nur zusehen, wie Gage unter dem Aufprall taumelte, es aber irgendwie schaffte, auf den Beinen zu bleiben, während die Frau sich wie eine Decke um ihn wickelte. Und ihn *küsste*.

Oh, Gott. Lara schloss ihre Augen. Sie konnte es nicht mit ansehen. Sicher, er hatte es nicht angezettelt, aber meine Güte, das brauchte er auch nicht, wenn sich die Frauen ihm buchstäblich an den Hals warfen.

Sie konnte das nicht noch einmal durchmachen.

Die Musik brach unter dem Jubel der Menge ab. Na toll. Der arme Gage wurde angegriffen und die Leute feuerten die Klette auch noch an. Lara öffnete die Augen und sah, wie Gina und ein paar Jungs aus der Menge versuchten, die Frau von ihm wegzuziehen. Die Szene, ähnelte der beim Barbecue der Schmitts, als sie die Blondine um Jeff gewickelt gesehen hatte. Jeff hatte sich befreit und ihr gesagt, dass es nicht seine Schuld gewesen war – dass sie ihn angemacht hatte –, aber der Schaden war angerichtet worden. Sein Ego war gestreichelt worden – wahrscheinlich nicht nur das – und er begann, sich umzusehen. Fing an, Dinge zu finden, die mit ihr nicht stimmten. Kritisierend, erniedrigend, demoralisierend.

Schließlich befreiten sie Gage von der Klette, und wer hätte das gedacht? Er sah über die Menge hinweg, auf die andere Seite des Hinterhofs – sein Blick suchte sie wie eine wärmegesteuerte Rakete.

Die Entschuldigung, die sie dort sah, traf sie genauso hart.

Sie musste einen netten, unauffällig aussehenden Typen finden. Vergiss Typen, die heiß und sexy waren; alle Frauen wollten das. Sie musste jemanden finden, dem sie vertrauen konnte; jemanden, der für den Rest ihres Lebens mit ihr zusammen sein wollte und sich nicht anderweitig umsehen musste. Die Leidenschaft mochte nicht mit dem vergleichbar sein, was sie bei Gage empfand, aber wenigstens würde sie sich auf das *für immer* verlassen können.

Siebzehn

Gage nahm nach der Show die kürzeste – und kälteste – Dusche, die die Menschheit kannte, zog sich Shirt und Shorts an und machte sich auf die Suche nach Lara.

Er hatte den Ausdruck auf ihrem Gesicht gesehen, als die Frau über ihn hergefallen war. Wenn er sich nicht so sehr darauf konzentriert hätte, nicht zu Lara zusehen, hätte er gesehen, was direkt vor ihm passierte, bevor es so weit gekommen war. Aber das hatte er nicht, und der Ausdruck in Laras Gesicht beunruhigte ihn zutiefst.

Leslie hatte ihm gezeigt, wie groß das Problem mit der Eifersucht werden konnte. Nicht, dass es dafür einen Grund gab. Wenn er mit einer Frau zusammen war, war er mit ihr zusammen und nur mit ihr. Aber es bräuchte schon eine sehr selbstsichere Frau, um seinen Nebenjob zu ertragen. Das wusste er. Bis er Laras entsetzten Gesichtsausdruck von der Bühne aus gesehen hatte, hatte er gehofft, dass sie so eine Frau sein würde.

Sie sollte es sein, verdammt noch mal, unabhängig davon, was dieses Arschloch von einem Ex-Mann ihr angetan oder gesagt hatte. Sie war schön, sie war freundlich, sie war lustig, und sie war erfolgreich in dem, was sie tat – ganz zu schweigen davon, dass sie verdammt sexy war. Wie konnte sie sich nicht selbstsicher fühlen?

Das war es, was er herausfinden wollte. Er wollte der Sache auf den Grund gehen. Um sie zu überzeugen, dass das, was heute Abend passiert war, unbedeutend war. Es hatte keinen Einfluss auf das, was sie gerade anfingen.

Verdammt – die Vorstellung, dass sie etwas anfingen, erschreckte ihn fast so sehr, wie die Vorstellung, wieder diesen Ausdruck in ihrem Gesicht zu sehen.

Er wurde von ein paar der ungebundenen Frauen aufgehalten und tat sein Bestes, sich zu befreien, ohne unhöflich zu sein. Das gehörte zum

Job, und er konnte es sich nicht leisten, unprofessionell zu sein, wenn all diese potenziellen Kunden da waren. Aber er musste zu Lara kommen.

»Gage!« Gina packte ihn am Arm. »Das tut mir wirklich leid. Ich weiß nicht, was in Megan und ihre Freunde gefahren ist. Sicher, sie sind rüpelhaft, aber das ...« Gina schüttelte den Kopf.

»Es ist nun mal passiert, Gina. Ich kann nicht behaupten, dass es das erste Mal gewesen wäre.« Und es würde wahrscheinlich wieder passieren. Wenn er nur nicht das Geld bräuchte, das diese Auftritte einbrachten.

»Lara scheint nett zu sein.« Gina reichte ihm ein Bier und begleitete ihn in Richtung Cupcake-Tisch. »Allerdings nicht dein üblicher Typ.«

Er nahm einen guten, langen, kühlen Schluck. »Mir war nicht bewusst, dass ich einen Typ habe.«

»Wunderschön, blond und zickig. Die letzten fünf deiner Freundinnen haben mich behandelt, als wäre ich eine Aushilfe.«

»Du übertreibst.«

»Wenn du es sagst.«

»Aber Lara ist umwerfend.«

Gina legte den Kopf schief. »Aber keine Sexbombe.«

»Weißt du, Gina, irgendwann wird ein Kerl erwachsen. Dann fängt er an, mit dem Gehirn in seinem Kopf zu denken, anstatt mit dem in seiner Hose.« Er nahm noch einen Schluck, weil er nicht *darüber* nachdenken wollte.

»Ich bin mir sicher, dass sie begeistert sein wird, zu wissen, dass sie eine logische Wahl ist und keine Frau, auf die du dich normalerweise stürzen würdest.«

Er verschluckte sich an dem Bier. »Was ist heute Abend mit dir los? Normalerweise reibst du mir mein Liebesleben nicht so unter die Nase.«

Sie atmete aus. »Du hast recht. Es tut mir leid. Es ist nur so, dass du mich mit ihr überrascht hast. Ich hätte nie erwartet, dass du auf jemanden wie sie stehen würdest.«

»Was meinst du, jemand wie sie?«

»Nett. Bodenständig. Echt.«

»Oh.« Er sah sie an. »Waren die anderen wirklich so schlimm?«

»Nicht schlimm, aber niemand, bei dem ich mir hätte vorstellen konnten, dass es hält. Bei ihr? Ja, ich kann mir vorstellen, dass du es ernst meinst.« Sie stieß den Hals ihrer Flasche gegen seine. »Ich muss jetzt den Kuchen anschneiden. Viel Glück, Gage.«

Er beobachtete, wie sie zu dem anderen Tisch hinüberging. *Dass du es ernst meinst*. Gina war ein wenig voreilig. Er konnte nicht langfristig denken. Nicht jetzt, wo Connor, Missy und Jayna ihn brauchten. Es gab zu viele Dinge zu tun und nie genug Zeit, sie zu erledigen. Verdammt, er und Lara hatten es die ganze Woche nicht geschafft, Kontakt aufzunehmen. Ein paar Nachrichten – nicht einmal ein einziger Anruf – waren nicht die Basis für eine Beziehung.

Außerdem waren sie beide zu sehr damit beschäftigt, ihre Geschäfte aufzubauen. Sie hatte eine schlechte Ehe hinter sich, und er ... na ja, er wusste nicht, wann er ›für immer‹ bereit sein würde. Im Moment war der Alltag Herausforderung genug. Aber nach dem Debakel von heute Abend stand er vor einer weiteren.

»Nette Show«, sagte eine Frau, die sich hinter ihm für Cupcakes anstellte.

»Danke.«

»Kann man dich auch für Privatpartys buchen?«

Gage schenkte ihr das langsame Lächeln, das sie zum Schmelzen brachte und ihm gleichzeitig die Zeit gab, die Situation zu beurteilen. Er war hunderte Male angebaggert worden. In der Vergangenheit hatte er einige Angebote angenommen, aber jetzt war er daran nicht mehr interessiert.

»Es müssen mindestens vier Zuschauer anwesend sein und es müssen mindestens zwei Tänzer gebucht werden.« Er und Bry hatten diese Regel von Anfang an festgelegt, da sie beide in ihren besten Zeiten zu viele Begegnungen hatten, die hätten schief gehen können.

Er konnte sehen, wie ihr Gehirn anfing zu rechnen. Er sah, wie sie in Gedanken die Kosten gegen die Möglichkeit abwog, dass sie bei diesem Geschäft gewinnen würde. Am liebsten hätte er ihr gesagt, dass die Chancen gleich null waren – niemand schlief während der Arbeitszeit mit zahlenden Kunden, deshalb hatte er in der ersten Nacht mit Lara warten müssen, bis die Show vorbei war.

»Hast du eine Karte?«

Er zog eine aus seiner Hosentasche. »Klar doch. Ruf uns morgen an. Wir machen einen Termin und ich schicke ein paar von den Jungs.«

»Oh, aber du könntest doch tanzen. Ich meine ...« Ihre Schüchternheit war so was von gekünstelt. »Du hast es doch eben so gut gemacht.«

Ja, genau das, was er dachte. Es würde keine Party geben. Oder wenn es eine gäbe, würde sie versuchen, dass es in einer Party zu zweit oder dritt endete.

»Heute Abend war ein besonderer Anlass. Ich tanze nicht mehr. Mir gehört die Firma.«

Sie zog die Augenbrauen hoch und rückte ein wenig näher. »Gibt es eine Möglichkeit, dass ich dich umstimmen kann?«

Er hörte auf zu lächeln. Kein Grund, sie einzulullen. Sie würde ihn entweder einstellen oder nicht, aber er würde seine Seele nicht für ein paar hundert Dollar verkaufen. Schlimm genug, dass er seinen Körper verkaufte.

»Tut mir leid, leider nicht. Wie ich schon sagte, heute Abend war ein besonderer Anlass.«

»Das war es allerdings.« Sie leckte sich über die Lippen.

Gott bewahre ihn vor Frauen auf der Jagd.

Er verließ die Schlange. Er wollte ja auch keinen Cupcake, sondern stattdessen die *Cupcake-Konditorin.*

Wenn sie noch mit ihm sprechen würde.

Er schlüpfte hinter ihren Tisch und beobachtete, wie sie mit der Menge umging. Sie war sympathisch mit dem richtigen Maß an Professionalität, so dass man wusste, dass jeder ihrer Cupcakes ihren persönlichen Stempel trug. Nachdem er sie gekostet hatte, konnte er zudem bestätigen, dass sie ihr Handwerk meisterhaft beherrschte.

Verdammt, nachdem er *sie* gekostet hatte, konnte er bestätigen, dass sie *ihn* beherrschte.

»Wenn ihr eine Geschmacksrichtung wünscht, die wir nicht haben«, sagte sie zu zwei Frauen, die Prospekte in den Händen hielten, »dann schaue ich gerne, ob ich sie für euch besorgen kann.«

Er hatte nicht vor, ihren Geschmack zu kommentieren. Das Wissen wollte er für sich allein behalten.

Lara reichte den letzten Cupcake mit Meeresschildkrötendeko an einen der Gäste. Gage wusste, dass sie unter dem Tisch in der rollenden Isolierbox, bei deren Ausladen er zuvor geholfen hatte, noch mehr hatte, also zog er seine Shorts hoch, hockte sich neben sie, schnappte sich eine Box und reichte sie ihr hoch.

»Danke«, sagte sie mit diesem schwachen Lächeln, das ihn in seine Eingeweide traf.

Sie mussten dringend miteinander reden.

»Was kann ich noch für dich tun?« Er meinte es im wahrsten Sinne des Wortes.

Sie schluckte, eine winzige Bewegung, aber eine aufschlussreiche. Ja, er musste sie definitiv alleine erwischen, um reinen Tisch zu machen.

»Gibt es noch mehr Seepferdchen? Ich habe nicht viele gemacht, weil normalerweise Kinder auf den Geschmack von Pfefferminzstäbchen abfahren, nicht Erwachsene. Aber es scheint, als habe jeder Appetit auf etwas Süßes bekommen.«

Er hatte durchaus Appetit auf etwas Süßes. Und der Name davon war Lara Cavallo.

Er kramte in den Kisten, aber die Seepferdchen waren nirgends zu finden. »Sieht aus, als wären sie alle.«

Lara ließ sich nicht beirren und empfahl dem Gast stattdessen einen der Muschel-Cupcakes. Sie erklärte, dass der Zuckerguss darauf genauso süß und lecker war wie die Pfefferminzstange.

Alles, woran er denken konnte, war, etwas zu lecken. Vorzugsweise ihre Beine. Er hockte direkt daneben und es war unmöglich, sie nicht wahrzunehmen. Glatt und gebräunt und nackt ... Er wollte einfach nur daran knabbern.

Er rückte seine Shorts zurecht. Er hätte nie gedacht, dass Cupcakes so erregend sein könnten, aber mit Lara waren sie es definitiv.

Sie bewegte sich ans andere Ende des Tisches, also machte sich Gage hier drüben nützlich, wo er nicht in Versuchung geführt werden würde.

Vergiss es. In ihrer Nähe wäre er *immer* in Versuchung.

Was war es, das ihn an ihr reizte? Gina hatte recht; er war noch nie mit jemandem wie Lara zusammen gewesen. Vergiss ihr Aussehen – nicht, dass er das könnte –, aber es war das *Echte*, auf das er sich konzentrierte. Sie war in dieser Nacht im Club so sexy gewesen. Ihre dunkle, sinnliche Ausstrahlung hatte in einem Meer von falschen Blondinen mit zu viel Silikon und künstlicher Bräune – der seltsamen allgemeinen Vorstellung von einem vermeintlichen Schönheitsideal – seine Aufmerksamkeit erregt.

Dann hatte sie ein bisschen zu viel getrunken und er hatte die Chance, die echte Lara kennenzulernen. *In vino veritas* war nie wahrer gewesen. Sie war bezaubernd. So stolz auf ihre Konditorei, so bereit zum Feiern und Tanzen und mit ihm zusammen zu sein. Sie wollte sogar auf der Tanzfläche knutschen. Er war an dem Abend derjenige mit Zurückhaltung gewesen, derjenige, der diesen Moment für sich behalten wollte, sowohl wegen der Sticheleien, die er von den Jungs einstecken musste, als auch weil er diesen Moment auskosten wollte. Sie auskosten wollte.

Er hatte es trotzdem getan.

Gina kam, als Gage gerade die letzten beiden Boxen mit Cupcakes herausholte, hielt ihre Rede am Mikrofon und schnitt im Anschluss den Kuchen an. Dann stürzte sich endgültig alles auf den Tisch und Gage hatte keine Chance, mit Lara zu reden, da sie zu sehr mit dem Verteilen des Kuchens beschäftigt waren, um Zeit für ein persönliches Gespräch zu haben.

Aber er würde sich die Zeit dafür nehmen, sobald das hier beendet war.

Achtzehn

Gage half Lara, ihre Ausrüstung zusammenzupacken und alles auf dem Rollwagen zu verstauen, um sie zurück zu ihrem Transporter zu begleiten. Er hatte ihr angeboten, den Rollwagen für sie zu schieben, aber sie hatte darauf bestanden, dass sie es schaffen würde, und da er zwei Schwestern hatte, hatte er gelernt, dass eine Frau etwas ohne Hilfe schaffte, wenn sie sagte, dass sie es schaffen kann, und dass er sie in dem Fall besser in Ruhe machen lassen sollte.

»Lara, wegen dem, was heute Abend bei der Show passiert ist …«

»Oh, ja. Das. Wie geht es dir? Geht's dir gut? Warum hat sie das getan? Kanntest du sie?«

Sie plapperte, und er fand es bezaubernd. Fand *sie* bezaubernd. Und verdammt sexy. Wann hatte er das letzte Mal eine Frau bezaubernd *und* sexy zugleich gefunden? Vielleicht hatte Gina ja recht, was seinen Typ blonde Sexbombe anging.

»Mir geht es gut. Ihr Stolz hat wahrscheinlich mehr gelitten als alles andere.«

»Passiert das oft? Frauen, die sich dir an den Hals werfen?« Sie knabberte an ihrer Unterlippe, während sie den Blickkontakt vermied, indem sie die Kuchenbleche so anhob, dass sie ihr Sichtfeld perfekt versperrten.

Was würde Gage nicht dafür geben, dass sie sich stattdessen auf ihn konzentrierte.

»Technisch gesehen, haben ihre Freunde sie mir an den Hals geworfen.«

Sie senkte die Bleche und sah ihn an.

Okay, leichtfertiges Geplänkel war nicht der richtige Weg. »Äh, nein, es kommt nicht oft vor, aber es *ist* ein Berufsrisiko. Du solltest wissen, dass ich ungeachtet der ›kein Sex mit Kunden‹-Regel unserer

Truppe meine eigenen Standards habe, und Sex in der Öffentlichkeit gehört nicht dazu.«

Hinter verschlossenen Türen andererseits ...

Sie schob den Rollwagen an ihren Transporter und fischte in ihrer Handtasche nach ihren Schlüsseln. »Aber ich dachte, du hast gesagt, du tanzt nicht mehr.«

»Tanner ist krank geworden. Vielleicht ist es sein Blinddarm. Ich musste einspringen. Deshalb fahren Bryan oder ich auch zu jeder Show. Man weiß nie, was passieren wird, und wie in diesem Fall war es gut, dass wir jemanden zum Einspringen hatten. Die Leute haben für eine Show bezahlt; sie haben es verdient, eine zu bekommen.«

»Du hast ihnen auf jeden Fall eine geboten.«

Er war sich nicht sicher, ob das Lob oder Kritik war. »Hat es dir gefallen? Nun, bevor Megan durchgedreht ist, meine ich.«

»Ich müsste schon tot sein, wenn nicht.« Lara riss die Hecktüren auf und wandte sich wieder dem Rollwagen zu. »Jeder Frau, die heute Abend anwesend war, hat es gefallen. Das müssest du doch wissen.«

»Deine Meinung ist die einzige, die zählt.«

Auf halbem Weg zur Trage blieb sie für die Dauer eines Herzschlags stehen.

Zweier Herzschläge.

»Lara?«

Sie holte tief Luft, dann griff sie nach dem Stapel zusammengelegter Kartons. »Ich bin mir sicher, dass du gleich morgen früh mit neuen Aufträgen überschüttet wirst.«

Das war nicht das, was er hören wollte.

»Ich meine, ich habe gesehen, wie Maryellen Bledsoe danach mit dir gesprochen hat. Das wäre gut für einen Junggesellinnenabschied.«

»*Sie* will heiraten?« Das gäbe der Frau, die ihn angemacht hatte, eine ganz neue Bedeutung.

»Nein, ihre Tochter.« Lara klappte den Rollwagen zusammen und schob ihn in den hinteren Teil des Wagens, dann drehte sie sich um und wischte sich die Hände ab. »Danke, dass du mir bei allem geholfen hast, Gage. Ich weiß es zu schätzen.«

»Das war's also?«

»Ich weiß nicht, was du meinst.«

»Ich glaube, das tust du.« Er verschränkte die Arme, wohl wissend, was das mit seiner Brust und seinen Brustmuskeln anstellte und welche

Wirkung es auf Frauen hatte. Er war sich nicht zu schade, alles zu benutzen, was er hatte, damit sie ihn ansah. Es war vielleicht ein billiger Versuch, aber er war verzweifelt. »Ich habe Megan nicht angemacht. Sie und ihre Freunde haben ein wenig die Kontrolle verloren. Das kommt vor, aber es ist nicht schlimm. Es ist ja nicht so, dass ich auf ihr Angebot eingehen würde.«

Sie zerrte an ihrer Bäckermütze. »Das ist es ja gerade, Gage. Das ist nicht nichts. Jede Frau hier wollte dich.«

»Ja.«

»Ja? Das ist es, was du zu sagen hast? Du weißt es?«

»Natürlich. Das sollen sie ja auch. Darum geht es bei der Show. Eine Fantasie abzuliefern. Das ist es, was wir machen.«

»Aber ihre Partner waren genau hier.«

»Glaubst du, die Jungs gehen nicht in Stripclubs? Wenn überhaupt, haben wir Gleichberechtigung in die Beziehungen gebracht.«

»Wie kann es gleichberechtigt sein, wenn sie auf jemand anderen scharf sind? Ist das nicht der ganze Sinn einer Beziehung? Ist das nicht der Grund, warum Menschen Beziehungen eingehen, um mit dieser einen Person zusammen zu sein? Ich verstehe die Sache mit dem Anschauen anderer Leute nicht. Warum sollte man überhaupt eine Beziehung führen, wenn man andere Menschen ansehen will?«

Ihr Ex hatte sie also auch noch betrogen. Ein brennendes Verlangen, den Kerl in Stücke zu reißen, durchfuhr ihn. Das Arschloch verdiente es nicht zu leben. Sie hatte er ganz sicher nicht verdient gehabt. Was um alles in der Welt würde den Mann, der *Lara* gehabt hatte, dazu bringen, sich eine andere zu suchen?

Aber Gott sei Dank hatte er das, denn jetzt hatte Gage eine Chance bei ihr.

Und einfach so verschob sich seine Welt.

Er *wollte* eine Chance mit ihr. Mehr als nur ein paar WhatsApp-Nachrichten oder eine gestohlene Nacht hier und da; er wollte *sie*. Mit ihr zusammen sein. Erforschen, was zwischen ihnen geschah. Ja, es wäre schwierig, aber es wäre noch schwieriger, sie nicht in seinem Leben zu haben.

Er griff nach ihrer Hand. Er musste sie berühren und er wollte, dass sie ihn spürte. »Lara, ich kann die Beziehungen anderer Leute nicht definieren. Es gibt eine Nachfrage, und *Die Hingucker*; wir, erfüllen sie. Aber das bedeutet nicht, dass es das ist, was ich bin. Dass es mich definiert oder wie ich mein Leben lebe. Du weißt, warum ich das tue. Das ist das Wichtigste für mich. Connor und Missy. Ich reiße mir den Arsch auf, um ihnen zu helfen, sowohl bei meinem Job als auch hier. Es ist die beste Chance, die wir haben. Mach nicht den Fehler, zu denken, dass es das ist, was ich bin. Das bin ich nicht. Es ist eine Fantasie – für die Kunden.

Ich gehe raus, liefere die Show ab, die sie wollen, und dann gehe ich wieder. Zurück in mein richtiges Leben. Missy und Connor und der Tagesjob. Und zu dir.« Er führte ihre Hand an seine Lippen und küsste sie. »Ich bin zu dir zurückgekommen. Habe an deinem Tisch gearbeitet, dir beim Aufräumen geholfen, mit dir abgeräumt und für dich gepackt. Für niemanden sonst.«

Er konnte sehen, dass sie ihm glauben wollte. Er wollte sie dazu bringen, ihm zu glauben, und obwohl Taten lauter sprachen als Worte, würde es in diesem Fall die Sache nur vernebeln, weil sie all die unverhohlene Sexualität heute Abend gesehen hatte und nicht in der Lage gewesen war, damit umzugehen.

Genau wie Leslie.

Er atmete aus und betete, dass sie nicht aufhören würde, bevor es überhaupt angefangen hatte.

Oder ... wollte er, dass sie es tat? Sein Leben wäre dann so verdammt viel einfacher.

Aber nicht besser.

Es war dieser Gedanke, der ihn anspornte. »Ich würde wirklich gerne irgendwo hinfahren und mit dir zusammen sein. Was auch immer du darunter verstehen willst, ich möchte einfach mit dir zusammen sein.«

Sie wollte es; er konnte es an dem Flattern ihres Pulses in ihrer Kehle sehen. An der Art, wie ihr Blick über sein Gesicht huschte und an der überaus sexy Art, wie sie an ihrer Lippe knabberte.

Er strich mit den Fingern an ihrer Schläfe entlang und dann an ihrer Wange hinunter. »Bitte, mein Schatz. Ich möchte einfach mit dir zusammen sein. Selbst wenn es nur zum Reden ist. Ich mag es, mit dir zu reden. Ich bin gerne bei dir. Ich habe dich diese Woche vermisst. Ich hatte gehofft, du würdest genauso empfinden.«

Das war das Problem. Sie fühlte genau so. Und es machte ihr eine Scheißangst. So *abenteuerlustig* Cara auch sein mochte, Lara war sich einfach nicht sicher, ob sie dem Risiko gewachsen war. Man musste sich nur mal vor Augen halten, was heute Abend passiert war: Gage hatte nichts falsch gemacht, aber sie war bereit, ihn zu kreuzigen. Sie hatte nur daran denken können, was er in ihr sehen könnte. Wann würde er zur Vernunft kommen und mit einer dieser Frauen – oder vielleicht mit mehreren – zusammen sein und sie *wieder* mit gebrochenem Herzen dastehen.

Aber dann ließ Gage diese köstlichen Fingerspitzen – die ihr bereits Schauer von der Schläfe über die Wange bis zu weitaus intimeren Körperstellen beschert hatten –, über ihre Wange und den Hals entlang bis zu ihrem Schlüsselbein hinuntergleiten. Es war nur eine leichte Berührung, aber sie hatte ihre ganze Aufmerksamkeit, und Lara hoffte ... sie hoffte wirklich, dass es dieses Mal, mit ihm, anders sein würde. Dass sie dem, was er sagte, vertrauen konnte. Anders als Jeff.

Jeff.

Sie hat es wieder getan. Sie erlaubte ihrem Ex-Mann schon wieder, ihr Leben und ihre Weltansicht zu definieren.

Nein, verdammt. Jeff hatte dieses Recht verloren, als er sich für eine andere entschieden hatte.

»Du willst mich, Lara. Du willst mit mir zusammen sein.«

Ähm, ja.

»Und ich will mit dir zusammen sein.«

Sie schluckte. *Sei abenteuerlustig.*

Sie war immer Jeffs Entscheidungen gefolgt. Was auch immer er in irgendeiner Situation tun wollte. Ihr Job, ihr Haus, ihre Konditorei, auf welcher Seite des Bettes sie schlafen durfte, welche Kleidung sie tragen sollte ... Sie hatte nicht bemerkt, wie kontrollierend er gewesen war und wie sehr sie sich hatte kontrollieren lassen, bis es aus war.

Wenn sie sich wirklich von Jeff befreien wollte, musste sie tun, was *sie* tun wollte.

Und sie wollte Gage. So lange oder so kurz, wie sie ihn haben konnte, unabhängig davon, was heute Abend auf der Bühne passiert war oder dass die Frauen ihn die ganze Zeit angebaggert hatten. Wenn sie ihm nicht vertraute, wenn sie der Paranoia nachgab, ließ sie Jeff wieder gewinnen.

Sei abenteuerlustig.

Gage hatte sich nicht bewegt. Er war etwa fünf Zentimeter von ihr entfernt, sein Finger direkt über ihrem Herzen und kein anderer Teil von ihm berührte sie. Er ließ sie die Entscheidung treffen.

»Ja, Gage. Du hast recht. Ich will dich. Fahren wir zu mir.«

Neunzehn

Zu Gages Ehrenrettung sei gesagt, dass er gegen kein Gesetz verstoßen hatte, um sie zu ihrer Wohnung zu bringen, aber es hätte sie auch nicht gestört, wenn er es getan hätte. Es war eine Sache, den Schritt zu wagen, aber eine andere, ihn fünfundzwanzig Minuten lang zu hinterfragen, während sie ihm allein in ihrem Transporter hinterherfuhr.

Es lief auf die Tatsache hinaus, dass sie ihn wollte. So einfach war das, denn obwohl diese Megan-Tussi ihn total angebaggert hatte, hatte *er sie* nicht angebaggert. Es war wichtig für Lara, sich das zu merken. Im Gegensatz zu Jeff, der in der Nacht, in der sie die Affäre entdeckt hatte, wie eine Krake um die Plastik-Barbie herumgeschlichen war, war Gage nicht der Schuldige gewesen, und wenn sie eine Chance haben wollte, über Jeff hinwegzukommen, musste sie Gage erlauben, der zu sein, für den er sich ausgab, ohne dass sie ihre Probleme auf ihn projizierte.

Er öffnete ihre Wagentür, als sie die Zündung ausschaltete, und streckte eine Hand aus, um ihr herauszuhelfen – oder vielleicht war es, um sie an sich zu ziehen.

Sie machte bereitwillig mit.

»Ich hatte noch keine Gelegenheit, das hier anständig zu machen«, sagte er, bevor er sie küsste.

Das war alles andere als ein anständiger Kuss.

Er war heiß und hungrig und alles, was sie brauchte. Diese Frauen konnten so viel fantasieren, wie sie wollten, *sie* hatte den Mann in ihren Armen und hoffentlich bald in ihrem Bett.

Oh Gott. Die Bilder, die sich vor ihrem geistigen Auge formten, als seine Zunge köstlich sündige Dinge mit der ihren anstellte und jedes Nervenende entfachte, brachten sie fast um den Verstand.

»Rein«, war alles, was sie herausbekam.

Aber das war alles, was sie herausbekommen musste. Gage ergriff ihre Hand, presste ihr einen letzten harten Kuss auf die Lippen und zerrte sie dann förmlich den Pfad hinauf. Sie fummelten ein bisschen mit ihrem Schlüssel herum, aber am Ende stießen beide die Tür auf und fielen fast hinein.

Gage schlug die Tür hinter ihnen zu und zerrte sie an sich. »Ich gehe davon aus, dass du nicht reden willst.«

Er war so verdammt sexy. Seine aquamarinblauen Augen bohrten sich in ihre, sein harter Körper presste sich an sie, sodass sie jeden Zentimeter spüren konnte, und ja, Reden wurde definitiv überbewertet.

Sie knabberte an ihrer Lippe und versuchte, das Lächeln aus ihrem Gesicht zu halten. »Nun, wenn du lieber reden willst ...«

Er küsste sie als Antwort. Hart.

Sie brauchte das. Brauchte ihn. Brauchte das hier. Sie schlang ihre Arme um ihn und erwiderte seinen Kuss.

Er stöhnte, und Laras Knie wurden bei diesem Geräusch weich.

Zum Glück hob Gage sie in seine starken, wohlgeformten Arme und trug sie den Flur hinunter in ihr Schlafzimmer, ohne den Kuss jemals zu unterbrechen.

Ihre Füße baumelten zwischen seinen Beinen, aber das war Lara egal. Alles, worauf sie sich konzentrieren konnte, war die Hitze und der Geschmack und die unglaubliche Sinnlichkeit seines Kusses. Seine Lippen waren umwerfend, seine Zunge noch viel mehr, und die Anspannung, die sie in ihm spürte, war berauschend.

Er betätigte den Lichtschalter neben ihrer Schlafzimmertür.

»Was?« Sie zuckte zurück, als er sie auf die Füße stellte, das Licht war zu grell.

»Ich will dich sehen, Lara. Kein Fummeln im Dunkeln. Ich will alles sehen, was du fühlst. Ich will sehen, wie du dich in meinen Armen auflöst. Ich will dich danach lächeln sehen.«

Was zu schnell passieren würde, wenn er weiterhin solche Dinge sagte. Sie legte ihre Hand auf seinen Mund. »Vorsichtig. Überstürze das nicht. Ich will jede Sekunde genießen.«

Er kniff in ihre Finger. »Vertrau mir, Schätzchen, das wirst du.«

Sie vertraute ihm. So überraschend das auch war, wenn man bedachte, was er beruflich tat und wie Frauen ihn anbaggerten, vertraute sie ihm.

Das sollte sie beunruhigen – sehr beunruhigen –, aber seine Hände glitten über ihren Körper, ließen Feuer entlang ihrer Adern und über jedes

Nervenende rasen, als sie unter den Saum ihres T-Shirts glitten, um ihren Bauch zu streifen, und sie konnte sich keine Sorgen machen. Alles, was sie tun konnte, war zu fühlen. Und genießen.

»So weich und glatt«, flüsterte er. »Wie Satin.«

Satinlaken vielleicht. Sie wünschte, sie hätte welche.

Sie kamen morgen auf ihre Einkaufsliste.

Seine Finger tauchten unter den Bund ihres Rocks. »Ich will dich spüren, Lara. Alles von dir. Jeden Zentimeter von dir berühren und schmecken und verführen.«

»Das machst du bereits.«

»Oh, Schätzchen, das ist erst der Anfang.« Und damit öffnete er den Reißverschluss ihres Rocks und ließ ihn zu ihren Füßen fallen, dann zog er ihr das Hemd über den Kopf, sodass sie nur noch die zwei Fetzen pfirsichfarbener Seide und Spitze trug, die ihre Unterwäsche ausmachten.

Also, okay, vielleicht hatte sie gehofft, dass das heute Abend passieren würde.

Gage sog scharf den Atem ein. »Mein Gott, bist du schön.«

Nein, sie war selbstbewusst. Schließlich war er der Schöne. Mit dem perfekten Körper. Den er zur Schau gestellt hatte, damit alle ihn genießen konnten.

Sei abenteuerlustig.

Richtig. Sie wollte nicht zulassen, dass ihre Unsicherheiten den heutigen Abend ruinieren. Gage war hier bei ihr, wollte sie, und sie wäre eine Idiotin, wenn sie sich von irgendetwas abhalten ließe.

Stattdessen erinnerte sie sich an den Tanz von heute Abend und stellte sich vor, dass nur sie beide dort gewesen wären. Kein Publikum, keine anderen Frauen, keine Gina, nur Gage und sie, und er hatte nur für sie getanzt. Jedes Kreisen seiner Hüften, jedes Zwinkern und Lächeln, jede Hand, die über seine Haut glitt, und jeder Blick in seinen Augen – all das war für sie gewesen.

Sie griff in den Ausschnitt seines Tanktops und zerrte daran.

Gages Augen weiteten sich und, oh Gott, sie konnte nicht glauben, dass sie das getan hatte. Sie hatte noch nie einem Kerl das Hemd vom Leib gerissen.

Er lächelte dieses verrucht sexy schiefe Lächeln und nahm seine Hände von ihrem Körper. »Dann mal los, Lara.«

Keine Zeit, jetzt peinlich berührt zu sein. Vor allem, wenn es sie so anturnte.

Sie packte das letzte Stückchen Stoff, das das Hemd unten zusammenhielt, und riss es auseinander, dann schob sie es über seine Arme und presste ihre Lippen auf seine Brust. Er roch so gut. Seife und Schweiß und Gage und ... Erregung. Oh, ja, sie erkannte diesen Duft. Er wollte sie.

Nicht, dass sie daran gezweifelt hätte. Die Beule in seinen Shorts konnte das nicht verbergen.

Sie fuhr mit ihrer Handfläche über seine Länge.

»Lara.« Er stöhnte ihren Namen und ließ seinen Kopf in den Nacken fallen, so dass sie perfekten Zugang zu diesem starken Hals und dem Puls, der in seiner Kehle schlug, hatte.

Sie küsste ihn. Strich mit ihrer Zunge darüber. Verwöhnte ihn. Dann bahnte sie sich ihren Weg nach unten, genoss jede Bewegung seiner Brustmuskeln, bis sie seine Brustwarze fand. Sie verhärtete sich bei der ersten Berührung mit ihrer Zunge, was nur fair war, da ihre sich nach seinen Händen und seinem Mund auf ihnen sehnten.

All die aufgestaute Sehnsucht und Frustration der drei einsamen Jahre, seit sie mit einem Mann zusammen gewesen war, von einem Mann *begehrt worden war*, stiegen in ihr auf. Sie kämpfte dagegen an; wenn sie sich erlaubte, daran zu denken, würde es das ruinieren, was sie mit Gage haben konnte.

Also dachte sie nicht. Stattdessen fühlte sie. Und oh Gott, er fühlte sich gut an.

Sie ließ ihre Hände über diesen harten Körper gleiten, nirgendwo ein Gramm Fett. Sie rieb ihre Handfläche an den Linien seiner Hüften entlang, dann hinüber und herum zu diesem perfekten Hintern, an den sie sich so gut erinnerte.

»Oje, nicht so eilig.« Gage knurrte gegen die Kurve ihres Halses. »Vorsichtig, Lara.«

Sie wollte nicht vorsichtig sein. Sie war vorsichtig gewesen und es hatte sie nicht weitergebracht.

Sie schob ihre Hände unter den Hosenbund und schob seine Shorts – der Kerl trug nichts darunter – nach unten.

Diesmal war sie diejenige, die einen Schritt zurücktrat und schaute. »Mein Gott, *bist du* schön.«

»Männer sind nicht schön.«

»Stimmt nicht. Du bist es.« Sie fuhr mit einem Finger über die Mitte seiner Brust, über jedes perfekte ›Pack‹ des Achterpacks, hinunter zu der dünnen Haarlinie unterhalb seines Bauchnabels, bis ...

Oh ja. Er wollte sie definitiv.

»Lara? Du bist dir ganz sicher? Wir müssen das nicht tun.«

Oh doch, das mussten sie.

Sie fuhr mit ihrem Finger die feine Haarlinie entlang bis zu seinem Ansatz.

Und dann fuhr sie mit dem Finger die Länge entlang und hielt an der Spitze an.

Sie zuckte und Lara sah zu ihm auf. »Ich will dich, Gage. Liebe mich.«

Danach brauchten sie keine Worte mehr. Sie zerrten die Tagesdecken von ihrem Bett, berührten und streichelten sich, reizten und neckten sich, keuchten und lächelten, während sie den Körper des anderen erforschten. Gage mochte es, die Stelle unter seinem linken Ohr geküsst zu bekommen, sie die Innenseite ihres Ellenbogens. Gages Füße waren kitzlig; Lara liebte es, seinen Rist zu lecken.

Gage liebte es, jeden Teil von ihr zu lecken.

Und sie ließ ihn. Sie öffnete sich und ihren Körper für ihn, für seine Begierde und seine verrucht talentierte Zunge, während er all ihre geheimen Orte entdeckte und sie entschlossen aus ihrem dreijährigen Winterschlaf holte.

»Du bist so schön, Lara«, flüsterte er gegen ihre Brust, während seine Zunge und seine Zähne Blitze der Lust durch sie schickten. »Das musst du doch wissen.«

Das tat sie – jetzt. Genau in dieser Sekunde, weil er ihr dieses Gefühl gab.

Sie brauchte das. Brauchte ihn. Egal wie lange es dauerte.

Sie rollte sich auf ihn und stützte ihr Kinn auf ihre Fäuste. Ihr Körper bebte, als sie sich auf ihn spreizte. »Ich will dich in mir spüren, Gage.«

Er zuckte unter ihr. »Oh Baby, genau da will ich sein.«

Gott, und wie er wollte.

Sie schnappte seine Shorts, als er sagte, die Kondome seien in der Tasche, dann saß sie über ihm wie eine erobernde, zierliche Amazone und rollte das Kondom über seinen Schwanz, und Gage glaubte, er hätte noch nie jemand Schöneres gesehen. Sie war so unglaublich sexy, dass er nicht verstehen konnte, wie sie das nicht wissen konnte. Wie konnte sie überhaupt auf die Idee kommen, auf eine andere Frau eifersüchtig zu sein.

Sobald das Kondom saß, packte er ihre Hüften, drückte sie, damit sie sich nach vorne lehnte, hob sie dann an und glitt in ihre enge, feuchte Hitze. »Gott, Lara, du fühlst dich so verdammt gut an.«

»Du hast recht. Das tue ich.« Sie sank hinab und nahm ihn ganz in sich auf, wobei ihre schönen Brüste vor ihm schwankten.

Das war mehr Versuchung, als ein Mann aushalten konnte, und er hatte nicht vor, es zu versuchen.

Er nahm eine feste, harte Brustwarze in den Mund, der Klang ihres Stöhnens ließ das Verlangen durch seine Adern rauschen und ließ seinen Schwanz in ihr so verdammt schnell anschwellen, dass er dachte, er würde explodieren. Er musste sich etwas einfallen lassen – irgendetwas –, um sich zu beruhigen, und sie nicht auf den Rücken zu rollen und in sie zu stoßen.

Moment. Was hatte er gegen diese Idee?

Er hatte keine Ahnung. Er rollte sie auf den Rücken, schob eine Hand um ihr Bein und unter ihren Hintern – diese köstliche Rundung, die perfekt in seine Handfläche passte – und zog sie gegen sich, damit sie ihn tiefer aufnahm.

Er lächelte, als sie stöhnte. »So?«

»Mhmmm.« Sie wölbte sich ihn entgegen, ihr Kopf legte sich in den Nacken, und Gage betrachtete den Puls an ihrem Hals, der im Takt mit seinem hämmerte.

Er beugte seine Hüften, zog sich ein wenig zurück, aber sie versenkte ihre Nägel in seinem Hintern.

»Geh nicht weg.«

»Schatz, ich habe nicht die Absicht, es zu tun.« Niemals.

Niemals?

Gage hat aufgehört, sich zu bewegen. Nein, nein, nein. *Niemals* war hier nicht das Thema. Es stand nicht zur Debatte. Das hier war heute Abend. Ein paar Wochen vielleicht, aber es konnte nicht für *immer* sein.

Sie zappelte unter ihm. »Gage ... bitte ...«, keuchte sie, ihre Lippen wanderten über seine Brust, ihre Zunge kitzelte seine Brustwarze, und ihre Hände – oh Gott – ihre Hände wanderten über seinen Rücken, seinen Hintern, jeden Teil von ihm, drängten ihn zurück in sie.

Er gab nach. Er konnte nicht *anders*.

Sie klemmte ihre Beine um seine Taille. »Mehr, Gage.«

Er wollte ihr mehr geben. So viel mehr.

Er zog sich zurück. Sank wieder hinein, als sie wimmerte. Zog zurück und wiederholte es wieder. Und wieder. Und immer wieder. So oft, so hart und schnell, dass Gage nicht mehr dagegen ankämpfen konnte und der blendende Rausch der Lust ihn erfasste.

Also tat er es nicht. Er ließ sich mitreißen und nahm Lara mit, während die Lust über sie hinwegdonnerte, nur um dann nachzulassen und sich wieder aufzubauen, wie Wellen an einem Ufer, immer und immer wieder, der Anstieg und das Rauschen, während er sich in sie ergoss.

Sie stöhnte unter ihm, ihr Kopf in den Nacken geworfen, ihre Augen waren geschlossen, und sie stieß seinen Namen aus, während sie ihn umklammerte und jedes Fitzelchen der Lust aus seinem Körper melkte.

»Lara«, murmelte er gegen ihre Brust, die dünne Schweißschicht süßer als jeder ihrer Cupcakes. »Das ist es, Baby. Komm für mich.«

»Ich ... Es ist ...«

Gut. Er wollte, dass sie nicht mehr denken konnte. Er wollte, dass sie nicht mehr dachte. Er bewegte sich wieder in ihr und lächelte, als sie keuchte ...

Er küsste ihren Hals. Ihre Wange. Ihre Lippen. Ließ seine Zunge darüber gleiten, wollte in ihren Mund.

Sie nahm ihn in sich auf, saugte ihn in diese feuchte, nasse Hitze, wie ihre Scheide es mit seinem Schwanz tat, und Gage fühlte eine weitere Welle in ihm aufsteigen.

Er bewegte seine Hüften. Ja. So. Sie fühlte sich so gut an, wenn sie sich so um ihn klammerte. Er musste sich bewegen. Noch mal.

»Oh, Gage.« Ihr Atem kam in einem zitternden Flüstern und setzte seine ohnehin schon strapazierten Nerven in Brand.

Er bewegte sich wieder.

Ihre Beine klammerten sich um seinen Arsch, ihre Knöchel verschränkten sich, und sie wölbte sich gegen ihn, um dann um ihn herum zu explodieren.

Gage verlor die Kontrolle und stieß in sie. Er stemmte sich gegen ihre überkreuzten Knöchel auf. Das treibende Bedürfnis, jeden Teil von ihr zu beanspruchen, trieb ihn an. Er brauchte das, wollte sie, musste sie haben, jedes Stück. Jeden Teil. Jede letzte Reaktion.

Ihre Schreie hallten im Raum wider, ihre Nägel kratzten über seinen Rücken, und ihre Fersen – lieber Gott, ihre Fersen drückten gegen seinen Hintern, drückten ihn so weit in sie hinein, dass er nicht sagen konnte, wo er aufhörte und sie anfing.

Und dann spielte es keine Rolle mehr, als er kam, ein langer, glorreicher, atem- und sichtraubender Moment, in dem die Zeit stillstand, während Lara alles nahm, was er zu geben hatte, und Gage verlor sich ebenfalls, wissend, dass nichts jemals so gewesen war und nie wieder sein würde.

Und dass er nie wieder zurückgehen könnte ...

***

Es dauerte eine Weile, bis das Zittern nachließ und als Gage die Augen öffnete und ihre schönen Augen, in denen sich all die verschwommene sinnliche Befriedigung, die er fühlte, widerspiegelte, direkt vor sich sah, begann das Zittern erneut.

»Hallo«, flüsterte er.

»Selber hallo.«

»Geht es dir gut?«

»Ich denke, gut ist vielleicht ein wenig milde ausgedrückt, aber ja, es geht mir gut.« Ihre Finger malten träge Kreise auf seinem Rücken, und ihr Lächeln war von reiner Zufriedenheit geprägt.

Er rutschte von ihrem Körper und rollte sich auf die Seite, nahm sie mit. »Das war mehr als gut, weißt du. Ich fand es unglaublich.«

»Damit kann ich leben.«

Und er konnte mit ihr leben. Was ihm eigentlich Angst machen sollte, aber nicht tat. Nicht mehr.

Gage legte seine Hand an ihre Wange an und neigte ihren Kopf nach hinten. Küsste sie. Liebkoste ihre Lippen mit seinen, weich und süß, aber mit dem Versprechen von so viel mehr.

Nur wie viel war die Frage.

Er legte ihren Kopf unter sein Kinn und nahm sie in seine Arme, um sie vor diesen Gedanken zu schützen. Die Realität würde noch früh genug kommen; heute Abend wollte er einfach nur Lara genießen.

Zwanzig

Lara schwebte förmlich in die Konditorei. Letzte Nacht – und heute Morgen – waren magisch gewesen.

Er hatte mit ihr geschlafen – nein, sie hatten miteinander geschlafen. Dann waren sie heute Morgen aufgewacht und hatten es wieder getan. Danach hatte er das Frühstück zubereitet, während sie duschte, da sie zu der Erkenntnis gekommen waren, dass sie sonst beide zu spät zur Arbeit kommen würden, was sich keiner von ihnen leisten konnte. Sie hatten also zusammen gefrühstückt, und dann hatte sie abgewaschen, während er duschte – die ganze Häuslichkeit dieser Szene zerrte an ihrem Herzen.

Mit Gage ins Bett zu gehen war großartig gewesen; mit ihm aufzuwachen noch besser – bis zu dem Punkt, an dem sie sich nicht mehr erinnern konnte, warum sie überhaupt einmal gedacht hatte, dass es keine gute Idee wäre.

»Entweder hast du heute Morgen ein Pfund Buttercreme vernascht oder etwas *anderes*.«

Lara zuckte zusammen. Cara war schon immer direkt gewesen, aber das war selbst für ihre Verhältnisse heftig.

»Hast du wenigstens *etwas* Schlaf bekommen?«

Ohne zu antworten, zog sich Lara die Schürze über den Kopf. Mit etwas Glück würde sie an ihrem Haarknoten hängen bleiben und sie müsste sich nie dem wissenden Lächeln ihrer Cousine stellen.

Cara half ihr aber dabei, die Bänder aus ihren Haaren zu befreien. »Du weißt, dass ich es irgendwann aus dir herausbekommen werde, also kannst du genauso gut jetzt damit rausrücken.«

»Es gibt nichts rauszurücken.«

»Ja. Sicher. So wie jetzt hast du nicht mehr ausgesehen seit ... na ja, eigentlich noch nie.«

Lara zuckte zusammen. Bei Jeff *hatte* sie nie so gefühlt. Nicht einmal am Anfang. »Die Party war ein Erfolg, und ich denke, wir werden dadurch noch ein paar Aufträge bekommen.«

»Vergiss es. Du wirst mich nicht mit einem Gespräch über geschäftliche Dinge ablenken. Und außerdem habe ich schon gehört, was passiert ist. Sag schon, ist Gage im Bett so heiß, wie er anscheinend auf der Bühne ist?«

»Mensch, Cara, kannst du das mal lassen? Verlange ich von dir, dass du mir von jedem Kuss erzählst?«

»Das brauchst du nicht. Ich erzähle dir sowieso alles. Heißt das also, dass es da einen Kuss gab?«

Lara verdrehte die Augen und schnappte sich eine Packung Fondant. Sie brauchte etwas für ihre Finger.

»Komm schon, Lara. Ich verstehe nicht, warum du so geheimnisvoll damit umgehst.«

»Weil es wirklich nichts zu erzählen gibt. Gage hat getanzt, Megan hat die Kontrolle verloren und alle haben die Cupcakes geliebt.«

»Nun, nach dem, was ich über seine Tanzkünste gehört habe, bin ich überrascht, dass du heute laufen kannst. Das muss dich ganz schön angemacht haben.«

»Apropos angemacht, was hat es mit dieser sexlüsternen Persönlichkeit auf sich, die du plötzlich angenommen hast?« Lara wollte dringen den Fokus von sich wegbekommen.

Leider war Cara zu clever, um darauf hereinzufallen. Sie knallte ihren Hintern auf den Vorbereitungstisch. »Du wechselst nicht das Thema. Spuck‘s aus.«

»Er musste dran, weil einer der Jungs ausgefallen ist.«

»Und ist er *rangekommen*?«

Lara warf Fondant nach ihr. »Du bist nervig.«

»Wem der Schuh passt ... Jetzt komm zu den guten Dingen. Verrat mir, warum sein Truck heute Morgen vor deiner Wohnung stand.«

»Oh.« Lara bearbeitete einen weiteren Brocken Fondant mit mehr Kraft als nötig. Sie hätte wissen müssen, dass Cara auf dem Weg zur Arbeit bei ihrer Wohnung vorbeifahren würde. »Das.«

»Ja, das. Also, was ist passiert?«

»Ziemlich genau das, was du dir vorstellst.«

»Und?«

»Und was? Es war fantastisch.« *Er* war fantastisch.

»Danke, Jesus.« Cara bekreuzigte sich. »Es wurde auch Zeit, dass du dich wieder in den Sattel schwingst.«

»Er ist kein Pferd, Cara.«

»Ich hoffe, er hat wenigstens die Konstitution.«

Lara würdigte das nicht einmal mit einem Augenverdrehen. Aber ja, das hatte er. Nicht, dass es Cara etwas anginge.

»Also wirst du ihn wiedersehen oder war das eine einmalige Sache?«

Lara konnte spüren, wie ihr die Verlegenheit in die Wangen kroch. »Ich backe einen Geburtstagskuchen für seinen Neffen.« Beim Frühstück hatte Gage sie eingeladen, morgen Abend mit ihnen zu feiern, und sie hatte sich freiwillig gemeldet.

»Derjenige, dessen Arztrechnungen er bezahlt?«

»Ja.«

Cara legte den Kopf schief und spielte mit einer Locke. »Sieht umwerfend aus, kann tanzen, kümmert sich um seine Schwester und ihren Sohn ... Weißt du, Lara, der Typ scheint verdammt perfekt zu sein. Warum schnappst du ihn dir nicht?«

Eigentlich hatte sie das letzte Nacht gemacht, aber das war nicht das, was Cara meinte. »Ich lasse mir Zeit, Cara. Du solltest so gut wie ich wissen, dass es nicht zwangsläufig eine ernste Beziehung ist.« Cara hatte sie öfter getröstet, als sich eine von ihnen erinnern wollte, wenn sie wegen Jeff geweint hatte. Dieser Mistkerl.

»Beurteile nicht jeden nach McMonster, Cara. Du gibst ihm zu viel Macht.«

Nein, sie hatte die Macht übernommen. Viel zu lange hatte sie sie Jeff überlassen. Jetzt war sie für sich selbst verantwortlich, und die Lektionen, die sie gelernt hatte, waren es wert, sich daran zu erinnern. Sie wollte sich nicht mehr von jemandem sagen lassen, was sie tun sollte. Wenn aus der Sache mit Gage etwas werden sollte, wollte sie die Entscheidungen mit ihm gemeinsam treffen und nicht nur ihm überlassen.

»Wie ich schon sagte, wir gehen es langsam an.«

»Wie auch immer.« Cara warf den Fondant in den Mülleimer. »Ich muss mich um die Verträge kümmern. Mrs. Applebaum hat das Datum auf eine Woche vorgezogen.«

»Autsch, das wird eng.«

»Nicht, wenn wir uns Hilfe holen.«

»Wir können uns keine Hilfe leisten.«

»Genau genommen können wir das.« Cara lächelte. »Ich habe Mrs. Applebaum gesagt, dass wir unsere Planung umschmeißen müssen, um ihr entgegenzukommen, und dass dafür eine Gebühr anfällt.«

»Das hast du nicht.«

»Das habe ich. Und sie hat sich darauf eingelassen. Also biete Jesse den Job an. Wir bekommen unsere erste Angestellte. Jetzt kann es nur noch besser werden.«

Lara hoffte, dass das in allen Bereichen ihres Lebens der Fall war.

***

Gage konnte sich das dämliche Grinsen nicht verkneifen, als er am nächsten Morgen die letzten Bretter zum Pavillon hinauftrug. Zum Glück arbeitete er allein. Er hatte keine Lust auf die Sticheleien der Jungs; dafür war Lara zu besonders.

Und das war ein großes Problem. Eines, das er irgendwann angehen musste, aber nicht jetzt. Er wollte einfach nur die frische Erinnerung genießen. Es war schon zu lange her, dass er sich so gefühlt hatte.

Eigentlich war er sich auch nicht sicher, ob er je zuvor so gefühlt hatte.

Aber das war ein Problem für sich.

Sein Telefon klingelte, als er gerade die Bretter auf die Sägeböcke legte. »Hey Missy, was gibt's?«

»Ich könnte dich das Gleiche fragen. Ich war besorgt, weil du letzte Nacht nicht nach Hause gekommen bist. Geht es dir gut?«

Gut war noch milde ausgedrückt. »Tut mir leid. Ja, mir geht's gut.« Er war es nicht gewohnt, sich bei jemandem melden zu müssen, und hatte ihr keine Nachricht geschickt, dass er nicht zu Hause übernachten würde.

»War es Lara?«

Er kniff sich in den Nasenrücken, weil er sie noch nicht mit jemanden teilen wollte. »Ich habe sie für morgen Abend zum Essen eingeladen, um Connors Geburtstag zu feiern.«

Sie schnaubte. »Und dafür hast du die ganze Nacht gebraucht?«

Er würde sein Liebesleben *nicht* mit seiner kleinen Schwester diskutieren. »Brauchst du sonst noch etwas, Missy? Ich muss aufs Dach klettern.«

»Es gibt viele Dinge, die ich brauche, Gage, aber das Wichtigste bist du. Sei vorsichtig, okay. Auf dem Dach und anderswo.«

Sie mochte seine kleine Schwester sein, aber sie war auch eine Mutter und klang so.

Er schob das Telefon in seine Gesäßtasche und maß das erste Brett aus. Noch ein paar Bretter und dieser Job wäre erledigt. Dann konnte er die Rechnung stellen und sich auf die anderen Jobs konzentrieren, einschließlich des Pavillons für McCullough.

Er wollte gerade anfangen zu sägen, als sein Telefon wieder klingelte. Bryan. Oh Mann. Eine Nacht unterwegs und alle Welt wollte wissen, was los war.

»Hey, Bry.«

»Wann hattest du vor, mir von Tanner zu erzählen? Ich hätte gedacht, dass ich es nicht zwölf Stunden später als Letzter erfahren würde, wenn du und Gina Bescheid wissen.«

Verdammt. Er hatte auch vergessen, Bryan anzurufen. Er hatte aber heute Morgen auf dem Weg zur Arbeit im Krankenhaus angerufen. Tanner war wegen einer Blinddarmentzündung eingeliefert worden. »Ich habe mich darum gekümmert.«

»Ja, das habe ich auch gehört. Sehr gut, soweit ich das beurteilen kann. Megan Livezy hat hier in der letzten Stunde mehrfach angerufen und nach dir gefragt. Sie sagt, du schuldest ihr eine Entschuldigung.«

»*Ich* schulde *ihr was*? Wie ist sie darauf gekommen?«

»Offensichtlich hast du sie unsittlich berührt, als du versucht hast, sie von dir runterzubekommen.«

»Mein Gott.« Er kniff sich wieder in den Nasenrücken, dieses Mal wegen der Kopfschmerzen. »Die Frau hat sich an mich geklammert, und *ich* bin derjenige, der jemanden unsittlich berührt hat?«

»Ja, ich weiß. Ich habe die Geschichte von einem Haufen verschiedener Leute gehört. Jetzt versuche ich, ein Video davon zu bekommen. Wir müssen beweisen, dass sie die Anstifterin war, um sie zum Schweigen zu bringen. Wir können diese Art von Publicity nicht gebrauchen.«

»Scheiße.« Nichts würde ihr Geschäft schneller ruinieren als Gerüchte darüber, welche anderen *Dienstleistungen* sie anboten ...

»Genau.« Bry räusperte sich. »Also, Missy hat hier angerufen und nach dir gefragt. Sie sagte, du wärst nicht nach Hause gekommen.«

»Was zum Teufel? Muss denn jeder wissen, was ich mache? Ich hatte frei. Ich kann in meiner Freizeit machen, was ich will.« Er setzte die Säge ab, um nichts zu zersägen, was er nicht sollte.

»Ich frage als dein Freund, nicht als dein Geschäftspartner. War es die Cupcake-Lady?«

»Spielt das eine Rolle?«

»Ja, tut es, Gage. Du bist in sie verknallt. Und da ich alles weiß, was in deinem Leben vor sich geht – wie oft hast du mir deine Prioritäten genannt –, kann ich besorgt sein. Ich meine, versteh mich nicht falsch, wenn du in sie verknallt bist und eine Beziehung hast, toll. Aber wenn nicht, muss ich mich fragen, was du da treibst, weil sie Teil der Branche ist. Wir können kein böses Blut gebrauchen.«

»Es wird keins geben, Bry. Es ist alles in Ordnung. Mach dir keine Sorgen.«

»Ich mache mir Sorgen um dich. Du hast in letzter Zeit ziemlich viel Stress. Und mit dem Auftritt heute Abend, nun, wie ich schon sagte, hast du eine Menge um die Ohren.«

Gage lehnte sich gegen den Sägebock »Machst du jetzt einen auf Dr. Phil?«

Bry schnaubte. »Sicher, ich als Seelenklempner. Nein, ich will nur sicherstellen, dass alles in Ordnung ist.«

»Das ist es. Mach dir keine Sorgen.«

»Also gut.« Gage hörte, wie Bryan in einigen Papieren wühlte. Bry hatte das papierlose Zeitalter noch nicht ganz begriffen. »Willst du die *Girls' Weekend Fling Party* am Freitag übernehmen oder soll ich?«

Der Gedanke, fünf Stunden mit einer Gruppe von zehn alleinstehenden Freundinnen in den Dreißigern zu verbringen, schien nicht sehr verlockend. Vor allem, da er heute Abend noch einen weiteren Junggesellinnenabschied hatte. »Darauf verzichte ich. Megans Klammergriff war mehr als genug für diesen Monat.«

»Verstehe ich. Okay, dann lass mich wissen, wie die Anfragen ausfallen. Gina meinte, dass fast jeder eine Karte ausgefüllt hat.«

Und mindestens zwei Drittel von ihnen waren mit persönlichen Nachrichten an ihn oder Carlo versehen.

Er legte auf und plante, die Interessenten anzurufen, wenn er am Nachmittag mit dem Keller der Torringtons fertig war. 24 Stunden waren nicht genug für einen Tag.

Und jetzt war da auch noch Lara, obwohl er keine Probleme haben würde, sich Zeit für sie zu nehmen.

Er rief sie an. Es war erst eine Stunde her, aber hey, ein Mann hatte das Recht, die Frau, mit der er die Nacht verbracht hatte, eine Stunde nach dem Frühstück anzurufen, wenn er das wollte.

»Hey.« Ihre Stimme war weich und kehlig wie das letzte Mal, als sie seinen Namen gestöhnt hatte, als sie in den frühen Morgenstunden gekommen war.

»Selber hey. Wie ist dein Morgen?«

»Viel zu tun. Wie immer. Ich muss noch den Lieferwagen ausräumen, der Fondant weigert sich zu kooperieren und Cara nimmt eine Bestellung nach der anderen entgegen. Wir werden unsere erste Angestellte einstellen.«

»Hey, das ist ja toll! Das Geschäft boomt!«

»Genau das, was wir brauchen.«

»Ich verstehe dich.« Und das tat er. Es tat gut, ihre Stimme zu hören. Er würde sie heute Abend vermissen, aber sie hatten beide Veranstaltungen und würden zu spät nach Hause kommen, um sich zu treffen. »Also wegen des Abendessens morgen. Ich kann dich auf meinem Rückweg von der Baustelle abholen, aber ich werde ziemlich schmutzig sein. Ich hoffe, es macht dir nichts aus, wenn ich dich bei Missy lasse, während ich dusche.« Er hatte darüber nachgedacht, sie zu bitten, mit ihm zu duschen, aber mit Connor im Haus war das nicht die beste Idee. Außerdem würden sie dann nie zu der Party kommen.

»Warum? Ist Missy eine gefährliche Person, vor der ich Angst haben sollte? Ich meine, ich habe sie schon getroffen, und nachdem ich diesen betrunkenen Typen auf der Messe überlebt habe, sollte ich eine Schwester überleben können.«

Gage schauderte bei der Erinnerung daran. Der Typ hatte nicht nur unangemessen geglotzt, sondern sie auch angefasst. Er sollte dankbar sein, dass er sie nur am Arm angefasst hatte. »Missy ist harmlos im Vergleich zu dem Kerl.«

»Ich hatte den Eindruck, du hattest den Kerl ganz gut im Griff.«

Er konnte das Lächeln in ihrer Stimme hören und es zauberte eines auf sein Gesicht. Er hatte nichts dagegen, ein Ritter in glänzender Rüstung zu sein, wenn es das war, was sie wollte. »Alles, um zu gefallen, Ma'am«, sagte er und gab seine beste Cowboy-Imitation ohne Chaps, Hut und Stiefel zum Besten.

»Das tust du ganz sicher, Gage. Du hast mir definitiv gefallen.« Und mit diesen provokanten Worten legte sie auf.

Einundzwanzig

»Das muss eine der coolsten Geburtstagstorten sein, die du je gemacht hast«, meinte Cara am nächsten Nachmittag, als sie Connors Schachbrett begutachtete.

Gage hatte ihr von Connors Besessenheit von Schach und seinem Lieblingsvideospiel erzählt, also hatte sie ihren freien Nachmittag geopfert, um online zu gehen und sich Inspiration für Schachfiguren zu holen, die wie die Charaktere des Spiels aussahen. Sie hatte das Schachbrett zum großen Saal einer Burg gemacht und das Logo des Spiels für die Farben verwendet. Alle Arten von mittelalterlichen Waffen, Rüstungen und Thronen zierten die Ränder, und der Hof bestand aus weiteren Figuren des Spiels.

»Jeder Siebenjährige wird es lieben.«

»Ich hoffe es.«

»Oh, das wird er. Problematisch wird es, wenn es Zeit ist, sie zu schneiden. Ich wette, er wird stattdessen damit spielen wollen.«

Der Gedanke war ihr durch den Kopf gegangen, aber bei all den Geburtstagsfeiern, die sie gemacht hatten, hatte sie noch kein Kind getroffen, das dem Kuchen widerstehen konnte.

Lara schloss den Deckel der Kuchenschachtel und nahm ihre Kochmütze ab. »Bist du sicher, dass es für dich in Ordnung ist, den Laden zu beaufsichtigen, während ich nach Hause gehe, um vor dem Abendessen zu duschen? Ich sollte rechtzeitig zurück sein, bevor Gage hier eintrifft.«

»Kein Problem. Heute ist Schreibtisch-Sonntag. Ich werde einfach Papierkram erledigen und alle Anrufe entgegennehmen, die zufällig reinkommen. Ich muss herausfinden, wie ich die Gehaltsabrechnung für unsere neue Mitarbeiterin einrichte.« Jesse hatte die Chance auf einen Vollzeit-Sommerjob sofort ergriffen. »Geh und mach dich hübsch für den Mann.«

Das war genau das, was Lara vorhatte.

Zurück in ihrer Wohnung warf sie einen Blick auf die letzte Textnachricht von Gage, bevor sie unter die Dusche stieg, um die Anstrengungen des Tages abzuwaschen.

Freue mich schon.

Sie sich auch. Sie hatten sich in den letzten sechsunddreißig Stunden unzählige Textnachrichten geschrieben und in der letzten Nacht stundenlang telefoniert.

Ihr Gesicht – und der Rest von ihr – glühten bei *dieser* Erinnerung. Wer hätte gedacht, dass Telefonsex so heiß sein konnte?

Sie fächelte sich Luft zu. Sie hatte das noch nie getan, aber der Telefonsex war ganz einfach passiert, als sie beide in ihren jeweiligen Betten lagen und die Nacht sie mit ihrem gegenseitigen Verlangen umhüllt hatte.

Sie benutzte ihren Vorrat an duftenden Designer-Seifen und -Ölen, die sie gekauft hatte, nachdem sie ihr früheres Leben verlassen hatte – Düfte, *die sie* ausgesucht *hatte* – und achtete besonders darauf, dass ihre Medusa-Locken nicht als ein Haufen Stahlwolle zum Leben erwachten. Dann überlegte sie, was sie anziehen sollte.

Sie benahm sich lächerlich. Es sollten nur sie, Gage, Missy, Connor und ein paar seiner Freunde sein. Pizza und Pommes mit Kuchen und Eis zum Nachtisch, kein Ausflug in den Country Club.

Und sie konnte sagen, dass sie dafür dankbar war. Sie hatte den Lebensstil, den Jeff angestrebt hatte, nie gemocht. Sie war einfach nicht dafür gemacht, aber sie hatte es für ihn versucht.

Und was hatte es ihr gebracht?

Als sie sich im Spiegel betrachtete, in einem Sommerkleid und Sandalen mit niedrigen Absätzen, musste Lara zugeben, dass der Versuch, sich in Jeffs Welt einzufügen, sie dahin gebracht hatte, wo sie jetzt war: Sie freute sich auf ein Abendessen mit einem wunderbaren Mann und seiner Familie.

Eigentlich gar nicht so schlecht.

***

Gage fuhr fünfzehn Minuten früher als geplant auf den Parkplatz der Konditorei. Super, fünfzehn Minuten mehr, die er mit Lara haben würde.

Er ging hinein. Der Empfangsbereich war klein. Sie könnten hier etwas neue Farbe gebrauchen und vielleicht eine niedrigere Theke. Er hasste es immer, wenn die Bedienungen nicht drübersehen konnte, um Neuankömmlinge zu begrüßen. Nicht, dass das im Moment ein Problem für sie wäre, aber mit Laras Talent und Caras Entschlossenheit würde es das irgendwann sein.

Er ging den Flur entlang. »Hallo?«

»Hier hinten!«

Er folgte der Stimme. Es stellte sich heraus, dass es Laras Cousine in einem Büro rechts vom Küchenbereich war. »Hey, Cara. Ist Lara hier?«

Cara sah auf, ihre Locken standen ihr vom Kopf ab, als hätte sie die Hand in eine Steckdose gesteckt. »Sie müsste gleich da sein. Sie ist nach Hause gegangen, um zu duschen.«

Ein Bild, das er den ganzen verdammten Tag in seinem Kopf gehabt hatte ...

»Willst du eine Tour durch den Laden?« Cara knallte den Stapel Papiere, den sie in der Hand hielt, auf den Schreibtisch.

»Nicht nötig, du bist beschäftigt.«

Sie legte ihren Bleistift auf die Papiere. »Kein Problem. Ich bin es leid, mir dieses Zeug anzusehen. Verträge sind nicht meine Stärke, nicht wenn ich herausfinden muss, wie ich die Gehaltsabrechnung für die Aushilfe, die wir eingestellt haben, mache, oder die Inventur für den Auftrag eines neuen Kunden durchgehen muss und so weiter.« Sie legte den Kopf schief und sah Lara so ähnlich, dass sie hübsch war, aber ihr fehlte das besondere Etwas, das sein Interesse weckte. »Du bist nicht wirklich daran interessiert, das zu hören, oder?«

»Sicher bin ich das. Alles, was Lara macht, interessiert mich. Außerdem kenne ich mich mit Material- und Zeitplanung aus. Ich arbeite im Moment selbst an drei Bauaufträgen.«

»Zusätzlich zu *den Hingucker*?«

Er zuckte mit den Schultern. »Immer nur arbeiten und keine Zeit zum Spielen wäre langweilig.« Es war ein sarkastischer Scherz zwischen ihm und Bryan, denn bei allem, was sie vorhatten, blieb nicht genug Zeit, um an Spielen zu denken. Vielleicht in fünf Jahren.

Sie ging um ihren Schreibtisch herum. »*Das* ist für dich ein *Spiel*? Du findest notgeile Frauen ohne Anstand, die dich begrabschen, lustig?«

Cara hatte den Sarkasmus offensichtlich nicht verstanden. »Hey. Warte mal. Ich glaube, du hast das falsch verstanden.«

Sie stemmte die Hände in die Hüften und ging auf ihn zu, ein kleiner Ball voller Wut. »Nun, warum erklärst du es mir nicht, da du dich schon mit meiner Cousine triffst? Sie braucht keinen Spieler, der sie benutzt. Sie hat mit diesem Arschloch von einem Ex schon genug durchgemacht. Ich dachte, du wärst ein anständiger Kerl, bei allem, was du für deinen Neffen tust. Ich meine, ich bin voll dafür, dass Lara ausgeht und sich was gönnt, aber so, wie sie sich in den letzten zwei Tagen hier aufgeführt hat, solltest du besser etwas mehr zu bieten haben als nur guten Sex.«

»Das hat sie gesagt?« Dabei hatte er gehofft, dass sie es phänomenal fand.

Cara verdrehte Augen. »*Das ist alles*, was du gehört hast? Männer. Ich schwöre bei Gott, ich werde euch Kreaturen nie verstehen.«

»Vielleicht, wenn du aufhörst, uns Kreaturen zu nennen.«

»Wenn ihr aufhört, euch so zu verhalten, werde ich es tun.«

»Du lässt dich doch nicht von deiner Größe aufhalten, oder?«

»Was hat meine Größe mit irgendetwas zu tun?«

Offenbar nichts, denn sie hatte ihn mit dem Rücken an der Wand.

Er hielt die Hände hoch. »Waffenstillstand? Gib mir eine Chance, es zu erklären?«

Sie verschränkte die Arme und trommelte mit einer Fußspitze. »Zwei Minuten.«

Er sollte wirklich nicht lächeln. Er versuchte wirklich, es nicht zu tun. »Ich arbeite im Moment an drei verschiedenen Bauprojekten und versuche, Folgeaufträge zu organisieren, ich muss Verkaufsgespräche für *Die Hingucker* führen, ganz zu schweigen davon, dass ich meinem Partner bei der Planung, der Einstellung, dem Training, der Kostümierung und allem anderen helfe, was mit einer Show zusammenhängt, ich suche nach einem Ort, um dauerhaft präsent zu sein, und ach ja, ich habe einen verletzten Neffen, der eine Therapie und eine Operation braucht, und eine Schwester, die alles tut, um über die Runden zu kommen. Also tauche ich gelegentlich in das Reich des Sarkasmus ein, um mit dem Stress fertig zu werden. Einen kleinen Abstecher hast du gerade zufällig mitbekommen.«

Überraschenderweise hatte er sie zum Schweigen gebracht.

Sie setzte sich auf die Kante des Schreibtisches – eigentlich lehnte sie sich dagegen, weil sie nicht groß genug war, um auf ihm zu sitzen – und studierte ihn.

»Sind wir jetzt quitt?«

Sie tippte auf ihre Lippe. »Ich denke schon. Aber wenn du Lara etwas antust, wirst du dich vor mir verantworten müssen.«

Diese Aussicht machte ihm mehr Angst als Megan, die sich neulich in seine Arme gestürzt hatte.

»Das habe ich nicht vor, Cara. Ich sorge mich um sie. Aber Tatsache ist, dass es pro Tag nur eine begrenzte Anzahl Stunden gibt, also muss ich mit dem zufrieden sein, was ich mit ihr bekommen kann.«

»Deshalb hast du sie für heute Abend zum Essen eingeladen.«

»Einer der Gründe. Der andere ist, dass ich sie dabeihaben wollte. Sie ist wichtig für mich, und Connors Geburtstag ist wichtig für mich. Wenn du auch kommen willst, bist du herzlich willkommen.«

Sie tippte wieder auf ihre Lippen. »Warum nicht.«

So ein Mist. Er hatte nicht gedacht, dass sie auf sein Angebot eingehen würde.

Sie stand auf. »Wie sieht's aus, willst du eine Führung?«

Zum Glück ging die Hintertür in der Küche auf. »Cara, ich bin wieder da!«

Lara war hier.

»Hey, du musst nicht so erleichtert aussehen«, murmelte Cara, als sie auf dem Weg aus dem Büro an ihm vorbeiging.

Gage lächelte und schüttelte den Kopf. Er konnte es Cara nicht verübeln; Missy würde das Gleiche tun, wenn er sie mit Lara allein ließe.

Was er vorhatte zu tun, wenn er nach Hause kam. Vielleicht war es eine gute Sache, dass Cara auch kam. Sie könnte ein Verhör verhindern, das wirklich nicht nötig wäre.

Er folgte ihr.

»Gage! Du bist früh dran.«

Und er war froh, dass er es war. Lara sah umwerfend aus. Ihr Kleid schmiegte sich an den richtigen Stellen an ihren Körper, und ihr Haar war ein Meer aus weichen Wellen, die ihr über die Schultern fielen, wie damals, als er in der Nacht, in der er mit ihr geschlafen hatte, mit den Fingern hindurchgefahren war.

»Ich war früher fertig, als ich dachte, also bin ich eher gekommen. Wollte dich überraschen, aber die Überraschung ging auf mich.« Er sah Cara an.

Cara starrte ihn an.

Lara sah zwischen den beiden hin und her. »Ist alles in Ordnung?«

»Ja. Klar«, sagte Cara. »Ich begleite euch.«

»Ähm, was?«

Gage zuckte mit den Schultern. »Je mehr, desto besser, oder?«

»Das sage ich auch immer«, sagte Cara.

»Nein, tust du nicht. Du hasst Menschenmengen.« Lara stemmte die Hand in die Hüfte. »Raus mit der Sprache, was ist hier los?«

»Nichts, Lara. Ehrlich.« Gage breitete seine Arme aus. »Bekomme ich eine Umarmung oder ruiniere ich dann dein Outfit?« Zwei Schwestern hatten ihm auch beigebracht, wie wichtig es war, um Erlaubnis zu fragen.

Lara ging in seine Arme. »Der Tag, an dem ein Mann eine Frau nicht mehr umarmen kann, ist der Tag, an dem die Welt untergehen sollte.«

Eine Frau nach seinem Geschmack.

Moment.

»Gage?«

Er hatte sich versteift und sie hatte es gespürt. »Ich, äh, will dein Haar nicht durcheinander bringen.«

Sie zog sich zurück und sah zu ihm auf. »Ihr zwei benehmt euch furchtbar seltsam. Seid ihr sicher, dass alles in Ordnung ist?«

»Ja, es ist alles in Ordnung.« Er zog sie an sich. *Jetzt* war alles in Ordnung.

»Ja, Lara, alles in Ordnung«, sagte Cara, ausnahmsweise seiner Meinung. »Wollen wir uns jetzt den Kuchen schnappen und von hier verschwinden? Ich für meinen Teil habe heute die Nase voll von diesem Ort. Ich habe seit Stunden kein Tageslicht mehr gesehen.«

Gage betrachtete die Außenseite des Gebäudes, während er den Kuchen zu seinem Truck trug und ihn auf die Sitzbank legte. Caras Büro hatte eine Außenwand. Sie war aus Hohlblockstein, aber wenn dort keine elektrischen Leitungen entlang liefen, konnte er relativ kostengünstig ein Fenster für sie einbauen. Er hatte noch ein zusätzliches, das er aus einem Haus ausgebaut hatte, als die Besitzer sich stattdessen für Türen entschieden hatte. Das könnte er benutzen. Und er hatte ein paar seltsam geformte Granitstücke, die er in eine neue Empfangstheke einarbeiten könnte, jetzt wo er darüber nachdachte. Ein paar Holzreste, mit denen er die Wand verkleiden konnte, und er hatte noch genug Farbe übrig, um den Laden zu verschönern. Ein Tag, vielleicht zwei, und ihr Empfangsbereich würde so gut wie neu aussehen. Und Cara bekam etwas Sonnenlicht, damit sie bessere Laune bekam.

Er schüttelte den Kopf, als er zur Fahrerseite ging. Als hätte er nicht schon genug zu tun, jetzt wollte er auch noch ehrenamtlich an der Konditorei arbeiten.

Lara öffnete die Tür und setzte sich in den Wagen ihrer Cousine. Ihr Kleid rutschte hoch und gab den Blick auf die Oberschenkel frei, mit denen er sich in der vorletzten Nacht ausführlich vertraut gemacht hatte.

Ja, er würde sich die Zeit für die Konditorei nehmen.

Zweiundzwanzig

Das Haus war voller Siebenjähriger, die meisten von ihnen in voller Fantasieverkleidung. Connor war wie ein König gekleidet und herrschte von seinem Rollstuhl aus über sie alle, insbesondere über einen kleinen blonden Troll mit Grübchen und engelsgleichen blauen Augen, der Connor ansah, als wäre er wirklich ein König. Gage lächelte. Ah, die Tomlinson-Gene fingen schon früh an zu wirken.

Es tat Gage gut, zu sehen, dass sein Neffe Spaß hatte. Die Kinder kamen oft vorbei, aber wenn sie allein kamen, wurde es nach einer Weile langweilig, weil Connor größtenteils an das Haus gebunden war. Ja, dieser Nachmittag war eine willkommene Abwechslung.

Missy warf ihm ein dankbares Lächeln zu, als sie die Küche betraten.

»Gott sei Dank seid ihr hier. Die Kinder sind alle früher gekommen. Anscheinend hat Connor die Nachricht verbreitet, dass er eine große Schlacht will, bevor die Pizza kommt, also sind sie alle schon hier. Ich habe mich schon gefragt, warum er mich ständig damit nervt, zu wann wir die Pizza bestellt haben. Besteht die Möglichkeit, dass du die Aufsicht übernimmst, während ich hier drinnen alles fertig mache?«

»Ich laufe schnell hoch und dusche, dann gehöre ich ganz euch.«

»Cara und ich werden mit ihnen fertig«, sagte Lara. »Du gehst duschen und wir bemannen die Festung.«

Caras Gesichtsausdruck nach zu urteilen, vermutete Gage, dass sie von dieser Idee nicht begeistert war. Aber er küsste Lara auf dem Weg nach oben auf die Wange. »Danke. Ich schulde dir was.«

»Und mir nicht?«, brummte Cara. »Na immerhin wird irgendjemand belohnt.«

Oh, Cara hatte vielleicht doch ein gutes Händchen für Sarkasmus.

***

»Vielen Dank fürs Helfen«, sagte Missy, als ihr Bruder den Raum verließ. Die arme Frau sah jetzt schon erschöpft aus und die Party hatte noch nicht einmal begonnen.

»Kein Problem«, sagte Lara. »Müssen wir irgendetwas wissen, bevor wir uns hineinwagen?«

»Haltet nur die Lichtschwerter vom Flachbildschirm fern. Das ist Gages ganzer Stolz.«

»Kein Problem«, sagte Lara und stürzte sich in die Horde der einfallenden Mischlinge.

Cara schnaubte. »Mensch, ein Kerl, der seinen riesigen Flachbildschirm liebt. Warum bin ich nicht überrascht?«

»Ist etwas mit Nick?«

Cara verdrehte die Augen. »Natürlich nicht. Ich definiere nicht meine gesamte Existenz über meinen Freund, weißt du.«

»Willst du mir etwas sagen?«

Cara sah sie an. »Ähm, nein. Es tut mir leid. Du hast recht. Ich bin scheiße drauf. Zu viel Papierkram, schätze ich.«

»Ooh, sie hat ein schlimmes Wort gesagt!« Eines der Kinder nahm seine Maske ab und zeigte auf Cara. »Fünfzig Cent in den Schimpfworttopf!«

Fünf andere schlossen sich an. Offensichtlich waren Schimpfwort-Gläser unter Connors Freunden eine häufige Erscheinung.

Lara führte Cara von ihnen weg. Kein Grund, einen Aufstand zu riskieren.

»*Un guard*!«, schrie ein Lakai, dessen Französisch überholungsbedürftig war, während er auf einen Troll zustürmte.

»Ich werde dich *aufschlitzen*«, sagte ein anderer und versuchte, seinen Worten Taten folgen zu lassen.

Lara schnappte sich das Lichtschwert. »Hey, Aufschlitzen ist nicht erlaubt. Sonst fällt ihm der Kuchen aus dem Bauch.«

»Kuchen?« Zwanzig Augenpaare drehten sich in ihre Richtung und plötzlich herrschte Stille.

Dann ging das Geschrei wieder los.

»Wo ist der Kuchen?«

»Ich will was.«

»Kann ich ein Endstück haben?«

»Gibt es eine Rose? Ich will eine Zuckerrose.«

»Ich mag keine Schokolade.«

»Ich mag nur Topfkuchen.«

»Habt ihr Obstkuchen?«

Cara wirbelte herum, als ob die Kinder sie im Kreis drehen würden. Lara musste lachen. Es war erstaunlich, wie ähnlich sie und Cara sich in vielen Dingen waren, aber der Gedanke an ein Kind brachte ihre arme Cousine voll aus dem Konzept. Zwanzig von ihnen könnten sie in die Klapsmühle bringen.

Lara hob die Hände, um die Kinder zu beruhigen. »Kinder, es wird Kuchen geben, aber erst nach dem Essen. Und um Essen zu bekommen, müssen wir das Haus heile lassen. Ihr wisst, wie man das macht, oder? Wenn ihr herumrennen wollt, müssen wir das draußen im Garten machen.«

»Aber Connor kann nicht in den Garten«, sagte ein hübscher kleiner blonder Troll, der praktisch an Connors Seite klebte.

»Sicher kann er das. Wenn sein Onkel Gage herunterkommt, wird er ihn nach draußen tragen und auf seinen Thron setzen. Dann könnt ihr ihn wie einen richtigen König ehren.«

Es waren genau die richtigen Worte. Connors Brust blähte sich auf, sein Lächeln wurde doppelt so breit, und der Troll tätschelte seine Hand.

»Kommt schon, Leute! Lasst uns rausgehen und den Hinterhof für einen König herrichten!« Lara zeigte mit der Hand in Richtung der Glasschiebetüren zur Terrasse, und wie ein Schwarm Vögel stürzten sie alle hinaus.

»Wie in aller Welt hast du das geschafft?« Cara schüttelte den Kopf. »Hast du Superkräfte?«

Lara klopfte Cara auf die Schulter. »Erinnerst du dich an das Babysitten bei den O'Malleys? Das war Training.«

Die O'Malleys hatten acht Kinder, jedes Jahr war eines dazugekommen. Lara hatte während der Highschool Geld damit verdient, auf sie aufzupassen.

»Ja, ich erinnere mich. Ich war praktischerweise immer krank, wenn du nicht auf sie aufpassen konntest. Sie haben mir Angst gemacht.«

»Ach, Cara, sie waren nur Kinder.«

Cara schauderte. »Sie waren mein schlimmster Albtraum. All der Lärm und das Chaos.« Sie sah sich im Wohnzimmer um, das nun frei von den Kindern, aber definitiv nicht vom Chaos war. Es gab mehr Schwerter und verlorene Umhänge, als Lara zählen konnte. »Nein, danke.«

»*Ich* sage vielen Dank.« Missy steckte ihren Kopf in den Raum. »Ich weiß nicht, wie du es geschafft hast, aber danke. Ich habe in der letzten halben Stunde mehrfach versucht, sie hier rauszubringen.«

»Kann ich jetzt auch raus?«, fragte Connor, sein Troll stand immer noch neben ihm.

»Sobald Gage runterkommt, Connor. Bis dahin kann ich hier bei dir bleiben.« Lara sah Cara an. »Willst du draußen aufpassen?«

Cara starrte sie an. »Wie bitte? Welchen Teil von *schlimmster Albtraum* hast du nicht verstanden? Wie wäre es, wenn *du* da rausgehst und ich hier bleibe und Connor Gesellschaft leiste? Ich bin sicher, dass ich mit einem Kind zurechtkomme.«

Lara verbarg ihr Lächeln, als sie sich ein paar Trinkpäckchen schnappte und hinausging. Manchmal war Cara einfach zu leicht zu manipulieren. »Kein Problem. Wir sehen uns nachher.«

***

Ungefähr zehn Minuten später kam ein glatt rasierter, gut aussehender Gage mit seinem Neffen auf dem Arm aus der Tür und Laras Herz machte einen Sprung.

Nicht nur wegen der körperlichen Perfektion, die Gage ausstrahlte – obwohl das auch der Fall war –, sondern auch wegen des Mitgefühls und der Fürsorge, die so offensichtlich waren, als er Connor half, sich unter seine Freunde zu mischen.

Jeff hatte Kinder gewollt. Ganz traditionell: einen Jungen und ein Mädchen. Wieso er allerdings geglaubt hatte, dass sie sein blondes Aussehen haben würden, wenn sie ihre Hälfte mit in den Genpool warf, war Lara immer schleierhaft gewesen. Er hatte es immer wieder aufgeschoben, ›bis der richtige Zeitpunkt gekommen war‹. Im Nachhinein war sie froh darüber, aber damals hatte sie seine Entscheidung einfach hingenommen.

Das hat sie viel zu oft gemacht.

Sie sah Gage an, während sie die Trinkpäckchen stapelte. Er hatte ihr die Entscheidung überlassen, was zwischen ihnen passierte. Sicher, er hatte ihre gemeinsame Nacht angestiftet, aber es war nichts, worüber sie nicht schon nachgedacht hatte. Er hatte es nur ausgesprochen, aber dann hatte er sie die Entscheidung treffen lassen. Wie auch immer sie entschieden hätte, er hätte sich daran gehalten.

Sie war so froh, über ihre Entscheidung. Die Nacht war perfekt gewesen. Beängstigend perfekt. Niemand konnte so perfekt sein wie Gage. Und doch war er es.

Er lachte über etwas, das Connor sagte, und die schiere Freude in seinem Gesicht ließ sie den Atem anhalten. Das Äußere war definitiv sehr hübsch, aber es war das, was er war, das in diesem unbewachten Moment durchschimmerte. Er wäre auch ohne dieses knackige Äußere hinreißend.

Sie öffnete sich selbst für eine Menge potenziellen Herzschmerz, indem sie ihren Schutz vor ihm fallen ließ.

Ein Mini-Zauberer stieß gegen den Tisch und stieß die Trinkpäckchen-Pyramide um, die sie gemacht hatte, also machte sie sich daran, sie neu zu stapeln.

»Einen Penny für deine Gedanken.« Gage schlich sich neben sie, gab ihr einen schnellen Kuss auf die Wange und schlang seine Arme um ihre Taille. »Oder sind sie mehr wert als das?«

Sie verdrängte die Gedanken an ihre Vergangenheit und sah über ihre Schulter. »Es ist nichts, worüber wir jemals wieder nachdenken müssen. Und, fühlst du dich nach deiner Dusche besser?«

»Jetzt, wo ich dich in meinen Armen halte, schon. Was glaubst du, was die Kinder sagen würden, wenn ich dir genau hier einen Kuss verpasse?«

»Igitt! Mr. T umarmt ein Mädchen!« Eine Elfe zeigte in ihre Richtung.

»Hey, urteile nicht, bis du es probiert hast, Nicky. Mädchen sind cool.« Nur, um es zu beweisen, küsste Gage sie wieder auf die Wange.

Ein lautes »Iiiiii« schallte durch den Garten.

»Ich glaube nicht, dass sie es uns abkaufen«, sagte sie und lachte, als sie sich aus seiner Umarmung löste. So schön es auch war, die Kinder brauchten es nicht zu sehen.

»Warte, bis sie älter werden. Sie werden sich wünschen, sie hätten jetzt auf mich gehört.«

Sie schlug ihm spielerisch auf den Arm. »Du bist ein schlechter Einfluss.«

»Da muss ich dir widersprechen. Vor zwei Nächten warst du noch vom Gegenteil überzeugt.«

Vorletzte Nacht war ja auch sehr gut gewesen.

Sie spürte, wie ihr die Röte in die Wangen kroch.

»Du bist bezaubernd, wenn du rot wirst, weißt du das?«

Was sie nur noch mehr erröten ließ.

»Okay, ihr zwei seid ja noch ekliger süß als der Kuchen da drin«, sagte Cara, als sie aus der Küche kam, nur um wieder kehrtzumachen. »Ich gehe jetzt rein, bevor ich Zahnschmerzen bekomme.«

Lara schüttelte den Kopf. »Das ist nur ihre Ausrede, um von den Kindern wegzukommen. Cara hatte schon immer ein Problem mit ihnen.«

»Was ist mit dir? Hast du irgendwelche Probleme mit ihnen?«

»Ich liebe Kinder. Möchte eines Tages einen Haufen von ihnen haben.« Was hoffentlich eher früher als später der Fall sein würde, da sie nicht jünger wurde. Das bedeutete, dass sie all ihre Energie und Mühe in die Konditorei stecken musste, um sicherzustellen, dass sie auf soliden finanziellen Füßen stand, bevor sie überhaupt daran denken konnte, Kinder zu haben. Natürlich müsste sie auch jemanden finden, mit dem sie welche haben konnte. »Was ist mit dir? Willst du Kinder?«

»Auf jeden Fall. Eines Tages.« Er sah zu Connor hinüber. »Ich sehe mal nach, ob er etwas braucht. Missy hat gesagt, die Pizza müsste in etwa fünfzehn Minuten hier sein, also wird er nicht viel Zeit hier draußen haben. Ich sollte ihn öfter mal rausbringen. Darüber hatte ich noch gar nicht nachgedacht. Danke.«

»Keine Ursache. Er ist ein süßer Junge und er tut mir leid.«

Gage sah zu seinem Neffen hinüber. Er blinzelte ein paar Mal. »Er hat das nicht verdient. Er war ein ganz normales Kind, weißt du? In der einen Minute hatte er noch Spaß, und in der nächsten hat sich sein ganzes Leben verändert.«

»Was ist mit der Person, die ihn angefahren hat? Gibt es kein Geld von der Versicherung?«

Gage zuckte mit den Schultern. »Nein, der wurde nie erwischt. Und Missy hatte keine, weil sie kein Auto hat.«

Sie legte ihre Hand auf seinen Arm. »Wenigstens hat er Menschen um sich, die ihn lieben.«

Er räusperte sich und zwang ein Lächeln auf sein Gesicht. »Ja. Das hat er.« Er legte seine Hand auf ihre. »Ich danke dir, Lara. Dafür, dass du hier bist.«

»Es gibt keinen anderen Ort, an dem ich lieber wäre.« Es war wahr.

»Die Pizza ist da!« Missy schrie zur Tür hinaus und zerstörte den Moment. Und die Ruhe. Plötzlich stürmten zwanzig jubelnde Kinder auf die Terrasse und schlängelten sich zwischen ihr und Gage durch wie ein Fluss zwischen Steinen.

Gage lachte. »Ich kämpfe mich mal gegen den Strom, um Connor zu holen. Du kämpfst besser nicht gegen die Strömung an.«

Sie salutierte vor ihm. »Aye, aye, Captain. Wir sehen uns an Land.«

Das Abendessen war ein Durcheinander aus Tellern, Papierfliegerservietten, zu vielen Krachmachern, um klar denken zu können, und viel zu viel koffein- und zuckerhaltigen Getränken für Wesen, die eigentlich keinen Bedarf an Aufputschmitteln hatten.

Und dann wollten sie Kuchen.

Lara zündete die *Fackeln* auf der Burgbrüstung an und Gage trug den Kuchen hinüber, um ihn vor dem König aufzustellen.

Es folgten genügend »Oohs« und »Aahs«, und genau wie Lara vorausgesagt hatte, wollten alle ein Stück. Connor rettete seine Lieblingsfigur, die sie aus Modellierschokolade gemacht hatte, aber der Rest durfte gegessen werden, sogar die Burgmauern, die sie aus Knusperreis und Marshmallows gemacht hatte.

»Wie lange werden diese Wilden hier bleiben?«, fragte Cara und löste einen weiteren zerquetschten Marshmallow von ihrer Bluse. »Die werden heute Abend niemals ins Bett gehen.«

Missy schmunzelte. »Das ist das Problem ihrer Eltern, nicht meins. In Zeiten wie diesen bin ich froh, dass ich nur den einen habe.«

Nachdem der Kuchen vernichtet, äh, gegessen und die Geschenke geöffnet waren, scheuchten sie die Kinder wieder nach draußen, um den Zuckerrausch abzuarbeiten. Connor saß wieder auf seinem Thron und die Kinder spielten um ihn herum Verstecken, während die Erwachsenen den Kamin auf der Terrasse anzündeten und darauf achteten, dass kein Kind vergessen wurde.

»Das ist schön«, sagte Cara und lehnte ihren Kopf zurück. »Ich kann mich nicht erinnern, wann ich mich das letzte Mal einfach nur zurückgelehnt und die Sterne angeschaut habe. Andererseits kann ich mich auch kaum noch daran erinnern, wie das Tageslicht aussieht, so viel Zeit verbringe ich in meinem Loch von Büro.«

»Apropos«, Gage setzte sich auf und zog Lara näher an seine Seite, wobei er den Arm um ihre Schultern legte, »ich kann das Problem für dich lösen. Ich habe ein zusätzliches Fenster von einem Job, falls ihr interessiert seid.«

Cara hob eine Augenbraue und starrte ihn an, ohne ihren Kopf zu bewegen. »Was wird es mich kosten?«

»Dich? Nichts.« Er stupste Lara an. »Du hingegen ...«

Sie quietschte, als er an ihren Hals knabberte.

»Oh Mann.« Cara schloss die Augen, aber ein Hauch von Lächeln spielte auf ihren Lippen.

»Bist du bereit, diesen Preis zu zahlen?«, flüsterte er, während er Laras Ohrläppchen zwischen seine Lippen nahm.

Sie schluckte, dann nickte sie.

Gut. »Und ich habe mir gedacht, ich könnte deinen Empfangsbereich aufhübschen. Ein bisschen Farbe, eine neue Arbeitsplatte, und der Ort wird wie eine Million Dollar aussehen.«

»Solange es nicht über eine Million kostet, gerne«, sagte Cara, wieder die Meisterin des Sarkasmus.

»Das Einzige, was es kosten wird, ist Zeit. Ich muss für zwei Kunden einen Keller und eine Küche fertigstellen, und morgen beginne ich mit einem Pavillon in Fox Run Hills. Ich werde dein Büro so schnell es geht dazwischenschieben.«

»Fox Run Hills? Lara, ist das nicht, wo ...«

»Ja, das ist es. Lass uns das Thema wechseln.«

Interessant, wie sie dafür ihre Stimme wiedergefunden hatte.

»Ist das nicht, wo was?«, fragte er.

»Nichts. Es ist nichts.«

Es war nicht nichts, aber er wollte sie nicht unter Druck setzen. Sie würde es ihm sagen, wenn sie bereit war.

Jemand klopfte an die Haustür.

»Sieht so aus, als wäre die Kavallerie hier«, sagte Missy und stand auf, »um uns von all diesen kleinen Eindringlingen zu befreien.«

In der nächsten halben Stunde kam ein stetiger Strom von Eltern durch die Tür, um ihre müden Partygäste abzuholen. Gage, Lara und Cara halfen beim Aufräumen, dann war es auch für die müden Erwachsenen Zeit zu gehen.

Gage begleitete Lara zu Caras Auto, öffnete aber nicht die Tür. Stattdessen klemmte er sie zwischen sich und das Auto, wobei er seine Hände auf beiden Seiten von ihr auf das Dach legte.

»Danke fürs Kommen und für den Kuchen. Er hat Connor wirklich gefallen.«

»Das freut mich. Es hat Spaß gemacht, ihn zu machen. Danke, dass du mich eingeladen hast. Und dafür, dass Cara mitkommen durfte.«

»Irgendwie scheinen die Worte *Cara* und *durfte* nicht zusammen zu passen. Deine Cousine macht, was sie will.«

Lara nickte. »Ja, manchmal wünschte ich, ich könnte so sein wie sie.«

»Ich glaube nicht, dass du jemand anderes sein musst als der, der du bist, Lara. Ich mag dich so, wie du bist.«

Besonders, wenn sie auf ihrer Unterlippe kaute. Gott, er wollte das tun. Aber morgen würde ein langer Tag werden und es war schon fast morgen.

Er nahm einen tiefen Atemzug. »Ich werde dich heute Abend vermissen.«

Diese bezaubernde Röte breitete sich auf ihren Wangen aus und er konnte nicht widerstehen, sie zu küssen. »Ich werde dich auch vermissen.«

»Soll ich eine Mitfahrgelegenheit nach Hause suchen, oder wollt ihr beide vom Auto weggehen und euch ein Zimmer nehmen?«

Gage knabberte ein letztes Mal an Laras Lippen. »Cara, du kannst echt anstrengend sein.«

»Und vergiss es nicht, Gage.« Sie öffnete die Fahrertür. »Jetzt lass Lara einsteigen. Wir haben diese Woche viel vor, und sie muss fit sein, um alles zu schaffen, im Gegensatz zu Samstag. Wir haben ein Geschäft zu führen, schon vergessen?«

Gage verstand, mehr als jeder andere, was sie meinte. Er küsste sie noch einmal. »Sie hat recht. Ich werde dich anrufen. Denk dran, ich schulde dir noch einen Tanz.«

Das würde er wohl nie vergessen.

Dreiundzwanzig

Gage fuhr durch das Tor, das den Anfang von Fox Run Hills markierte. Jedes Haus war eine Variante des gleichen Themas, mit gepflegten Rasenflächen, schmiedeeisernen Zäunen, Säulen an den Einfahrten und überall Luxuskarossen. Hier gab es genug Leute, denen ihr Ruf wichtig war, sodass er ein Vermögen machen könnte, wenn J.C. McCullough ihnen seinen Namen weitergab.

Unabhängig von seinen persönlichen Gefühlen für den Kerl wollte er in kürzester Zeit den verdammt besten Pavillon bauen, den je jemand gesehen hatte, so dass er nicht nur auf der Verlobungsfeier des Kerls, sondern auch bei jedem anschließenden Nachbarschaftstreffen das Gesprächsthema sein würde.

Gab es hier überhaupt Nachbarschaftstreffen oder fanden die nur im Country Club statt?

Er fuhr in die Einfahrt, parkte seinen Truck und den Anhänger mit dem Bagger wieder hinter den Lebensbäumen und holte seine Rasenschilder aus der Ladefläche. Manchmal waren sie die beste Werbung.

Er läutete wieder an der Haustür. Sollte J.C. ihm doch sagen, er solle den Dienstboteneingang benutzen. Wenn er dafür den Arsch in der Hose hatte.

Wieder öffnete das Dienstmädchen die Tür.

McArschloch hatte *nicht* den Arsch in der Hose. Warum war Gage nicht überrascht?

»Mr. McCullough sagte, das hintere Tor ist offen und Sie können durchgehen.«

»Ich lasse heute Nachmittag Zement anliefern, wenn Sie also irgendwohin fahren wollen, sollten Sie Ihr Auto vielleicht auf die Straße stellen, damit wir Sie nicht einparken. Können Sie das an Mr. McCullough weitergeben?«

Die Frau nickte, schloss die Tür und ließ Gage auf den Stufen stehen. Wenn es eine Sache gab, die Connors Tortur ihn gelehrt hatte, war es, dass, wenn es darauf ankam, alle gleich waren. Wenn man verletzt war, war man verletzt, weshalb ihn dieses ganze überhebliche Gehabe wirklich störte. Aber der Typ bezahlte seine Rechnungen, also schluckte Gage es runter und ging um das Haus herum.

McArschloch wartete auf ihn und schaute auf seine Uhr, als ob Gage an einer Stechuhr einstempeln müsste.

»Ich muss um acht im Büro sein, wenn Sie also morgen um sieben hier sein könnten, wäre ich Ihnen dankbar.«

Gage schaute auf sein Handy. 7:02 Uhr. Es waren mindestens zwei Minuten Fußweg von seinem Auto bis zur Haustür und dann wieder zurück.

Er knallte seinen Werkzeugkasten auf die Steinmauer, die die Terrasse umgab. »Ja, klar.« Es war den Kampf nicht wert.

»Madeleine sagte, dass heute ein Zementlaster hier sein wird?«

Gage nickte und holte sein Laserbandmaß und die Farbe heraus. Er würde den Bagger holen, nachdem er seine Grabungsstelle markiert hatte.

»Sie haben doch eine Versicherung, die Schäden an der Auffahrt abdeckt, oder?«

Gage verkniff sich seine sarkastische Antwort, während er seinen Arbeitsgürtel um seine Taille befestigte. »Das habe ich. Ich kann Ihnen eine Kopie geben, wenn Sie wollen.« Er hätte gedacht, dass Mr. Super-Anwalt vorher danach gefragt hätte, aber egal.

»Großartig. Lassen Sie sie bei Madeleine, bevor Sie gehen.« McArschloch faltete seine Zeitung und stand auf. »Ich bin um sechs zurück. Bis dahin sind Sie schon weg.«

Es war keine Frage, also hatte Gage auch nicht das Bedürfnis, zu antworten.

»Also dann, ich bin dann mal weg. Versuchen Sie, den Lärm und das Chaos auf ein Minimum zu beschränken, ja? Ich will nicht, dass sich die Nachbarn beschweren.«

Gage salutierte – verzichtete aber darauf, dafür den Mittelfinger zu nehmen – und machte sich auf den Weg auf die linke Poolseite, um die Stelle zu markieren, an der er das Fundament ausheben wollte, wobei er sich daran erinnerte, dass er hier war, um einen Job zu erledigen, und den Kunden dafür nicht mögen musste.

Zum Glück, denn diesen Typ mochte er definitiv nicht.

***

»Ich gebe auf!« Ein Stapel Papier kam aus Caras Bürotür gesegelt.

Lara hob einige von ihnen auf und wappnete sich, bevor sie das Büro ihrer Cousine betrat. *Sie* ging da nie rein, wenn sie nicht musste. Von Zahlen bekam sie Ausschlag.

»Was ist das Problem, Cara?«

Cara winkte mit einem Wust von Papieren. »Das hier. Diese Verträge. Die machen mich wahnsinnig. Wozu und wann und wie ... Wir brauchen einen Anwalt, nur um den Überblick über all die Änderungen zu behalten, die der andere Anwalt vorschlägt. Es ist gerade mal acht Uhr und schon habe ich Migräne.« Sie kniff sich in den Nasenrücken. »Ich bin ein Zahlenmensch, kein verdammter Jurist.«

»Dann ruf einfach den Anwalt an und frag ihn, wenn du Fragen hast.«

»Und zahle ihm dafür dreihundert Dollar pro Stunde? Hast du den Verstand verloren? Dafür könnte ich jemanden für eine Woche in Teilzeit einstellen. Vielleicht sogar weniger.«

»Was ist mit der Schwester von Gage?«

Cara öffnete ein Auge. »Was?«

Lara legte die Papiere auf die Ecke des Schreibtischs. Sie wollte Caras Ablagesystem nicht durcheinanderbringen. »Die Schwester von Gage. Connors Mutter? Sie hat eine Ausbildung als Anwaltsgehilfin gemacht, bis Connor verletzt wurde. Wir könnten sie für ein paar Stunden anheuern, damit sie sich einen Überblick verschafft und uns verrät, was wir den Anwalt fragen sollten. Das spart uns vielleicht ein paar Stunden. Es wäre billiger, als den Anwalt anzurufen, und Gage sagte, sie könnte etwas Abwechslung gebrauchen. Es wäre eine Win-Win-Situation für uns alle.«

»Oh. Mein. Gott.« Caras Arm knallte auf ihren Schreibtisch. »Dich hat es wirklich schlimm erwischt.«

»Wie bitte?«

»Diese Sache mit Gage. Dir hat diese ganze häusliche Szene gestern Abend gefallen, gib es zu.«

Lara verdrehte die Augen. »Cara, ich habe gerade erst angefangen, mit ihm auszugehen.«

»Das hat dich nicht davon abgehalten, mit ihm zu schlafen.«

»*Du* willst *mir* einen Vortrag halten? Ernsthaft?«

»Keinen Vortrag. Ich weise nur darauf hin, dass du es viel schneller angegangen bist, als du es normalerweise tust.«

»In Anbetracht der Tatsache, dass ich seit drei Jahren mit niemandem geschlafen habe, ließ sich das wohl nicht vermeiden.«

»Aber warum er?«

Lara verschränkte die Arme. Sie brauchte dieses Verhör von Cara nicht. Nicht jetzt, wo alles noch so neu war. »Warst du nicht diejenige, die mir sagte, ich solle abenteuerlustig sein? Und jetzt machst du einen Rückzieher? Entscheide dich, Cara.«

»Ich will nur sicher sein, dass du weißt, was du willst. Ich war dafür, dass du in die Kiste springst, aber nur um dich abzureagieren. Aber gleich diese Familiensache zu machen, dort abzuhängen, sie kennenzulernen – seine Schwester einzustellen, um Himmels willen ... das ist mehr als abenteuerlustig zu sein.«

Und dabei war letzte Nacht gar nichts passiert.

Lara holte tief Luft. Sie hatte ihn vermisst.

»Als Nächstes wirst du ein Picknick einpacken und es zu seiner Baustelle bringen.«

Das war eine Idee ... »Wenn man bedenkt, dass sie in Jeffs Nachbarschaft ist, glaube ich das nicht.«

»Oh ja. Das hatte ich ganz vergessen. Wäre es nicht zum Schießen, wenn er auf McMonster treffen würde? Kannst du dir Jeff vorstellen, wie er auf all diese rohe Männlichkeit in seiner kleinen Stepford-Welt reagiert?«

»Wow. Du magst Jeff wirklich nicht. Warum hast du mir das nie gesagt?«

Cara unternahm einen halbherzigen Versuch, das Papierchaos zu ordnen. »Du warst so glücklich mit ihm, dass ich dachte, es muss etwas an ihm sein, das ich nicht sehe. Wer war ich, um ihn dir schlecht zu reden? Abgesehen davon, hättest du auf mich gehört?«

Lara schüttelte den Kopf. Das hätte sie nicht getan. Sie war bis über beide Ohren verliebt gewesen.

»Genau. Also entschied ich mich, es durchzustehen und für dich da zu sein, falls es schief geht. Womit ich wirklich gerechnet hatte. Er war nicht der richtige Mann für dich.«

Ja, das hatte sie auf die harte Tour herausgefunden.

»Ich hasse es, dass ich recht hatte.«

Lara zuckte mit den Schultern und sammelte noch ein paar Blätter

Papier vom Boden auf. Das war alles Schnee von gestern. »Wenn es dir nichts ausmacht, würde ich das Desaster, das meine Ehe war, lieber nicht wieder aufwärmen. Warum denkst du nicht darüber nach, Missy zu engagieren, nur um das Chaos zu beseitigen? Das würde dir helfen, meine Ohren schonen und ein paar Bäume davor bewahren, als Brei zu enden.«

Cara nahm die Papiere und warf ihnen den bösen Blick zu. Lara zog ihre Hand zurück; sie hatte zu viele Geschichten über den bösen Blick gehört – sie wollte sich nicht verbrennen, wenn die Papiere plötzlich in Flammen aufgingen.

»Gut. Gib mir ihre Telefonnummer und ich rufe sie an.«

Lara ging zurück in die Küche und holte ihr Handy.

Ich vermisse dich.

Sie hatte die Nachricht, die um – sie schaute auf die Uhrzeit – sechs gekommen war, nicht gehört. Das lag daran, dass sie im Tiefschlaf von ihm geträumt hatte.

Es war ein toller Traum gewesen. Sie hatte ihn letzte Nacht vielleicht nicht physisch mit nach Hause genommen, aber in ihren Träumen. Und, oh, er hatte *sie* genommen ... immer und immer wieder. Sie war mit verhedderten Laken erwacht, Schweißperlen auf dem Körper und einem Pochen zwischen den Beinen, um das sie sich hatte kümmern müssen, bevor sie aus dem Bett gestiegen war.

Es war nicht so, als wäre Gage bei ihr gewesen, aber es war das Beste, was sie bekommen konnte, bis ihre Zeitpläne aufeinander abgestimmt werden konnten.

Die Wahrscheinlichkeit, dass ein Meteor auf der Erde einschlug, war wahrscheinlich größer.

Ich vermisse dich auch. Hab einen schönen Tag.

Okay, es war also nicht die romantischste SMS, aber zumindest würde er wissen, dass sie an ihn dachte.

Sie konnte nicht aufhören, an ihn zu denken. Gage entpuppte sich als mehr, als sie sich nach dem Debakel mit Jeff je hätte erhoffen oder vorstellen können.

Vergiss das Körperliche; die emotionale Bindung, die er zu seiner Familie hatte, war mehr als genug. Die Liebe zwischen seiner Schwester und ihm, die Fürsorge und Sorge um seinen Neffen, die besondere Art, wie er *sie* fühlen ließ ... Dazu kam, dass er ihr Blut in flüssiges Feuer verwandelte und sie mit einem Blick erregen konnte – verdammt, sogar dieser alberne Spitzname gab ihr das Gefühl, etwas Besonderes zu sein – Gage war fast zu gut, um wahr zu sein.

Vierundzwanzig

Nicht alle waren von Gage begeistert.

Lara saß bei der monatlichen Versammlung der Handelskammer und lauschte Gage, der vor der Versammlung über einen Veranstaltungsort für seine Jungs sprach, aber alles, was er bekam, war die Ablehnung der anderen Mitglieder.

Unanständig, ekelhaft, sexistisch, pornografisch ... Sie konnte nicht glauben, mit was für Ausdrücken die anderen Mitglieder der Handelskammer um sich warfen. Und diese Einstellungen ... Sie war ernsthaft versucht, aufzustehen und alle zu fragen, in welchem Jahrzehnt – nein, in welchem *Jahrhundert – sie* sich befanden, denn es war sicherlich nicht das einundzwanzigste.

»Wir würden an der Tür genauso kontrollieren wie jeder andere Club. Einundzwanzig ist das gesetzliche Mindestalter für Alkohol, und da wir Alkohol ausschenken würden, müssten die Gäste einundzwanzig sein, um in den Club zu dürfen. Erwachsen. Wir haben kein Interesse daran, Minderjährige zu korrumpieren.« Gage wirkte hinter dem Podium kühl, aber da Lara ihn kannte, konnte sie sehen, wie viel Mühe es ihn kostete.

Sie wünschte, sie wäre heute Abend früher gekommen, aber sie hatte die Henderson-Torte in letzter Minute fertigstellen müssen, bevor Jesse sie auslieferte – deshalb hatte sie es überhaupt zu dem Treffen geschafft. Normalerweise übernahm Cara solche Termine, aber heute Abend war die einzige Zeit, in der Missy jemanden finden konnte, der auf Connor aufpasste, also hatte Cara frei und zeigte ihr alles.

Wenn Lara gewusst hätte, dass Gage hier sein würde, wäre sie heute Morgen eine Stunde früher aufgestanden und hätte den Kuchen von Mrs. Henderson rechtzeitig fertiggestellt.

Er sah da oben in seinem Golfhemd und der Khakihose gut aus. Wie ein Geschäftsmann – was er ja auch war. Nicht der Widerling, als den manche versuchten ihn darzustellen.

»Sie werden Unruhen anzetteln«, sagte eines der Ratsmitglieder. John Irgendwer. Der eher neidisch schien, weil Gage einen Aufstand anzetteln *könnte*.

»Wir bieten den Leuten eine gute Zeit und es wird genau von der Security überwacht. Es ist nicht anders als in jedem anderen Club mit Live-Acts, egal ob es sich um Tänzer oder eine Band handelt.«

»Bands ziehen sich normalerweise nicht aus.«

»Ach nein? Sie haben noch nie einen Schlagzeuger oder Gitarristen gesehen, der sein Hemd auszieht und es in die Menge wirft? Ich schon. Wir versuchen zumindest, unsere Kleidung zu behalten. Kostüme kosten Geld.«

»Was ist mit Privaträumen?«, fragte eine ältere Frau. »Ich habe gehört, dass Clubs wie Ihrer nur eine Fassade für Prostitution sind.«

Der Muskel in Gages Kiefer spannte sich an. Lara sah, wie er schluckte und seine Augen sich verengten. »Ich betreibe *keinen* Sexring. Abgesehen davon, dass es illegal ist, ist es für mich moralisch verwerflich.«

»Aber Strippen ist es nicht?«

Gage stieß die Luft aus. Schön lang und laut. »Die Jungs sind exotische Tänzer. Was sie ausziehen oder nicht, bleibt ihnen überlassen, aber ich kann Ihnen garantieren, dass es nie alles zu sehen gibt. Das verstößt gegen das Gesetz, und ich bin ein gesetzestreuer Bürger.« Er umklammerte den Rand des Podiums, bis seine Knöchel weiß wurden. »Mein Partner und ich betreiben eine saubere Show, voller gutem Entertainment und Blick auf die öffentliche Sicherheit. Allein in dieser Hinsicht sollten wir eine Geschäftslizenz für das Gebäude in der Craft Street erhalten.«

Die Craft Street lag zwei Blocks von ihrer Konditorei entfernt, und bei dem Gedanken, ihn so nah bei sich zu haben, kribbelte es ein wenig in ihrem Bauch – in den letzten Tagen hatten sie nur SMS geschrieben und kurz telefoniert.

Die Inquisition ging noch eine Viertelstunde weiter, wobei Gage die ganze Zeit über seine professionelle Haltung beibehielt.

Komisch, aber sie erinnerte sich an das eine Mal, als sie mit Jeff an der Versammlung der Hauseigentümer-Vereinigung in ihrer Nachbarschaft teilgenommen hatte. Er hatte ihre Einfahrt verbreitern wollen, aber die Satzung besagte, dass sie das nicht ohne die Zustimmung der EV durften. Es war traurig, wie schnell Jeffs selbstherrliche Arroganz alle gegen ihn aufgebracht hatte. Am Ende war ihnen nicht nur die Abweichung verweigert worden, sie mussten auch noch eine Geldstrafe zahlen, weil sie entlang der Einfahrt eine Granitsteineinfassung angebracht hatten, wofür sie ebenfalls im Vorfeld die Genehmigung der EV hätten einholen müssen.

Sie war beschämt gewesen; Jeff entrüstet vor selbstgerechtem Zorn.

Unnötig zu sagen, dass sie nach der Scheidung mehr als glücklich darüber war, das Haus zu verkaufen und auszuziehen. Wenigstens hatten ihre jetzigen Nachbarn keine Probleme mit ihr.

Das Verhör war endlich vorbei. Lara schnappte sich ihre Handtasche, in der Erwartung, Gage nach draußen zu folgen und mit ihm zu reden, aber er überraschte sie. Er setzte sich auf seinen Platz in der ersten Reihe und blieb bis zum Ende der Versammlung. Nicht, dass es weitere große Themen gegeben hätte, nur ein paar organisatorische Dinge, aber Gage stellte sicher, dass seine Anwesenheit wahrgenommen wurde.

Sie wusste nicht, wie irgendjemand – irgendeine *Frau* – seine Anwesenheit nicht wahrnehmen konnte.

Und es tat auch keine einzige Frau, wie es schien, denn sie alle strömten nach der Versammlung zu ihm – einschließlich der alten Schachtel, die nach den Privaträumen gefragt hatte.

Wahrscheinlich wollte sie ihn in einen einladen.

Lara zügelte die Eifersucht. Es war nicht Gages Schuld, dass die Frauen über ihn fantasierten. Zumindest nicht hier. Auf der Bühne? Das war eine ganz andere Geschichte. Aber selbst dann war es ein Job. Nur ein Job.

Er machte das nötige Geplauder, und wenn sie nicht das Zwinkern gesehen hätte, das er ihr zugeworfen hatte, als er sie näherkommen sah, hätte sie gedacht, dass er an jeder Frau, mit der er sprach, aufrichtig interessiert war. Er hatte eine Art, jeder das Gefühl zu geben, sie sei die einzige Frau im Raum, ein Gefühl, das Lara nur allzu gut kannte ...

Was, wenn er es mit ihr genauso wenig ernst meinte wie mit den anderen Frauen?

Ihre Schritte und ihr Lächeln gerieten ins Stocken.

Oh Gott, sie machte sich lächerlich. Das war natürlich Unsinn. Sie war ihm wichtig. Und sie war paranoid.

Verdammter Jeff. Früher hatte sie, wenn es um Jungs ging, Selbstvertrauen gehabt – und auch, wenn es um irgendetwas anderes ging.

Sie hatte dieses Selbstvertrauen gefunden, wenn es um die

Konditorei ging; warum konnte sie es nicht finden, wenn es um Gage ging?

Er schüttelte der letzten Frau die Hand und kam zu ihr herüber, um ihr einen schnellen Kuss auf die Wange zu geben.

»Lara, es tut gut, dich zu sehen.« Er nahm sich Zeit, ihren Anblick in sich aufzusaugen. »Ich habe dich vermisst.« Seine Stimme war leise und jagte ihr Schauer über den Rücken. »Ich bin froh, dass du hier bist.«

»Ich wusste nicht, dass du hier sein würdest.«

»Ich wusste es auch nicht, bis ich heute eine Nachricht in der Post hatte, die mir mitteilte, dass mein Antrag für die Craft Street abgelehnt wurde. Ich musste kommen und meinen Fall vortragen.«

»Ich denke, es war sehr effektiv.«

»Ich weiß nicht so recht. Meinungen sind schwer zu ändern und die Leute denken, dass es bei uns nur um Sex geht. Das ist ziemlich entmutigend.«

»Warum hast du nicht erwähnt, warum du das machst? Für Connor, meine ich.«

Er fuhr sich mit einer Hand über den Mund. »Ich habe darüber nachgedacht. Ernsthaft. Aber das ist nicht nur für Connor. Ich meine, Con ist der Grund, warum *ich* es tue, aber die Jungs haben alle ihre eigenen Gründe. Es wäre ein tragfähiges Unternehmen. Profitabel. Allein für die Steuern, die wir zahlen würden, hätten sie uns die Genehmigung geben müssen, aber die Vorurteile gegen uns machen die kurzsichtigen Idioten ganz blind.«

»Und was wirst du jetzt tun?«

»Ich weiß es nicht. Wenn sie die Craft Street nicht genehmigen, werden sie auch keinen anderen Standort genehmigen. Dieser Ort steht seit über einem Jahr leer. Ich hätte gedacht, sie würden sich freuen, wenn ein Schandfleck beseitigt wird. Aber es sieht so aus, als hätten wir kein Glück.«

Lara wollte gerade eine tröstende Schulter anbieten, als sie auf der anderen Seite des Raumes einen Mann erblickte. »Ähm, vielleicht doch.«

Jeffs Chef. So sehr Jeff den Mann auch vergöttert hatte, Mr. Davis war von Jeffs Verhalten angewidert gewesen und hatte Lara deutlich zu verstehen gegeben, dass er ihr gerne zur Seite stehen würde, wenn sie jemals Hilfe brauchte. Nicht auf unangemessene Weise; der Mann war seit über fünfzig Jahren mit seiner Jugendliebe verheiratet. Er glaubte an Ehe und Treue und hatte Jeff für sein Verhalten auf der Stelle feuern wollen. Dann entschied er sich aber anders und machte Jeff zum Partner, damit Lara mehr Unterhalt bekommen konnte. Mr. Davis hatte Lara sogar den Anwalt vermittelt, der sie bei ihrer Scheidung vertreten hatte. Jeff hatte bei jedem Treffen geflucht.

Mr. Davis hatte jedes Mal, wenn er sie sah, darüber geschmunzelt. »Rache«, hatte er gesagt. Und selbst mit der Partnerschaft war Jeff immer noch der niedrigste Partner, und Mr. Davis plante, dafür zu sorgen, dass es so blieb.

Oh ja, Weatherington Davis war jemand, den man nicht unterschätzen durfte, und sie hatte vor, genau diese Tatsache zu nutzen.

»Entschuldige mich bitte, Gage?«

»Lara, was hast ...«

Sie entschlüpfte aus seinem Griff. »Vertrau mir. Ich kann vielleicht helfen.«

Sie ging direkt auf Mr. Davis zu. Sein Gesicht hellte sich auf, als er sie sah.

»Lara. Wie schön, dich zu sehen.« Er griff nach ihren Händen und gab ihr einen Kuss auf die Wange. Er roch nach Lavendelseife – die seiner Frau – und nach Zigarren – seine – mit einem Hauch von Holzrauch, was bei dem heißen Sommerwetter völlig fehl am Platz war, aber das war Mr. Davis.

»Hi, Mr. Davis.«

»Na, na, ich dachte, das hätten wir hinter uns gelassen. Ich habe dir immer wieder gesagt, du sollst mich Weathers nennen. Alle meine Freunde tun das.«

Jeff tat das nicht. Allein aus diesem Grund ging Lara darauf ein. »Danke, Weathers. Wie ist es Ihnen ergangen? Wie geht's Mary? Und den Kindern? Ich hab gehört, Sie haben ein neues Enkelkind.«

»Ah, ja, die kleine Candace. Ein Ebenbild ihrer Mutter. Meine Älteste, Susan. Ich glaube, du kennst Susan noch nicht.«

Sie war nur zweimal zur Weihnachtsfeier der Kanzlei in seinem Haus gewesen, und beide Male war nur sein jüngster Sohn da gewesen. »Nein, kenne ich noch nicht, aber wenn das Baby auch nur annähernd so aussieht wie Mary, dann wird es sicher eine Schönheit.«

Mr. Davis', äh, Weathers', Frau zu schmeicheln, war ein sicherer Weg zu seinem Herzen. Es hatte Laras Herz immer erwärmt, zu sehen, wie sehr er seine Frau verehrte.

Sie wollte, dass jemand sie so anbetete.

Sie blickte wieder zu Gage. Sie hatte seinen Blick auf dem ganzen Weg hierher und die ganze Zeit, während sie geredet hatte auf sich gespürt. Es war ein schönes Gefühl, zu wissen, dass er sie beobachtete.

Und, ja, vielleicht hatte sie ein bisschen mehr mit den Hüften gewackelt als sonst.

»Ich werde Mary sagen, dass du das gesagt hast. Sie hat deine Gesellschaft immer sehr genossen.« Weathers warf einen Blick auf die beiden Männer, die zu beiden Seiten von ihm standen. »Nun, Jungs, lasst uns das morgen besprechen, ja? Ich habe das Gefühl, dass Miss Cavallo etwas mit mir besprechen möchte.«

Die Männer nickten und gingen weg.

»Also, meine Liebe, was hast du auf dem Herzen?«

»Wie kommen Sie darauf, dass ich etwas auf dem Herzen habe? Ich kann einem alten Freund nicht einfach hallo sagen?«

»Lara, ich mag alt sein, aber ich bin nicht senil. Ich bin auch nicht annähernd so gut aussehend wie dein Mann da drüben, also denke ich, dass du etwas mit mir besprechen musst, das ihn betrifft, sonst hättest du ihn mitgebracht. Und da ich seine leidenschaftliche Rede gehört habe, habe ich eine ungefähre Ahnung, worüber du mit mir sprechen willst.«

Sie lächelte und schüttelte den Kopf. »Es gibt einen Grund, warum Ihre Kanzlei so erfolgreich ist.«

»Mit Sicherheit nicht dank deines Ex-Mannes. Ich weiß nicht, wie du so lange mit ihm verheiratet bleiben konntest, wie du es getan hast. Ich muss ihn nur acht Stunden täglich ertragen – und nicht einmal das – und ich will mich von ihm scheiden lassen.«

»Ich hoffe, Sie können es bald.«

»Oh?«

»Es ist meine Konditorei. Meine und die von meiner Cousine. Ich hoffe, dass sie so profitabel wird, dass ich keinen Unterhalt mehr von Jeff annehmen muss. Dann können Sie sich von ihm trennen.«

»Und meinen Laufburschen verlieren? Du machst Scherze? Und warum in aller Welt solltest du darauf verzichten, Geld von dem Mann zu nehmen? Es steht dir zu, und Gott weiß, dass er für sein Verhalten zur Rechenschaft gezogen werden muss.«

»Ich weiß das zu schätzen, Weathers. Das tue ich wirklich. Aber ich mag es nicht, ihm verpflichtet zu sein. Ich hasse es, sein Geld nehmen zu müssen. Ich will mein eigenes.«

»Damit du es ihm unter die Nase reiben kannst.«

Sie lächelte. »So ungefähr.«

»Ah, Mädchen, ich wusste, dass du Mumm in dir hast. Sicher, du warst nach dem, was er getan hatte, am Boden, aber ich wusste, dass du es in dir hast, aus der Asche aufzustehen.« Er führte sie weg von den Leuten, die in Hörweite standen.

»Also, was kann ich für dich tun? Willst du, dass ich Druck auf die Kammer ausübe, damit er seine Geschäftslizenz erhält?«

»Ja. Es ist ein gutes Geschäft. Fair, profitabel, auf dem aufsteigenden Ast. Gage und sein Partner haben wirklich hart daran gearbeitet, es aufzubauen, und es würde ihnen sehr helfen, ihren eigenen Club zu haben. Wurzeln zu schlagen und das Unternehmen wachsen zu lassen. Sie werden etwas zurückgeben, sowohl in Form von Steuern als auch durch die Schaffung von Arbeitsplätzen, und außerdem ist das Gebäude im Moment verlassen. Sie werden es in Ordnung bringen. Das ist doch gut für die Stadtentwicklung, oder?«

Weathers betrachtete sie ein paar Augenblicke lang abschätzend mit seinen eisblauen Augen, mit denen er schon viele schwierige Fälle gewonnen hatte.

Dann lächelte er. »Es tut meinem Herzen gut, dich so zu sehen.«

»Wie?«

»Verliebt.«

Lara riss die Augen auf. Sie war nicht in Gage verliebt. Sie mochte ihn, ja. Genoss den Rausch der Leidenschaft, sicher. Aber Liebe? Sie sahen sich doch kaum genug, um sich überhaupt verlieben zu können.

Und sie verliebte sich nicht. Nicht jetzt. Es war zu kurz nach Jeff, und völlig ungelegen.

»Ich bin nicht in ...«

»Versuch nicht, mir zu sagen, dass du es nicht bist. Ich bin seit über fünfundfünfzig Jahren in demselben Zustand, seit Mary und ich dreizehn waren. Ich weiß, wie es ist, verliebt zu sein.«

Lara legte ihre Hände auf ihre Wangen, sicher, dass sie jetzt feuerrot waren. »Mr. Davis-«

»Weathers.«

»Weathers. Wirklich, es ist nicht so, wie Sie denken.«

»Ah. Ich habe dich in Verlegenheit gebracht. Ich habe schon gehört, dass ich mit dem Alter schlimmer geworden bin.« Er rückte seinen Kragen zurecht. »Okay hören wir auf, über Liebe zu reden. Du möchtest, dass ich den Antrag deines Mannes unterstütze. Ich stimme dir zu, dass das, was er vorschlägt, eine gute Geschäftsentscheidung ist, und die albernen Kommentare des Vorstands haben mich nur noch mehr darin bestärkt, es zu tun, bevor du überhaupt aufgetaucht bist. Aber ich werde deine Dankbarkeit jederzeit annehmen.«

Er lächelte, als er das sagte, und Lara wusste nicht, was sie getan hatte, um überhaupt verdient zu haben, dass er auf ihrer Seite war, aber sie war sehr froh, dass sie es getan hatte.

»Ich danke Ihnen vielmals, Mr., äh, Weathers. Ich weiß das wirklich zu schätzen und ich weiß, dass Gage das auch tun wird.«

»Gage weiß es *nicht* zu schätzen, dass du immer noch hier bist und mit mir redest, also denke ich, wir sollten uns verabschieden. Sag ihm, er soll seine Post lesen. Ich bin sicher, dass er bis nächste Woche die Lizenz hat, die er braucht.«

Sie gab Weathers einen Kuss auf die Wange, lachte herzhaft, als er ihr einen schüchternen Blick zuwarf, und eilte zurück zu Gage.

»Wer war das?«

Sie erklärte, wer Weathers war.

»Ich brauche nichts von dem Chef deines Ex-Mannes. Ich schaffe das alleine, Lara.«

»Wirklich? Denn für mich sah es nicht so aus, als würdest du es schaffen, Gage, da sie dich abgelehnt haben. Und was spielt es für eine Rolle, wie du die Lizenz bekommst, solange du sie bekommst?«

»Es stört mich, dass dein Ex-Mann darin verwickelt ist.«

»Nur am Rande.« Sie fuhr fort, Weathers' Position zu erklären. »Du siehst also, der einzige Grund, warum Jeff noch seinen Job hat, ist, dass Weathers dafür sorgen will, dass ich Unterhalt bekomme. Na ja, und damit sie Jeff herumkommandieren können. Wir bekommen beide, was wir wollen.«

»Und was ist mit mir?«

»Was ist mit dir? Du bekommst die Lizenz, wie du es wolltest.«

Sein Mund verzog sich zu einer Seite. »Scheint so.«

»Ist das etwas anderes, als wenn du Gina bittest, mich mit dem Catering für ihre Party zu beauftragen?«

Er öffnete seinen Mund, schloss ihn dann aber wieder. Dann strich er mit einer Hand darüber. »Vermutlich nicht.«

»Boah, kling bloß nicht so begeistert.«

»Okay, du hast recht. Danke.«

»Gern geschehen. Wie wäre es, wenn du mich jetzt zum Feiern

ausführst? Ich hatte heute noch keine Gelegenheit, etwas zu essen, und ich bin am Verhungern.«

»Worauf genau hast du denn Hunger?«

In diesem Moment, mit seiner tiefen Stimme und seinen blauen Augen, die auf ihren Mund gerichtet waren, war das neckische Geplänkel verschwunden und wurde durch eine andere Art des Neckens ersetzt.

Lara leckte sich über die Lippen.

Gage stöhnte. »Gott, Lara, nicht hier. Ich werde nicht laufen können, und all diese Leute werden denken, dass sie mit *Die Hingucker* absolut recht hatten.«

Sie konnte das Zucken ihrer Lippen nicht verhindern. Es tat gut zu wissen, dass sie auf ihn die gleiche Wirkung hatte wie er auf sie. »Das können wir nicht zulassen, oder? Nicht, wenn Mr. Davis sich so viel Mühe gibt, sie vom Gegenteil zu überzeugen.«

»Dann lass uns von hier verschwinden, solange ich noch gehen kann.«

Sie widerstand dem Drang, nach unten zu schauen.

Na ja, fast.

»Du bringst mich um.« Er packte ihren Arm und lotste sie zur Tür, und zum ersten Mal, seit sie ihn kennengelernt hatte, hielt er nicht an, um mit einer der Frauen zu reden, die auf ihn zukam.

Und, ja, Lara war deshalb ein bisschen zufrieden mit sich selbst.

Fünfundzwanzig

Sie landeten wieder bei Donegan's, nur diesmal gab es keine Zwiebelringe, keine Ofenkartoffeln und keine Lapdance-Challenge – denn die war ja noch nicht beglichen.

Sie bestellte Curry-Hühnchen, er einen Burger, und sie aßen in kürzester Zeit. Gage hatte beim Bestellen gleich nach der Rechnung gefragt, sodass sie in weniger als dreißig Minuten bestellt, gegessen und bezahlt hatten.

Weitere zwanzig Minuten später waren sie nackt.

»Gott, Lara, ich habe nicht aufhören können, an dich zu denken. An das hier.« Sie standen in ihrem Wohnzimmer, ihre Kleidung lag überall, und er fuhr mit seinen Händen über ihre perfekten Brüste, wiegte sie und seine Daumen strichen über ihre Brustwarzen, bis sie hart wurden.

Sie wölbte sich ihm entgegen. »Es fühlt sich so gut an, Gage.«

»Ja, das tust du.« Er musste eine kosten. Er beugte sich vor und strich sanft mit den Lippen über eine Spitze, lächelte, als sie keuchte. Dann knabberte er sanft daran, nur mit seinen Lippen, und lächelte noch mehr, als sie seinen Kopf hielt und sich gegen ihn presste.

»Leck mich, Gage.« Sie atmete keuchend, ihre Stimme voller Verzweiflung.

Er kannte das Gefühl.

Gage tat, was sie verlangte – was er tun wollte – und wirbelte seine Zunge um die harte Spitze, dann saugte er sie in seinen Mund, wobei der Geschmack und das Gefühl von ihr seinen Verstand benebelten. Er musste sie zum Bett bringen.

Er hob sie in seine Arme und fing ihr Keuchen mit einem weiteren Kuss auf, schritt den Flur hinunter und legte sie auf das Bett, ohne den Kuss zu unterbrechen.

Gott, sie fühlte sich unter ihm so gut an. Weich, wo eine Frau weich sein sollte. Sie presste sich dort an ihn, wo er den Druck brauchte, und das seidige Gleiten ihrer Beine gegen seine war der reine Himmel.

Er stützte sich auf die Ellbogen und nahm ihren Kopf zwischen seine Handflächen, ihre Locken wirbelten zwischen seinen Fingern durcheinander. »Ich habe dich vermisst.«

Sie küsste sein Kinn. »Ich habe dich auch vermisst.«

»Du bist so schön, Lara.« Er kniff in ihre Nase, die Verspieltheit war neu für ihn, aber er wollte jeden Teil von ihr. Er wollte ihr Lächeln und ihr süßes kleines Kichern. Er wollte ihr Stöhnen und ihre flachen, keuchenden Atemzüge. Er wollte seinen Namen auf ihren Lippen, während er ihr den besten Orgasmus ihres Lebens bescherte.

»Bei dir fühle ich mich schön, Gage.«

Sie sollte das nicht nur bei ihm müssen; sie sollte sich auch ohne ihn schön fühlen. Weil sie es war. Innerlich und äußerlich. Wie fürsorglich sie mit Connor umgegangen war, mit ihrer Cousine. Und wie sie sich ihm vorbehaltlos hingegeben hatte. Diese unglaubliche Großzügigkeit und Selbstlosigkeit machten sie zu einer schönen Person, und die wunderschönen Locken, die warmen, sinnlichen Augen, die niedliche Stupsnase und diese Lippen ... Gott, diese Lippen ... Das alles war nur Augenwischerei für die schöne Seele, die sie beherbergte.

»Lass dir niemals von jemandem einreden, dass du es nicht bist, Lara. Es steckt so viel Schönheit in dir, dass es einfach durchscheint. Jemand müsste ein Idiot sein, um das alles nicht in dir zu sehen.« Er würde ihren Ex-Mann umbringen. *Langweilig – war* der Kerl verrückt? Lara war so was von nicht langweilig. Sie war erregend wie dunkle Schokolade mit einem Hauch von Erdbeere und Pfefferminz, ein Fest für seinen Gaumen, das er immer wieder probieren wollte.

Sie blinzelte – zweimal – gegen die Tränen in ihren Augenwinkeln an. »Danke.«

Sie konnte kaum sprechen und das gefiel Gage nicht. Dies war kein Abend für Tränen. Dies war eine Nacht für Lächeln und Lachen, und oh ja, langgezogenes Stöhnen der Lust. Vielleicht sogar um ein oder zwei – oder auch sieben – Mal seinen Namen zu schreien. Wenn er so lange durchhalten würde.

Er küsste sie. Nicht gierig, nicht leicht, aber genug, um ihr zu zeigen, was er für sie empfand. Jede gute Tat, jedes wunderbare Lächeln, jeder schmerzende Gedanke, den er von ihr hatte, seit sie sich kennengelernt hatten, war darin enthalten.

Mit dem, was das für ihn bedeutete, würde er sich später beschäftigen.

»Du bist für mich die schönste Frau der Welt, Lara, und ich werde dafür sorgen, dass du das noch vor dem Morgengrauen auch weißt.«

Lara schauderte bei seinen Worten. Sie wollte ihm glauben – und vielleicht, wenn sie es zuließ, würde sie es auch tun. »Liebe mich einfach, Gage. Hilf mir, mich zu befreien, wie du es neulich Abend getan hast. *Das* war wunderschön.«

»Dein Wunsch ist mir Befehl«, sagte er mit diesem umwerfenden Lächeln, kurz bevor sich diese wunderschönen Lippen auf die ihren senkten und sie in einen Strudel von Erregung und Empfindungen mitriss, den sie kaum wahrhaben konnte.

Alles, was Gage berührte, verwandelte sich in Feuer. Ihre Nervenenden zitterten unter der Haut, Wellen brachen über ihr, ihr Bauch flatterte in einer Reaktion, die nur er hervorrufen konnte, und Hitze stahl sich ihre Glieder entlang, bahnte sich einen Weg in ihr Herz und wickelte sich so fest darum, dass sie kaum atmen konnte. Sie war so vernarrt in ihn, dass es eine Katastrophe epischen Ausmaßes werden konnte, wenn es nicht klappte.

Lara verdrängte diesen Gedanken. Irgendwann musste sie die Zweifel loslassen und lernen, wieder zu vertrauen.

Vertrauen. Das war für sie ein großes Problem.

Gage knabberte an ihrem Kiefer entlang und ihren Hals hinab, kümmerte sich liebevoll um ihr Schlüsselbein, ehe er sich der Vertiefung am Halsansatz zuwandte.

»Gott, Baby, du schmeckst unglaublich«, murmelte er gegen ihre Haut und Lara konnte nur nicken.

Und sich winden. Das tat sie, bis seine Lippen ihre Brustwarze fanden.

Seine Finger spielten mit der anderen, und die Empfindungen stiegen in ihr auf und ihr Verstand nahm nichts anderes mehr wahr, als die herrlichen Berührungen seiner Finger und seiner Zunge und seiner harten Länge an ihrem Oberschenkel.

Sie ließ ihre Hände über seinen Rücken gleiten, jeder Zentimeter ein Erlebnis sinnlicher Proportionen. Er hatte nicht ein Gramm Fett am Leib, und jeder Muskel spannte sich unter ihrer Berührung an, was in einem ganz bestimmten Bereich ein Gegenspannen auslöste. »Ich will dich, Gage. In mir. Jetzt.«

Er hob den Kopf, diese schönen aquamarinblauen Augen, die vor Verlangen glühten. Für sie. »Du sollst mich haben, Lara. Aber wir werden es langsam angehen. Es genießen. Damit es schön wird.«

Das war es schon.

Gage küsste sich seinen Weg an ihrem Körper hinunter, tauchte in ihren Nabel ein, seine Zunge wirbelte dort noch mehr Empfindungen auf, jede einzelne spiralförmig von diesem Zentrum aus zu einem anderen, das etwas tiefer lag und viel bedürftiger war.

Sie wandte sich unter ihm, brauchte Druck – ach ja, da. Gott, seine Länge und Stärke ...

Er umfasste ihre Hüften mit seinen Händen und dann, oh Gott, dann fand seine Zunge sie.

»Du schmeckst fantastisch«, flüsterte er gegen ihre Locken, bevor er nahm, was sie ihm so bereitwillig geben wollte.

Er machte sie wahnsinnig vor Verlangen. Seine talentierte Zunge und seine Finger steigerten ihr Verlangen, brachten sie an den Rand des Orgasmus, nur, um sich dann wieder zurückzuziehen und sie hängen zu lassen, während jeder Teil von ihr vor Verlangen bebte. Sie krallte sich in die Laken, warf den Kopf hin und her, presste sich gegen seinen Mund, auf der Suche nach der ultimativen Erlösung, aber Gage wollte sie nur necken.

»Bitte, Gage«, keuchte sie, halb außer sich vor Verlangen, die andere Hälfte so fest auf das konzentriert, was er tat, dass sie den Eindruck hatte, als könne sie ihn hinter ihren geschlossenen Augenlidern sehen.

»Ich werde dir geben, was du willst, Lara, aber du wirst dafür arbeiten müssen.«

Ihre Augenlider flogen auf und sie begegnete seinem verführerischen Blick. »Was?«

Dann lächelte er und es kribbelte bis in ihre Zehen.

»Dreh dich um.« Er hob ihr Bein an und drehte sie, bis sie auf dem Bauch lag und ihr Hinterteil ...

»Was willst du tun?«

»Das ist nicht das, was *ich* tun werde.« Er rutschte vom Bett und legte seine starken Hände um ihre Knöchel ... und zog sie vom Bett. »Es geht darum, was *du* tun wirst.«

Sie schaute über ihre Schulter zu ihm, während sie versuchte zu stehen. Das klappte nicht so gut; ihr Körper war so erregt, dass ihre Knie nachzugeben drohten.

»Du wirst für mich tanzen.«

Ihre Knie gaben nach und sie fiel auf die Matratze. »Was?«

Er packte sie um die Taille und zerrte sie aufrecht. »Erinnerst du dich an den Lapdance?«

»Aber den schuldest *du mir*.«

»Und ich werde ihn dir geben. Aber dann wirst du mir einen geben.«

»Warum?«

Dieses verdammte, sexy, schiefe Lächeln war wieder da. »Warum nicht?«

Oh. Ja.

»Das macht Spaß.«

Spaß, Erotik ... ist ja auch egal.

»Lauf nicht weg. Ich bin gleich wieder da.«

Sie bewegte sich nicht, als er das Schlafzimmer verließ. Sie konnte es nicht.

Er war schnell zurück, in der Hand sein Handy und ein Kondom auf seiner Erektion.

Der Typ war unglaublich.

Er tippte ein paar Mal auf den Bildschirm, dann ertönte Musik.

»Du machst Witze«, sagte sie und erkannte das Intro. Robert Palmers *Simply Irresistible*.

Er lächelte. »Nee. Das hat einen tollen Beat und der Text ist perfekt. Du *bist* einfach unwiderstehlich, Lara.«

»Du scheinst mir aber gut zu widerstehen, schließlich stehst du ziemlich weit weg.«

»Oh, mach dir keine Sorgen. Ich bin in ein paar Sekunden bei dir.« Er legte das Handy auf ihre Kommode. »Jetzt pass auf.«

Als ob sie in der Lage wäre, etwas anderes zu tun. Er. War. Nackt.

Und erregt.

Und er tanzte.

Für sie.

»Zuerst bewegst du deine Hüften.« Das demonstrierte er so gut wie immer. »Streck deinen Hintern ein wenig raus.«

Oh, ja. Das gefiel ihr.

»Ein paar Shakes.« Er drehte sich um, und ihr Mund wurde trocken wie eine Wüste.

Der Mann konnte mit dem Arsch wackeln und es war ein wirklich schöner Anblick.

»Jetzt kombinierst du das alles mit ein paar Armbewegungen.« Er verschränkte die Arme hinter dem Kopf, drehte sich herum, und seine Brustmuskeln und sein Eight-Pack begannen seinen eigenen Tanzwettbewerb – und er kam näher.

Über-ihren-Schoß-nah.

Rückwärts.

Lara fuhr mit einer Hand über seine Wirbelsäule. Elektrizität zischte den ganzen Weg ihren Arm hinauf.

»Was denkst du?«, fragte er und schaute über seine Schulter, während sein Hintern ihren Unterleib streifte und sein Hoden ihre Beine berührte.

Sie konnte nicht denken, zumal er mit einer vollen Erektion tanzte.

Er erhob sich wieder und streckte ihr seine Hand entgegen. »Tanz mit mir.«

Sie wollte mit ihm *tanzen*. Jetzt. Hier. Unverzüglich.

Sie nahm seine Hand und stand wackelig auf.

Dann wirbelte Gage sie herum und umspannte ihre Taille mit seinen Händen, sein Becken kreiste immer noch gegen sie, und oh Gott, das Gefühl, als er die Spalte ihres Hinterns streifte, drohte ihr das bisschen Kraft zu nehmen, an dem sie sich gerade noch festhalten konnte.

»Folge einfach meinen Bewegungen, Lara.«

Sie versuchte es. Das tat sie wirklich. Aber es gelang ihr nur, weil seine Hände sie führten. Ihr Gehirn war wie leergefegt, jede Berührung seiner Haut mit ihrer überforderte es, und alles, was sie sehen konnte, war das Bett vor ihr, auf dem sie sich unter ihm ausbreiten wollte, um diesen pulsierenden, pochenden Teil von ihm, der furchtbar sündige Dinge mit ihrem Hintern anstellte, vollständig in sich aufzunehmen.

Dann umfasste Gage ihre Brust und leckte über die Rundung ihrer Schulter.

»Macht das Spaß?«

Spaß war nicht ganz der richtige Ausdruck dafür.

Lara biss sich auf die Lippe und sah ihn wieder an. »Ich kann nicht mehr viel ertragen.«

»Sicher kannst du das. Ich mache das eine Stunde lang auf der Bühne. Du kannst mir ein paar Minuten gönnen.« Dann löste er seinen Griff um sie und trat zurück.

Sie strauchelte.

Gage fing sie auf. »Du schaffst das. Komm schon, Lara, zeig mir, was du kannst.«

Verlegenheit erfüllte sie. Was sie zu bieten hatte, war nicht annähernd das, was er konnte, aber ...

Aber er schien es zu wollen, also warum nicht? Sie hatte nichts zu verlieren als diesen Moment, wenn sie es nicht tat.

Sie wollte diesen Moment nicht verlieren.

Sie holte tief Luft, rollte die Schultern zurück und drehte sich um. Sie konnte das tun.

Gage hatte den Song geändert. *Addicted to Love*. Wollte er ihr etwas sagen?

Er saß auf dem Stuhl neben ihrem Bett und sein Lächeln war äußerst charmant. Und aufmunternd. »Tanz für mich, Lara.«

Das Lied fing an und Lara spürte, wie es durch sie hindurch pulsierte. Sie konnte tanzen. Zumindest mit Kleidung.

Ihre Hüften begannen sich zu bewegen. Offenbar konnte sie auch ohne tanzen.

»So ist es gut, Baby. Wackle mit deinem Hintern.«

Das tat sie, und das Gefühl, als ihre Brüste vor ihm schwangen – und der Ausdruck in seinen Augen, wenn sie es taten – war absolut befreiend. Sie nahm die Arme hinter den Kopf und streckte sie dann in die Luft, ließ ihre Hüften noch ein wenig mehr schwingen.

Seine Augen flackerten. »Ah, das ist gut. So gut.«

Ja, das war es.

Sie setzte ihre Fußspitze auf und kreiste darum, ihre Hüften nahmen jeden Trommelschlag auf, während sie die Musik durch sich fließen ließ. Sie warf den Kopf zurück und schloss die Augen. Sie spürte den Downbeat in ihrem Blut und ließ ihn durch sich hindurchfließen, um ihre Bewegungen zu diktieren.

»Das reicht, Lara.« Seine Stimme war tief und rau. Wie das Gefühl, das sie tief in sich verspürte. »Komm näher.« Er flüsterte, aber sie hörte ihn über die Musik hinweg.

Sie bewegte sich zu ihm hinüber, ihr Blick traf seinen und ließ ihn nicht mehr los.

Seine Finger krallten sich in seine Schenkel. Sein Schwanz zuckte.

Oh ja, sie ließ ihn nicht kalt.

»Dreh dich um.«

Das tat sie. Langsam.

»Komm rückwärts zu mir.«

Das tat sie. Stand rittlings über seinem Schoß. Offen und nass und schmerzend.

Gage stöhnte, als sie ihre Knie beugte.

Sie schwebte dort, über seinem Schoß, erlaubte ihren Hüften, ihn zu verführen, während sie sich mit den Fingern durch ihr Haar und über ihren Körper fuhr. Sie fasste sich an die Brüste, weil sie wusste, dass er sie nicht sehen konnte, aber wissen würde, dass sie sich selbst berührte.

Es war verrucht. Es war dekadent. Es war das Erotischste, was sie je getan hatte, und die Macht dessen, was sie mit ihm tun konnte, stieg in ihr auf. Es gab ihr die Ermutigung, die Kraft, ihre Hüften ein wenig schneller kreisen zu lassen, ihren Hintern ein wenig tiefer zu streichen, ihn umso mehr zu reizen.

»Du bringst mich um«, murmelte er.

»Was für eine Art zu gehen«, flüsterte sie mit einem Hauch von Lachen zurück. Gott, die Macht, die sie verspürte.

»Du bist das sexyste Wesen, das ich je gesehen habe, Lara.« Seine Finger strichen über ihre Hüften.

Sie fühlte sich wie das sexyste Wesen überhaupt. »Nicht anfassen, Gage. Ist es nicht das, was du deinen Kunden sagst? Nicht anfassen?«

Sein Lachen war rau. »Du hast gesehen, wie gut das funktioniert.«

Sie schaute zurück über ihre Schulter. »Und was willst du dagegen tun?«

Seine Augen flackerten wieder, und er klammerte seine großen, starken Hände an ihre Hüften und zog sie gegen ihn. »Ich beende diesen Tanz und dann werde ich dich auf meinem Schwanz nehmen und dir erlauben, ihn bis zum Ende meiner Playlist zu reiten.«

Und genau das tat er dann auch.

Er nahm sie dort, auf dem Stuhl, mit seinen Händen auf ihren Schenkeln, sie weit aufhaltend, seine Finger spielten mit ihr. Er befahl ihr, seinen Kopf zu fassen, damit er ihre Brüste über ihre Schulter beobachten konnte, während er im Rhythmus der Musik in sie hineinpumpte.

»Gott, Baby, das ist es. Reite mich.«

Sie tat es. Beugte ihren Rücken, krallte ihre Zehen in den Teppich und nahm ihn in sich auf, fühlte jeden samtigen Zentimeter entlang ihres gesamten Kanals, und *das* war das Erotischste, was sie je getan hatte.

Mit Gage gab es viele Premieren, und Lara war ehrlich gesagt froh, dass er derjenige war, mit dem sie all das erlebte.

Ihre rauen Atemzüge wurden von der Playlist übertönt, zu der seine Jungs wohl ihre Tanzschritte übten, denn jedes Lied hatte einen schweren, pochenden Downbeat, der durch ihr Blut hallte und sich spiralförmig zu dem Punkt hinunterbewegte, an dem sie miteinander verbunden waren, und der die Hitze und das Bedürfnis und das Verlangen steigerte, bis sie keuchte, ihr Kopf nach hinten fiel und sie sein Haar festhielt, weil sie etwas brauchte – irgendetwas, an dem sie sich festhalten konnte.

Die Welle stieg an, ein aufgewühltes, wirbelndes, verschwommenes, schmerzendes Verlangen. Die Empfindungen raubten ihr den Atem, bis sie schließlich pulsierend, pochend über ihr brach, sie anspornte, ihn zu umklammern und jede Empfindung zu melken, als er kam. Der Moment schien unendlich ...

Gage war der erste, der sich bewegte. Er zuckte in ihr und Lara kehrte langsam in ihren Körper zurück.

»Du bist unglaublich«, murmelte er gegen ihren Hals, sein heißer Atem ließ sie noch mehr erschauern.

»Du bist auch ganz schön unglaublich. Das habe ich noch nie gemacht.«

»Du hättest mich täuschen können. Du bist ein Naturtalent. Ganz sinnlich und verführerisch und ich war härter als ein Granitblock. Ich schwöre, ich dachte, ich würde explodieren, wenn ich dir zusehe.«

Sie konnte sich ein selbstzufriedenes Grinsen nicht verkneifen.

»Du fühlst dich ziemlich gut, was?«, neckte er.

Sie nickte gegen seine Schulter und spürte die rauen Stoppeln seines Bartes an ihrer Wange. Sie hätte nichts dagegen, ihn zwischen ihren Schenkeln zu spüren.

Oh Gott, sie spürte, wie sie der Gedanke erregte.

»Was denkst du denn?«, hauchte er. Er hatte es auch gespürt.

Sie verriet es ihm.

»Das, meine Liebe, lässt sich ganz bestimmt arrangieren.«

Er schaffte es, sich so weit von ihr zu lösen, dass er sie auf das Bett legen konnte, weil ihre Beine sich wieder weigerten, zu kooperieren.

Zum Glück hatten sie nicht viel zu tun, als er sich neben das Bett kniete und sie über seine Schultern drapierte, während er fortfuhr, Lara auf eine weitere Runde der Lust zu schicken.

Als sich keiner der beiden mehr bewegen konnte, hatte Lara schon nicht mehr gezählt, wie oft sie gekommen war. Sie hatte nicht mehr gezählt, wie viele verschiedene Stellungen sie ausprobiert hatten. Aber sie wusste jedes Mal, dass er ihren Namen gebrüllt hatte, als er kam, und sie umklammert hatte, als ihn die Schauer überkamen, und Lara war so verdammt dankbar für das Geschenk, das Gage war.

Er verschränkte ihre Finger, als sie beide auf dem Bauch lagen und sich ansahen, die Augen schwer vor Erschöpfung, eines seiner Beine lag über ihrem, aber da war immer noch der Schimmer des Verlangens in seinem Blick, als er sie ansah.

»Verbring das Wochenende mit mir.«

Emotionen schimmerten durch sie hindurch. Sie würde nichts lieber tun. »Ich würde gerne, aber ich kann nicht. Es ist unser geschäftigstes Wochenende nach der Weihnachtssaison. Ich bin ausgebucht.«

»Okay, dann lass es mich mit dir verbringen. Ich mache am Dritten früher Feierabend und kann dir bei deinen Partys helfen.«

»Willst du deinen Feiertag wirklich mit Arbeit verbringen?«

»Wenn es mit dir ist, wird es keine Arbeit sein.«

Er sagte genau das Richtige. »Bist du sicher?«

Er fuhr mit der Fingerspitze über ihre Nase und über ihre Lippen. Lara widerstand dem Drang, ihn in ihren Mund zu saugen.

Für ungefähr zwei Sekunden. Ernsthaft, warum konnte sie *nicht* daran saugen?

Er stöhnte bei der ersten Berührung ihrer Zunge und zog seinen Finger heraus. »Gott, Frau, du machst mich ganz schön fertig.«

»Gut. Wie du mir, so ich dir.«

Sein Lächeln war ziemlich arrogant, aber sie konnte sich nicht wirklich beschweren. Er hatte es sich verdient.

»Weißt du, ich würde gerne auf dein Angebot zurückkommen, aber wir müssen beide morgen früh aufstehen. Ich habe es plötzlich mit dem Pavillon, den ich baue, noch eiliger, also brauche ich meinen Schlaf.«

»Spaßbremse.« In Wirklichkeit war sie genauso platt, aber es machte Spaß, ihn zu ärgern.

Er rollte sich auf den Rücken und drückte sie an seine Seite, ihr Kopf ruhte auf seiner Brust, und er küsste ihren Kopf. »Ja, das bin ich. Eine echte Spaßbremse.«

Sie lächelte und kuschelte sich an ihn. Gage war definitiv *Spaß*.

Sechsundzwanzig

Der Rest von Laras Woche war nicht so viel Spaß. Die Hochzeit am Samstag hatte unbeständiges Wetter, was bedeutete, dass sie einen Notfallplan für die Hochzeitstorte und die neun Torten der Trauzeugen haben musste – der komplizierteste Auftrag, den sie bisher hatte. Die Hochzeitstorte selbst war sieben Etagen hoch und musste größtenteils vor Ort zusammengesetzt werden. Die Luftfeuchtigkeit machte das zu einer Herausforderung, da die Buttercreme unter dem Fondant anfing, aufzuweichen.

Zum Glück war Gage bei ihr. Er baute draußen ein Zelt auf, das der Hochzeitsplaner vergessen hatte, und hielt dann die Etagen, während Lara sie in der Küche des Country Clubs zusammensetzte, damit die Torte rechtzeitig zum Empfang herausgerollt werden konnte. Normalerweise hätte Cara ihr geholfen, aber sie hatte in letzter Minute eine Bestellung von einem panischen neuen Kunden angenommen, dessen Konditorei nicht liefern konnte. Zum Glück hatten sie noch eine Torte im Kühlschrank, sodass Cara stattdessen diese ausliefern konnte. Jesse hielt in der Konditorei die Stellung und arbeitete an dem Kuchen, den die Stadt für ihre Feier zum vierten Juli am nächsten Tag bestellt hatte.

Lara musste noch drei Etagen draufstapeln, als die Braut zu Beginn der Zeremonie an ihnen vorbeiging. Gage sah in dem Smoking, in den er geschlüpft war, umwerfend aus. Lara fragte sich, ob die Hose, die er trug, eine war, die man aufreißen konnte.

Sie hätte nichts dagegen, es aus erster Hand zu erfahren.

»Worüber lächelst du? Die Braut ist in Tränen aufgelöst«, flüsterte Gage ihr zu.

Gott, roch er gut. Trotz der Hitze und der Anstrengung umgab sie dieser besondere Duft, der ganz ihm gehörte, so wie er es letzte Nacht getan hatte.

»Hochzeiten bringen mich zum Lächeln.«

»Süße, das war *kein* glückliches Lächeln. Das ist ein *Ich-habe-ein-Geheimnis-das-du-erraten-sollst*-Lächeln, und du verführst mich dazu, genau das zu tun.« Er knabberte an ihrem Ohr.

»Stopp. Wir sind am Arbeiten.«

»Dann denk daran, anstatt mich mit deinem sexy Selbst zu verführen.«

Sie verdrehte die Augen. Sie trug ihre Kochjacke und ihre Mütze. Unsexyer als das ging es nicht.

Er hielt sein Geplänkel und diese erhitzten Blicke aufrecht, während sie daran arbeiteten, die Torte rechtzeitig zum Empfang fertigzustellen.

Die Blicke wurden nur noch schlimmer, während sie auf den Teil mit dem Anschneiden der Torte warteten. »Komm, lass uns eine Garderobe suchen.«

»Du bist unverbesserlich.«

»Nein, ich bin geil. Und du bist es auch.«

Sie verdrehte die Augen.

»*Ich* weiß, wie ich dich dazu bringe, die Augen zu verdrehen.« Er wackelte mit den Augenbrauen.

Sie versuchte, nicht zu lachen, aber ja, die Bewegung, die er letzte Nacht mit seiner Zunge gemacht hatte, hatte sie nicht nur die Augen verdrehen, sondern auch Sterne sehen lassen.

»Gage, hör auf.«

»Das ist nicht das, was du gestern Abend gesagt hast.«

Wie er überhaupt verstanden hatte, was sie letzte Nacht gesagt hatte, war ihr ein Rätsel; sie hatte nur zusammenhanglos stammeln können. »Weißt du, irgendwann brauche ich wirklich mal eine ganze Nacht Schlaf.« Texting, inklusive Sexting, hielt sie viel zu lange wach.

»Dafür ist der Ruhestand da.«

Er hatte auf alles eine Antwort. Und Lara fing an, ihn für *die* Antwort auf alles zu halten.

Er brachte sie zum Lächeln. Er gab ihr das Gefühl, schön zu sein. Er gab ihr das Gefühl, etwas Besonderes zu sein und geliebt zu werden. Er gab ihr das Gefühl, lebendig zu sein, wie sie es schon lange vor ihrer Scheidung nicht mehr erlebt hatte.

Das Tortenanschneiden verlief ohne Probleme, die Braut verkündete, es sei die beste Torte aller Zeiten, und Lara und Gage kamen rechtzeitig in der Konditorei an, um Jesse zu helfen, die letzten fünf Dutzend Zucker-Raketen vor Mitternacht fertig zu bekommen.

»So, Aschenputtel«, sagte Gage und zog ihr die Kochmütze von den entzückenden Locken, in denen er gestern Abend genüsslich seine Finger vergraben hatte, als sie ihn ins Paradies entführt hatte, »es ist fast Mitternacht. Verwandelst du dich in einen Kürbis, wenn wir dich bis dahin nicht zu Hause und im Bett haben?«

»Ich fühle mich eher wie ein zertanzter Schuh.« Sie ließ sich auf die Sitzbank in seinem Truck plumpsen.

Sie sah nicht aus wie einer.

Sie sah wunderschön aus.

Gage starrte sie noch ein paar Sekunden lang an und genoss die Art, wie ihre Wimpern auf ihren Wangen ruhten und sich am Ende leicht bogen. Ihr Make-up hatte sich schon vor Stunden verabschiedet, und für ihn machte diese natürliche Schönheit sie nur noch hübscher. Lara war so ehrlich mit ihren Gefühlen, mit dem, was sie war. Er konnte nicht zählen, wie oft er ihr in die Augen gesehen hatte und wusste, dass sie da war, bei ihm, in diesem Moment, und so verdammt froh war, bei *ihm* zu sein.

Das war die Sache mit dem Tanzen; sicher, es brachte ihm eine Menge Frauen. Und sicher, er war froh darüber. Aber fast alle wollte ihn nur wegen der Erfahrung. Weil er sexy war und sein Körper gut geformt war. Weil er wusste, wie man ihn benutzte. Es ging nur um das körperliche Vergnügen, und daran war nichts auszusetzen, aber er hatte sich noch nie mit jemandem so verbunden gefühlt wie mit Lara. Nicht einmal mit Leslie, obwohl sie der Richtigen am nächsten gekommen war. Aber Lara war *seinetwegen* mit ihm zusammen, nicht wegen seines Aussehens, und das machte den Sex noch viel besser. Sinnlicher, genussvoller.

Deshalb machten sie Liebe. Nicht einfach nur Sex.

Er fuhr sie nach Hause, und zum ersten Mal, seit sie zusammenwaren, hielt er sie einfach nur fest. Er drückte sie an sich, strich mit der Hand durch ihre Locken, küsste sie sanft auf die Lippen und hielt sie, als sie einschlief.

Es war das Schönste, was es auf der Welt gab.

Siebenundzwanzig

»Der Pavillon sieht ziemlich gut aus.«

McArschloch stand auf der *Terrasse* mit einer Tasse Kaffee in der Hand, die feuchten Haare zurückgestrichen, mit Argyle-Weste über einem Button-down, messerscharfen Falten an der Leinenhose und sogar Gamaschen – oder wie auch immer diese komischen Schuhe hießen, die die Leute beim Golfspielen trugen –, während Gage sich auf den Dachbalken den Arsch abschwitzte.

Er hatte Lara um fünf Uhr morgens schlafen lassen, um hierher zu kommen und den Dachstuhl fertigzustellen. Das Kupferblech sollte am Montag kommen, was genug Zeit gewesen war, als er es bestellt hatte, aber das war gewesen, bevor er angefangen hatte, Zeit mit Lara zu verbringen. Eine Menge Zeit.

Zu viel Zeit, um in diesem Tempo weiterzumachen. Das wusste er, aber er wollte die Dinge nicht ändern. Allerdings hatte Missy ihm schon gesagt, dass Connor ihn vermisste. Und er vermisste Connor auch. Der Rasen an seinem Haus musste ebenfalls gemäht werden, und er hatte versprochen, vor Connors nächster Operation eine Duschstange im Bad anzubringen, und Missy brauchte das oberste Brett im Schrank weiter unten, damit sie es erreichen konnte.

Aber er wollte den heutigen Tag mit Lara verbringen, egal was passieren würde. Das wirkliche Leben konnte sich am Montag wieder melden.

»Sie sparen doch nicht an der falschen Stelle, nur um es so schnell fertig zu bekommen, oder? Ich will nicht, dass es auf der Party um uns herum zusammenfällt.«

Gage riss sich die Nägel aus dem Mund. Normalerweise würde er diesen dummen Kommentar nicht mit einer Antwort rechtfertigen, aber dieser Typ brachte ihn dazu. Andererseits hätten die meisten Leute nicht den Mumm – oder die Dummheit –, diese Frage überhaupt zu stellen. »Ich pfusche nicht bei meiner Arbeit. Mein Ruf steht auf dem Spiel.«

»Ich bin froh, das zu hören. Oft kommen Handwerker hierher, sehen, was ich mir aufgebaut habe, und denken, ich schulde ihnen etwas. Es sind meine harte Arbeit und mein Fachwissen, die mir das eingebracht haben, was ich habe. Ich will das Beste und ich bezahle dafür.«

Das lag daran, dass der Typ zu der schlimmsten Sorte gehörte. Zu schade, dass er nicht erkannte, dass das, was die anderen Handwerker empfanden, Verachtung war. Nur weil ein Typ einen schicken Titel, ein heißes Auto und fünftausend Quadratmeter mehr hatte, als ein Mann brauchte, machte ihn das nicht besser als den Typen, der mit seinen Händen für seinen Lebensunterhalt arbeitete. Bei J.C. McCullough machte es ihn *weniger* zu einem Mann.

Aber Gage hielt seinen Mund. Noch ein paar Tage, dann konnte er seine Rechnung stellen und mit McArschloch abschließen.

»Ich war überrascht, Sie heute zu sehen. Ich dachte, Sie würden sich das Feiertagswochenende frei nehmen.«

Gage schlug einen weiteren Nagel in den Dachstuhl und stellte sich vor, es wäre das aufgeblähte Ego dieses Typen. »Zu viel zu tun. Außerdem verbringe ich den Nachmittag mit meiner Freundin im Park.«

Freundin. Das Wort hatte einen schönen Klang. Er hatte schon sehr lange keine Freundin mehr gehabt.

»Ah, ja, das jährliche Gemeindepicknick. Ich bin einmal mit meiner Ex-Frau hingegangen. Es war ... angenehm.«

Dieser Typ ist schon einmal verheiratet gewesen? Er hatte nicht eine, sondern *zwei* Frauen gefunden, die bereit waren, seine Wichtigtuerei zu ertragen? Immerhin war die erste aufgewacht und jetzt eine Ex.

Gage schlug noch ein paar Nägel ein und machte sich dann an den nächsten Dachbalken. Er wusste nicht, was es mit J.C. McCullough auf sich hatte, dass ihn so sehr reizte, aber er konnte es kaum erwarten, diese Arbeit zu beenden.

Aber er hatte ernst gemeint, was er gesagt hatte. Es war sein Name, sein Ruf, für den er mit diesem Pavillon stand. Unabhängig davon, wie er über den Kunden persönlich dachte, war er darauf bedacht, sicherzustellen, dass die Struktur solide und stabil war. Denn das war, wie es sein musste.

»Ich habe mich gefragt, wie lange Sie vorhaben, das Schild auf meinem Rasen zu lassen? Unsere EV erlaubt keine Beschilderung oder Werbung. Ich habe einige Beschwerden bekommen.«

Die Beschwerden waren im Kopf des Typen. Gage wusste genau, was in den EV-Richtlinien stand; er überprüfte sie immer vor dem Anbringen. Bauunternehmern wurde die Beschilderung bis zur Fertigstellung des Projekts gestattet. Gage hatte die feste Absicht, das Schild einzusammeln, wenn er mit seinem Truck zum letzten Mal vom Grundstück fuhr.

»Ich sammle es am Mittwoch ein.«

»Das ist direkt vor der Party.«

»Der Pavillon wird fertig sein. Ich habe Zeit für die letzten Dinge und das Aufräumen eingeplant. Kein Grund zur Sorge.«

»Oh, ich mache mir keine Sorgen. Das war der Termin, den Sie mir zugesagt haben. Ich werde Sie darauf festnageln oder Ihre Entlohnung entsprechend kürzen.« Er nahm einen Schluck von seinem Kaffee, winkte dann mit der Tasse in einem halbherzigen Gruß, drehte sich auf dem Absatz um (ja, diese Schuhe hatten tatsächlich einen Absatz) und schritt durch die übergroßen Flügeltüren zurück in das Mausoleum, das er sein Zuhause nannte.

Gage wollte dem Kerl die Tasse in die Nase schieben. Er wusste genau, was J.C. vorhatte; McArschloch brauchte es ihm nicht unter die Nase zu reiben. Aber Gage würde dem Kerl liebend gerne eine verpassen, wenn er früher fertig war.

Leider würde er es aber nicht schaffen. Dafür war die Zeit zu knapp. Er würde aber am Mittwoch fertig werden, also sollte McArschloch schwitzen und sich Sorgen machen, ob Gage seinen Garten für die Party in Unordnung bringen würde oder nicht. Der Typ dachte vielleicht, dass man mit Geld alles erreichte, aber es wäre es wert, einen Verlust zu riskieren, nur um zu sehen, wie der Kerl in die Luft ging.

Aber auch das würde Gage nicht tun. Abgesehen davon, dass er das Geld brauchte und sein Ruf auf dem Spiel stand, tat ihm die Frau leid, die diesen Kerl heiraten sollte. Andererseits war sie vielleicht genau wie er.

Achtundzwanzig

»Hast du nicht behauptet, Loverboy würde kommen, um zu helfen?« Cara schleppte die Schachtel mit den Feuerwerk-Cupcakes – komplett mit Wunderkerzen – zu ihrem Tisch im Park.

»Er kommt noch. Er hat auch einen richtigen Job, weißt du.« Lara versuchte, ihr Temperament unter Kontrolle zu halten, während sie die roten Cupcakes mit den Erdbeer-Lakritzstreifen auf dem Tisch arrangierte. Cara wurde seit Mitte der Woche von Tag zu Tag gereizter, wich aber jedes Mal aus, wenn Lara versuchte, mit ihr darüber zu sprechen.

Cara murmelte etwas darüber, wo sie die Wunderkerzen von den Cupcakes gerne anzünden würde.

Lara ließ es gut sein. Sie war zu gut gelaunt, um sich von Caras schlechter Laune unterkriegen zu lassen.

Gage hatte eine Notiz auf dem Kopfkissen hinterlassen, als er heute Morgen gegangen war. *Kann es nicht erwarten, dich später zu sehen.*

So rücksichtsvoll. So fürsorglich. So wunderbar. Seitdem schwebte sie förmlich.

»Igitt. Willst du den ganzen Tag hier herumlaufen wie eine Katze, die eine Schüssel Sahne ausgeleckt hat?«

Sie öffnete die Schachtel mit den Cupcakes, die mit Puderzucker bestreut waren. »Cara, was ist hier los? Ich dachte, zwischen dir und Nick läuft alles gut?«

»Nick ist ...« Sie stieß einen Lutscher zu weit in den Kuchen, sodass der Fondant riss. »Shit. Tut mir leid.«

Lara zog den Stiel heraus und schubste Cara aus dem Weg, damit sie den Schaden so gut wie möglich reparieren konnte. »Warum machst du nicht mal eine Pause?«

»Das ist genau das, was ich zu Nick gesagt habe. Ich sagte ihm, es sei zu viel. Wir würden uns zu sehr in die Quere kommen, und weißt du, was er gesagt hat? Weißt du, was *er gesagt hat*?«

Lara widerstand dem Drang, ihr Ohr von dem schrillen Quietschen zu befreien. »Was?«

»Er sagte, wenn ich eine Pause von ihm bräuchte, müsste sie dauerhaft sein. Dass er nicht mit jemandem zusammen sein wolle, der nicht Einhundert Prozent mit ihm zusammen sein wolle. Ich meine, komm schon. Einhundert Prozent? Ich will nicht einmal Einhundert Prozent mit *mir selbst* zusammen sein; warum sollte ich so sehr mit jemand anderem zusammen sein wollen?«

»Vielleicht solltest du dich fragen, warum du so über dich denkst, und dann kannst du Nick vielleicht die Antwort geben, die er möchte.«

»Oh, Gott, nicht du auch noch.«

»Ja, ich auch. Ich würde gerne so viel mit Gage zusammen sein. Wenn ich einen Weg finden könnte, meine ganze Zeit mit ihm zu verbringen und trotzdem noch Geld zu verdienen, klar, warum nicht? Ich meine, hast du keinen Spaß mit Nick? Magst du ihn nicht? Willst du ihn nicht?«

»Doch schon, sicher, aber ...«

»Aber was? Was hält dich davon ab?«

Cara öffnete ihren Mund, um etwas zu sagen, tat es aber nicht. Sie schloss ihn wieder, drehte sich um und schlenderte in Richtung Transporter davon.

Na toll. Lara konnte ihr nicht hinterherlaufen, sonst würde die halbe Schachtel Cupcakes mit Wunderkerzen in den Händen – und Mündern – der Kinder verschwinden, die bereits ihren Tisch inspizierten. Wenn der heutige Tag vorbei war, mussten sie und Cara ein ernstes Gespräch über Beziehungen führen.

Apropos Beziehungen ... Gage joggte auf sie zu und, wow. Er sah beim Joggen genauso gut aus wie beim Tanzen. Und sie kannte beides aus erster Hand.

»Hey, tut mir leid, dass ich nicht früher hier sein konnte.« Er gab ihr einen Kuss, der ihr den Atem raubte.

»Du kannst immer zu spät kommen, wenn du dich auf diese Weise entschuldigst«, sagte sie und hielt sich an seinem Bizeps fest. Nicht, weil sie Angst hatte, dass er sie fallen lassen würde – das tat sie nicht –, sondern weil sich sein Bizeps einfach fantastisch anfühlte.

»Soll ich dann für das nächste Mal im Voraus bezahlen?« Er gab ihr einen weiteren Kuss, der genauso fabelhaft war wie der erste.

»Igitt!«

Ja, Kinder schafften es immer, den Moment zu ruinieren.

Nicht, dass er wirklich ruiniert gewesen wäre. Gage beendete den Kuss, behielt aber seinen Arm um sie, als sie der zuckersüchtigen Horde gegenüberstanden.

»Hey, Kids«, sagte er, ganz gesellig und freundlich, als ob sein Herz nicht rasen würde.

Lara legte ihre Hand darauf, nur um sicherzugehen, dass es auch so war, denn ihres raste. Es wäre nur gerecht, wenn es ihm ähnlich erginge.

Das tat es.

»Dürfen wir jetzt die Cupcakes haben, Mister?«

»Das müsst ihr Ms. Cavallo fragen, da es ihre Cupcakes sind.«

Sie biss sich auf die Lippe. Gage hatte seine Formulierung nicht ohne Grund gewählt; er hatte *ihre* Cupcakes in den letzten Tagen mehrmals ausgiebig gekostet und genossen.

»Dürfen wir, Ms. Cavallo?«, fragten gleich sechs Kinder auf einmal.

»Lasst mich erst noch den Rest auspacken. Was wäre ein Nationalfeiertag ohne *Stars & Stripes*?« Sie zeigte auf das leere Quadrat auf der Cupcake-Flagge. »Ich habe bisher nur die Streifen aufgestellt.«

Gage holte eine Schachtel unter dem Tisch hervor. »Sind sie das?«

»Jep.« Sie nahm ein paar blaue Muffins heraus, die sie mit weißen Liebesperlen als *Sterne* bestreut hatte.

Die Kinder brauchten viel weniger Zeit, um die Fahne auseinanderzunehmen, als sie zum Aufstellen brauchte.

»Meine Güte, wer hätte gedacht, dass Kinder wie ein Heuschreckenschwarm sind, wenn es um Zucker geht?« Gage schüttelte den Kopf, während er ihr half, die Fahnen neu zu bestücken.

»War Connors Geburtstagsparty nicht genug Beweis für die Macht des Zuckers?«

»Mmm, du hast recht. Wie könnte ich das vergessen? Connor redet immer noch davon, wie toll seine Party gewesen ist. Oder wie toll sein Kuchen war. Weißt du, dass er noch immer die Figur hat, die du gemacht hast? Missy musste sie schließlich in den Kühlschrank stellen, weil sie anfing zu schmelzen.«

»Ich bin überrascht, dass er sie noch nicht gegessen hat.«

»Machst du Witze? Er wollte mit dem Ding schlafen. Missy hatte ganz schöne Probleme, ihm das auszureden.«

Lara lächelte. Es tat ihr gut, zu hören, wie glücklich ihre Arbeit jemanden gemacht hatte.

»Du siehst ziemlich zufrieden mit dir aus.«

»Das ist schön zu hören. Ich habe eine Menge Gedanken und Mühe in meine Arbeit gesteckt. Und sicher, ich weiß, dass die Leute sie essen werden. Ich weiß, dass es kein großes Meisterwerk ist, aber für die wenigen Stunden, in denen es nicht angerührt wird, *ist* es ein Meisterwerk. Eine Sache, an die sich die Leute für den Rest ihres Lebens erinnern werden, wenn ich meinen Job richtig mache. Ich bin so froh, dass es Connor gefallen hat.«

»Weißt du was? Ich habe nie so darüber nachgedacht. Was du tust. Du hast recht. Du gibst den Leuten eine Erinnerung. Diese Kinder vorhin, zum Beispiel. Sie hatten so viel Spaß dabei, sich zu entscheiden, ob sie Lakritze oder Puderzucker oder Zuckerkugeln haben wollten.«

»Liebesperlen.«.

»Du hast leicht reden. Für mich sind das Zuckerkugeln.« Er küsste ihre Nase. »Und für die Kinder auch. Aber ich wette, wann immer sie diese Dinge von nun an sehen, werden sie sich an heute erinnern. Du gibst den Leuten Erinnerungen.«

Er kuschelte sich an ihren Hals. »Und die, die du mir in den letzten Wochen gegeben hast ... die werde ich für immer in Ehren halten.«

Für immer. Gage hatte *für immer* gesagt. Zugegeben, er hatte es nicht in Bezug auf ihre Beziehung gesagt; nur, dass er sich daran erinnern würde, was sie getan hatten, als sie zusammen gewesen waren, aber die Tatsache, dass er *für immer* denken konnte, sollte ihr etwas sagen, oder?

Was wollte sie, dass es ihr sagte? War sie bereit, über *für immer* nachzudenken? Was war mit dem Plan, ihre ganze Energie auf das Geschäft zu konzentrieren? Was war damit, unabhängig zu werden, bevor sie sich wieder auf eine Beziehung einließ?

»Du hast wieder diesen Gesichtsausdruck.«

»Welchen Gesichtsausdruck?«

»Der, der sagt, dass du die Last der Welt auf deinen Schultern trägst. Kannst du nicht einfach ein Kompliment annehmen und weitermachen?«

»Natürlich kann ich das.« Und sie konnte es. Es war ein Kompliment für ihre Arbeit. Das konnte sie akzeptieren. Aber wenn er damit anfing, wie schön sie war, wie sexy, konnte sie es nicht akzeptieren.

Aber warum zum Teufel nicht? Gage hatte sie nicht nur für eine Nacht angebaggert; er wollte sie. Er fand sie attraktiv. Wenn er nur mit ihr hätte schlafen wollen, wäre er dann jetzt hier und würde ihr helfen? Wäre er heute Morgen extra früh aufgestanden, um zur Arbeit zu gehen, nur damit er hierher zurückkommen und ihr helfen konnte?

Jeff hatte das *nie* getan. Nicht, als sie in den Urlaub gefahren waren und sie für sie beide packen musste. Nicht, als sie Dinnerpartys gegeben hatten und sie um halb elf in der Küche gestanden hatte, um das Essen zuzubereiten, weil sie sich noch keinen Caterer leisten konnten. Und schon gar nicht, als sie ihr Haus eingerichtet hatte und wochenlang von Möbelausstellung zu Möbelausstellung gezogen war, um genau die Möbel zu finden, die er sich gewünscht hatte. Er hatte erwartet, dass er bekam, was er wollte, und es hatte keine Rolle gespielt, wie sie es zustande brachte, aber sie *hatte* es dann auch zustande bringen *wollen.* Er hatte dabei keinen Finger gerührt, außer den verdammten Scheck auszustellen – die Bestätigung, die er brauchte, um sich gut zu fühlen, weil er sich ›das Beste‹ leisten konnte.

Vielleicht lag das daran, dass er tief im Inneren wusste, dass er nicht der Beste war.

Gage hingegen war es, und es war beiden gegenüber nicht fair, sie zu vergleichen. Gage würde immer als Sieger hervorgehen.

So wie er das letzte Mal ...

»Okay, diesen Blick verstehe ich definitiv.« Gage lächelte dieses sexy Komm-her-Lächeln, das ihr Blut zum Kochen brachte, und zog sie an sich.

»Meine Güte, Leute«, sagte Cara. »Das ist eine Familienveranstaltung. Ihr solltet euch vielleicht zusammenreißen.«

Gage hob den Kopf, ließ sie aber nicht los. »Hi, Cara.«

»Gage.«

»Wow. Nur ein Wort? Kein triefender, sarkastischer Kommentar?«

»Nö. Scheint so, als hättest du das Gebiet im Griff.«

Lara löste sich aus Gages Armen. So sehr sie dort auch bleiben wollte, Cara hatte recht. *Und* sie war bei der Arbeit. Die Gemeinde hatte sie dafür bezahlt, hier zu sein; das war keine Messe, auf der sie auf eigene Kosten Werbung machte.

Cara hielt eine der Werbetaschen hoch, die jeder beim Betreten des Parks bekam. »Sie haben unsere Broschüren nicht in die Tüten gepackt, wie sie es eigentlich sollten. Das kommt davon, wenn man Teenager umsonst arbeiten lässt.«

»Habt ihr welche dabei?«, fragte Gage. »Ich werde sie verteilen.«

»Was, einfach auf die Leute zugehen und sie verteilen?«

»Klar, warum nicht? Und da ich kein Besitzer bin, werden mir die Leute eher glauben, wenn ich sage, dass es im ganzen Bundesstaat keine besseren *Cupcakes* gibt.«

Natürlich zwinkerte er ihr zu, als er das sagte, und Lara musste sich abwenden, damit Cara nicht die Röte sah, die ihr über die Brust bis zu ihrem Gesicht stieg. Warum sie sich allerdings noch darüber Gedanken machte, nachdem Cara sie beim Küssen erwischt hatte, konnte sie nicht sagen.

Cara übergab Gage wortlos einen Stapel Broschüren. Nicht einmal ein *Dankeschön*, aber darum kümmerte sich Lara, als Gage sie für einen kurzen Kuss an sich zog.

»Wir sehen uns gleich«, sagte er, als er ging.

»Gibt es irgendetwas, was er nicht gut kann?«, fragte Cara mit – wenn Lara sich nicht täuschte – ein wenig Wehmut in der Stimme.

»Bisher noch nicht.«

»Ernsthaft, Lara, der Typ ist ein Prinz. Er muss eine böse Stiefmutter oder so etwas haben. Warzen? Mundgeruch? Einen winzigen ...«

»Gage ist wunderbar, Cara. Belassen wir es einfach dabei.« Sie würde *dieses* Wissen *nicht* mit ihrer Cousine teilen.

Die Cupcakes waren ein großer Hit, aber Lara hatte es schwer, die Wünsche nach den Wunderkerzen abzuwehren. Der Veranstalter wollte, dass die Torte für den Beginn des Feuerwerks intakt war. Dazu gehörten alle Wunderkerzen, die sie und Cara anzünden wollten.

Gages Marketingbemühungen zahlten sich ebenfalls aus, denn immer mehr Leute kamen mit den Broschüren in der Hand an ihrem Stand vorbei. Cara war jetzt in ihrem Element, notierte Namen und Nummern und nahm sogar ein paar Bestellungen entgegen. Mit einem breiten Grinsen im Gesicht hielt sie ihr kleines weißes, quadratisches Spielzeug hoch, das sie gerade für ihr Handy bekommen hatte, um Bestellungen zu bearbeiten.

»Der Mixer gehört uns!«, sagte sie vergnügt.

Lara war einfach nur dankbar, dass ihre Cousine einen Grund zum Lächeln hatte.

Und dann breitete sich ein großes auf *ihrem* aus. Gage joggte in ihre Richtung zurück.

»Wir haben keine Prospekte mehr, aber ich dachte, du könntest das hier gebrauchen.« Er hielt einen in eine Serviette eingewickelten Hotdog hoch.

»Hey, danke. Ich bin am Verhungern«, sagte sie, bevor sie ihm dafür einen Kuss gab.

Gage nahm sich gleich noch einen. Und das war für Lara okay.

»Ernsthaft? Ein Hotdog? Davon werdet ihr beide ganz knutschig? Igitt.« Caras gute Laune verschwand, als sie sich in den klappbaren Regiestuhl fallen ließ, den sie für Pausen mitgebracht hatten. Das war das erste Mal an diesem Nachmittag, dass er benutzt wurde.

Gage löste sich mit einem Lächeln aus Laras Armen. »Ich habe auch einen für dich, Cara.« Er hielt ihr das Friedensangebot hin.

Cara beäugte es, als hätte er es mit Arsen gewürzt. »Warum?« Sie griff danach.

Gage zog seine Hand weg. »Die korrekte Antwort lautet: Danke, Gage.«

Sie blickte finster zu ihm auf. »Danke, Gage.«

Er gab ihr den Hotdog. »Siehst du? Das war doch gar nicht so schwer, oder? Ich beiße nicht.«

Außer, wenn man ihn ganz nett darum bittet ...

Lara wurde rot. Gage bemerkte das natürlich und zwinkerte ihr zu.

»Ich hoffe, du magst Zwiebeln und Relish«, sagte Gage zu Cara.

Sie starrte den Hotdog an, als sie ihn auspackte. »Ich ... ja. Woher weißt du das?«

Gage zuckte mit den Schultern. »Scheint so, als wüsste der Typ, der die hier verteilt, das auch.«

Cara wollte gerade abbeißen, hielt aber inne. »Typ?«

»Ja. Feuerwehrmann? Muskulös. Eckiges Kinn. Hatte siebzehn Frauen, die um ihn herum sabberten, da er Hosen und Hosenträger, aber nicht viel mehr trug. Ich muss ihn vielleicht als Tänzern für *Die Hingucker* anwerben.«

Cara ließ den Hotdog auf den Tisch fallen. »Ich bin gleich wieder da.«

Lara kniff Gage in den Arm. »Das ist Nick. Ihr Freund.«

»Ich habe mir das irgendwie zusammengereimt, als ich erwähnte, dass ich die Hotdogs für die Frauen in der Konditorei hole. Er wollte unbedingt wissen, wer ich bin. Ein eifersüchtiger Typ?«

Lara schüttelte den Kopf. »Er ist wahrscheinlich eher genervt. Cara macht ihm das Leben nicht gerade leicht.«

»Das machst du auch nicht, Lara. Ich habe mir in der letzten Woche bei einem Job öfter auf den Daumen gehauen als in den letzten zwei Jahren, weil du mich so ablenkst.«

»Oh, also ist es meine Schuld, dass du dich nicht auf den Job konzentrieren kannst?«

»Es liegt ganz sicher nicht an jemand anderem.«

Das zu hören tat gut. Sie hatte nie darüber nachgedacht, aber es war schön, ihn das sagen zu hören. Jeff hatte das nie getan.

»Also, woher wusstest du, was ich auf meinem Hotdog mag?« Ketchup mit einem Hauch Senf.

»Gut geraten?«

Sie wölbte eine Augenbraue zu ihm. »Wirklich? Du hast zufällig Glück gehabt und nicht den scharfen Senf draufgetan?«

»Ich dachte, du bist scharf genug und brauchst in der Hinsicht keine Hilfe.« Er kraulte ihren Hals, und Lara hatte große Lust, herauszufinden, wie scharf er gerade war, aber eine öffentliche Veranstaltung war nicht der richtige Ort dafür. Sie probierte vielleicht neue Dinge mit Gage aus, aber das gehörte nicht dazu.

»Können wir das auf heute Abend verschieben?«

»Wenn es sein muss.«

»Stehst du auf Zuschauer?«

»Gutes Argument.« Er küsste sie ein letztes Mal, dann zog er sich zurück. Gerade genug, um den Anstand zu wahren. Aber er hielt immer noch ihre Hand.

Lara lächelte.

»Du lächelst wieder.«

»Du bringst mich zum Lächeln.«

»Gut, denn du bringst mich auch zum Lächeln.«

Was er dann auch tat, mit verheerenden Folgen für ihr Gleichgewicht. Zum Glück näherte sich gerade in diesem Moment jemand ihrem Tisch.

»Hey, Gage. Warum bin ich nicht überrascht, dich hier zu sehen?«

»Hey, Bry.« Gage ließ Laras Hand los. »Lara Cavallo, Bryan Lassiter, mein Partner bei *Die Hingucker*.«

»Das ist also die berühmte Cupcake-Lady, von der ich gehört habe.« Er schüttelte ihre Hand.

Lara sah Gage an. »*Was* hat er über mich gehört?«

Gage hielt seine Hände hoch. »Hey, ich rede nicht über die Frauen, die ich küsse. Er wusste, dass ich an dir interessiert bin. Das ist alles.«

»Das heißt also, da ist noch mehr?« Bryan lehnte eine Hüfte an den Tisch und verschränkte die Arme. Seine großen, muskulösen Arme. Genau wie der Rest von ihm. Ja, sie konnte ihn sich als Tänzer vorstellen. »Dann erzähl doch mal.«

»Das geht dich nichts an, Bry. Oder habe ich einen Auftritt verpasst?«

»Nein, aber hey, ich könnte es total verstehen, warum du es tätest.« Er lächelte Lara an. »Kümmere dich nicht um Gage, er ist nur eine große Nervensäge. Ich hingegen ...«

Es war so lange her, dass jemand mit ihr geflirtet hatte – lange bevor Gage aufgetaucht war –, dass Lara nicht anders konnte, als es zu genießen, wenn auch nur für eine Minute. Langweilig, hm?

»Hey, Mann, halt dich zurück.« Gage klang jetzt eher von Bryan genervt.

Noch *nie* hatte jemand um sie gekämpft.

»Wow, entspann dich, ja, Gage? War nur ein Scherz.« Bryan hatte die Hände hochgehalten und war vom Tisch zurückgetreten. »Ich bin nur vorbeigekommen, um Hallo zu sagen und einen dieser berühmten Cupcakes zu probieren. Die Jungs meinten, wir sollten eine Ladung für unseren nächsten Auftritt bestellen. Gebt den Frauen Süßes *und* Sex. Das wird eine Marketing-Granate.«

Gage schob ihm einen der blauen Cupcakes zu. »Hier. Probier den. Er ist erstaunlich.«

Der Nervenkitzel, den Lara durch seine Zustimmung bekam, war anders als der Nervenkitzel, den er ihr gab, wenn er sie küsste – oder sie ansah –, aber genauso schön.

Bryan machte ein großes Theater, indem er stöhnte, während er das Törtchen aß – er ließ sogar seine Zunge verlockend über seine Lippen gleiten, was Gage auf die Palme brachte, aber bei Lara keine Reaktion auslöste. Sie reagierte mehr auf Gages Eifersucht als auf alles, was Bryan tun konnte, denn egal wie gut er aussah, er war nicht Gage.

»Ja, Lara«, sagte Bryan und leckte sich den letzten Rest der Buttercreme von den Lippen – wobei er einen der *Sterne* verpasste – »du hast definitiv tolle Cupcakes.«

Er hielt seinen Blick demonstrativ oberhalb ihres Schlüsselbeins. Vielleicht reagierte sie doch einfach empfindlich auf jede Art von Anspielung, aber ihr entging nicht, wie sich Gage neben ihr versteifte.

»Du solltest vielleicht darüber nachdenken, was ich gesagt habe, Gage.« Bryan knüllte das Cupcake-Papier zusammen und traf damit ebenfalls in den Mülleimer neben dem Stand. »Cupcakes für unseren Stand zu besorgen, ist vielleicht gar keine so schlechte Idee.«

Gage fiel ein Cupcake ein, den er gerne in ihrem Stand hätte.

Aber Bry nervte ihn. Oh, der Typ hatte kein wirkliches Interesse an Lara; das würde er Gage nie antun. Aber er konnte einfach nicht anders, als Gages Beschützerinstinkt durch Flirten zu reizen. Harmlos, das wusste Gage, aber trotzdem. Das war Lara. *Seine* Lara.

Damit verschob sich die Welt. Sie war sein. *Sein*. Und er wollte sie behalten.

Er sah Bry nach, als sein Partner sich auf den Weg machte, aber seine Gedanken hingen an Lara.

Irgendwie hatte sie sich in sein Herz geschlichen. Das war keine Verliebtheit oder einfache Lust. Er hatte es in der letzten Nacht gesagt; sie hatten Liebe gemacht.

Heilige Scheiße. Er war verliebt in sie.

»Bist du okay, Gage? Er hat mich nur geneckt, weißt du.« Lara legte eine Hand auf seinen Arm und Gage konnte sie nur anstarren.

Er liebte sie.

Er war verliebt in Lara.

Er hatte keine Zeit für Liebe. Für eine Beziehung. Hatten die letzten paar Wochen das nicht bewiesen? Er hatte Connor schon eine Weile nicht mehr gesehen, hatte keine Zeit gehabt, irgendetwas in seinem Haus zu reparieren, vertröstete Missy und hatte früher Feierabend gemacht, um bei Lara zu sein. Das ging gegen alles, was er sich eingeredet hatte, zu wollen. Und dann war da noch das ganze Eifersuchtsproblem, das er mit Leslie gehabt hatte ...

Er liebte Lara.

Was zum Teufel sollte er jetzt dagegen tun?

Neunundzwanzig

Das Feuerwerk erleuchtete den Nachthimmel, aber es ließ sich nicht mit dem vergleichen, das Gage in ihr entzünden konnte.

Sie hatten die Wunderkerzen auf dem Kuchen angezündet, die Stücke an die Menge verteilt und dann auf einer Decke auf dem Hügel mit Blick auf das Football-Feld Platz genommen, wo die Stadt das Feuerwerk abfeuerte, während die Nacht sie in ihre warme Umarmung hüllte. Und selbst wenn sie mit vielen anderen auf der Wiese waren, wurde die Decke, die Gage für sie ausgebreitet hatte, zu ihrem eigenen kleinen Stückchen Himmel.

Jeder Ort war der Himmel, wenn sie in Gages Armen lag.

Lara lächelte über dieses klischeehafte Bild, aber es gab einen Grund, warum es ein Klischee war. Es beschrieb einfach perfekt alles, was sie fühlte. Er hatte seinen Arm um ihre Schultern gelegt, ihren Kopf an seinen geschmiegt, was ihr Herz mit der gleichen Intensität schlagen ließ, wie es bei den Explosionen des Feuerwerks der Fall war, während sie es gemeinsam mit den anderen Besuchern bewunderten.

»Olli.« Ein kleines Mädchen kam auf ihre Decke und hielt ihr einen der Lutscher aus Laras Kuchen entgegen. Das kleine Mädchen hielt ihn hin, der bunte Zucker klebte an der Basis des Stäbchens in ihrer Faust.

»Ja, das ist ein Lolli«, sagte Lara und sah sich nach den Eltern um. »Magst du Lollis?«

Das kleine Mädchen nickte. »Tuptake.«

»Magst du auch Cupcakes?« Ihr Fan war noch sehr jung, aber Lara war nicht gerade davon begeistert, dass ihre Cupcakes dazu führten, dass ein Kleinkind ausbüxte. »Wo ist deine Mami?«, fragte Lara.

Das Kleinkind drehte sich um und zeigte auf eine Frau, die ein halbes Dutzend Decken weiter aufgesprungen war und sich hektisch umsah.

Lara kam auf die Füße und nahm das kleine Mädchen auf den Arm, ohne sich darum zu kümmern, dass sie nun so viel Zucker am Unterarm hatte, dass sie die gesamte Moskitopopulation des Parks anlocken würde. »Sie ist hier!«, rief sie, während sie zu der Frau hinlief.

Die Frau wirbelte herum. »Oh, Gott sei Dank!« Sie riss das kleine Mädchen aus Laras Armen. »Ich danke Ihnen so sehr. In der einen Minute war sie noch da und in der nächsten ...«

Lara tätschelte den Kopf des kleinen Mädchens. »Sie müssen sich so erschreckt haben. Sie kam zu mir rüber, um mir ihren Lolli zu zeigen.«

»Ihren Lolli?« Die Frau sah ihre Tochter an, dann Lara. »Oh, Sie sind die Cupcake-Lady. Sie hat nicht aufgehört, von Ihnen zu reden. Vielen Dank, dass Sie sie zurückgebracht haben. Sie ist noch nie zuvor weggelaufen. Ich schätze, der Ruf der Cupcakes war zu groß.«

»Nun, ich habe heute Abend keine Cupcakes mehr, aber wenn Sie mit ihr bei Cavallo's Cups & Cakes vorbeikommen, habe ich noch einen für sie.«

Die Frau küsste ihre Tochter auf die Wange, während sie sie sanft in ihren Armen wiegte. »Ich weiß nicht, ob ich ihr schlechtes Benehmen belohnen sollte, aber eigentlich wollte ich Sie wegen einer Bestellung anrufen. Meine Kleine hat bald Geburtstag, und ich denke, ich weiß, was sie sich wünscht.«

Lara lächelte und tätschelte sowohl die Arme der Mutter als auch die der Tochter. »Klar, kein Problem. Ich werde eine spezielle Sorte nur für sie machen. Wie ist ihr Name?«

»Sarah.«

»Ich nenne sie *Stromernde Sarahs*. Wie klingt Zitrone-Limette als Geschmacksrichtung?«

»Sie wollen wirklich einen Cupcake nur für sie kreieren?«

»Klar, warum nicht? Niemand sonst in der Stadt wird Cupcakes der Sorte *Stromernde Sarah* haben. Gibt es einen besseren Weg, meine treuen Kunden zu belohnen, als einen Cupcake nach ihnen zu benennen?«

Die Idee war ihr einfach so gekommen, aber Lara hatte irgendwie das Gefühl, dass sie wirklich gut war. Cara würde das neue Konzept bestimmt lieben.

»Oh, vielen Dank«, sagte Sarahs Mutter. »Wir brauchen zwei Dutzend für nächsten Samstag. Sie hat eine Geburtstagsparty mit dem Motto Meerjungfrauen.«

»Perfekt. Wir haben die Cupcakes morgens fertig zum Abholen.« Sie zog ihr Handy heraus und notierte sich die Nummer von Sarahs

Mutter, um noch einmal anzurufen, wenn sie am Montag wieder in der Konditorei war.

»Alles in Ordnung?«, fragte Gage, als sie zu ihrer Decke zurückkehrte.

»Das ist es.« Sie erzählte ihm von ihrer Idee mit den Cupcakes für Sarah. »Und weißt du noch, wie Bryan erwähnte, dass du meine Cupcakes für deine Shows bestellen sollst? Ich könnte für jeden der Jungs einen kreieren und ihn nach ihnen benennen. Was hältst du davon?«

»Nach den Jungs?« Gage runzelte die Stirn. »Solange es nicht so etwas wie Gages Gemächt ist, ist das für mich in Ordnung.«

Sie sah zu seinem *Gemächt* und dann in sein Gesicht. »Hey, das ist mein Geschäft, über das wir hier reden. Ich werde mir etwas Einprägsames, aber stilvolles einfallen lassen.«

»Ja, weil wir alle wissen, dass es bei Strippern immer um Klasse geht.«

Da war ein Tonfall in seiner Stimme ... »Schämst du dich für das, was du tust?«

Gage sah sie an. »Schämst *du* dich für das, was ich tue?«

»Ich? Warum ist es wichtig, was ich denke? Das ist deine Sache.«

»Weil ich die Probleme kenne, die es mit sich führen kann.« Er sah sie an, seine blauen Augen verfinsterten sich. »Einige meiner Ex-Freundinnen ... sie konnten damit nicht umgehen. Sie haben nie darüber gesprochen, aber irgendwann kam immer der Punkt, wo sie es nicht mehr sehen wollten, wenn andere Frauen über mich fantasierten. Sie fingen an, mich so zu sehen wie andere Frauen, und wenn es um Intimität ging, nun ja, zum Teufel.« Er wischte sich mit der Hand über das Gesicht, dann strich er ihr eine ihrer Korkenzieherlocken hinters Ohr. »Ich will nicht, dass das mit uns passiert. Ich will nicht, dass du mich als den Typen auf der Bühne siehst. Ich will für dich nicht *dieser* Typ sein. Ich will *ich* sein. Gage. Tagsüber ein Bauunternehmer, der nachts arbeitet, um sich etwas dazuzuverdienen. Ich wollte nie, dass es mich definiert, und als ich nach ein paar Jahren mit dem Tanzen aufgehört hatte, war es das. Es war vorbei. Aber jetzt bin ich wieder dabei – und muss gelegentlich tanzen – und du bist in meinem Leben. Und nach dem, was dein Ex dir angetan hat ... will ich nicht, dass es ein Problem ist.«

Sie knabberte an ihrer Unterlippe. »Ich kann nicht sagen, dass ich es mag, wenn andere Frauen dich wollen, aber das gehört nun mal dazu.«

Sie hatte die Frage nicht beantwortet – oder besser gesagt, sie hatte etwas geantwortet, aber nicht das, was er hören wollte.

Das war seine Antwort.

Das große Finale des Feuerwerks explodierte um sie herum und nahm Gages gute Laune mit sich. Was machte er hier? Er hatte kein recht, mit ihr auf dieser Wiese zu sitzen und so zu tun, als wäre das, was sie hatten, normal. Als hätte es eine Zukunft. Mal abgesehen davon, womit er zum Teil sein Geld verdiente, arbeiteten sie im Prinzip beide rund um die Uhr, und das würde sich in naher Zukunft nicht ändern. Connor musste noch mindestens achtzehn Monate lang operiert und therapiert werden – wahrscheinlich noch viel länger –, was bedeutete, dass *Die Hingucker* mindestens so lange ein Teil von ihm sein würde.

Er hatte sich von Lara ablenken lassen, begeistert von der Möglichkeit, mit ihr zusammen zu sein. Aber Connor hatte gelitten und Missy brauchte ihn. Sein verdammter Daumen tat weh, und der Pavillon hätte schon viel früher fertig sein können, wenn er nicht mit ihr hätte zusammen sein wollen.

Es war keine Liebe. Das konnte es nicht sein. Nicht die Art, die von Dauer sein würde, vor allem, wenn sie sich negativ auf den Rest seines Lebens auswirkte. Und weil er seinen Fokus verloren hatte, etwas, von dem er sich und Connor versprochen hatte, als der kleine Kerl nach dem Unfall um sein Leben gekämpft hatte, dass er es nie so weit kommen lassen würde. Es wäre das Beste, es jetzt zu beenden und ihre Herzen zu brechen.

Nun, ohne *ihr* Herz zu brechen. Seines war eine ganz andere Sache.

Dreißig

Am nächsten Morgen wischte sich Lara die Mehlwolke aus dem Gesicht, die sich über sie verteilt hatte, als ihr der Beutel auf den Arbeitstisch gefallen war.

Wer hätte das gedacht. Ihre Gedanken schweiften die ganze Zeit umher, weil sie letzte Nacht kaum geschlafen hatte. Gage war auf dem Weg zurück zu ihrem Auto zu still gewesen. Nicht, dass sie besonders redselig gewesen wäre; das Gespräch über seinen Job hatte sie zum Nachdenken gebracht.

Sie mochte es *nicht*, wenn Frauen über ihn fantasierten, während er sich vor ihnen entkleidete. Das konnte er ihr nicht verübeln. Wenn der Spieß umgedreht wäre, würde ihm das genauso gehen.

Zumindest würde sie gerne *glauben, dass* es ihm genauso gehen würde, aber sie kannte ihn nicht gut genug, um zu wissen, was er für sie empfand – oder ob es ihn stören würde. Das war ein Teil des Problems.

Es lief alles darauf hinaus, ob sie ihm vertrauen konnte oder nicht. Vertrauen war, nach dem, was Jeff getan hatte, ein wichtiges Thema für sie.

Aber Gage ist nicht Jeff.

Sie wusste das. Aber Logik war eine Sache, Gefühle waren eine ganz andere Geschichte.

War sie überhaupt bereit für Gefühle?

Letzte Nacht war sie es vielleicht gewesen, bevor die Unterhaltung so seltsam geworden war. Sie hatte zwischen seinen Knien gesessen, seine Arme vor ihr verschränkt, sich in die Küsse geschmiegt, die er in der Dunkelheit zwischen dem Feuerwerk auf ihren Hals und ihr Ohr verteilt hatte, und ihren perfekten Tag genossen. Das perfekte Date. Alles war wunderbar gewesen – so wunderbar, dass sie angefangen hatte, sich ausmalen, *was wäre, wenn*.

Sie hatte wieder Schmetterlinge im Bauch wie in der vergangenen

Nacht. Was, wenn sie und Gage zusammen waren? Was, wenn das keine vorübergehende Affäre war? Was, wenn das der Beginn von *für immer* für sie war?

Aber dann hatte er seinen Job erwähnt und die Fragen hatten begonnen. Das Unbehagen. Die Verunsicherung. Genau wie am Ende ihrer Ehe.

Sie hatte die ganze Nacht mit sich gerungen – die ganze, lange, einsame Nacht, in der sie ohne ihn in ihrem Bett gelegen hatte und sich gefragt hatte, was sie da taten.

Er hatte zwei Jobs. Einen Neffen, der ihn brauchte. Sie hatte die Konditorei. Sie hatte sich eingeredet, dass eine Beziehung funktionieren konnte – so wie sie es auch mit ihrer Ehe getan hatte. Etwas, von dem sie sich geschworen hatte, dass sie es nie wieder tun würde.

Also gut. Sie richtete sich auf und kehrte das Mehl in einen Mülleimer. Sie war unabhängig. Stark. Selbstbewusst. Traf ihre eigenen Entscheidungen. Und ließ sich ihre Handlungen nicht von ihren Gefühlen diktieren. Sie würde Gage einfach kategorisch in den ›Gute Zeiten‹-Teil ihres Lebens einordnen und es dabei bewenden lassen. Er war da gewesen, als sie jemanden gebraucht hatte, der ihr half, den ersten Schritt zu tun – und wenn auch seine ersten Schritte zur Musik waren, so hatte sie wenigstens auch Lapdancen gelernt.

Ihr Herz schlug bei der Erinnerung stärker, aber sie verdrängte sie. Sie konnte sich nicht erlauben, sich Dinge vorzustellen, die nicht da waren. Und sie konnte die Dinge, die da waren, nicht ignorieren. Gage mochte ein toller Kerl sein, ein toller Liebhaber, aber Tatsache war, dass es zu früh war. Zu früh und zu viel. Er konnte ihr nicht versprechen, was sie brauchte, und es war nicht fair, das von ihm zu verlangen. Schlimmer noch, es würde sie beide zum Scheitern verurteilen. Sie hatte diesen Albtraum schon einmal erlebt.

Feigling.

Sie konnte Caras Stimme in ihrem Kopf hören, musste sie aber ausblenden. Vielleicht war sie ein Feigling, aber bei dem, was sie durchgemacht hatte, und mit Gages seltsamem Verhalten gestern Abend, musste sie sich schützen.

Sie schnitt ein weiteres Stück Fondant ab und wollte gerade damit beginnen, es auszurollen, als ein »Hallo?« aus dem Empfangsbereich ertönte.

Mist. Sie wischte sich die Hände an einem Geschirrhandtuch ab und ging hinaus. Sie brauchte heute keine Laufkundschaft.

»Hallo, Liebes.«

Sie brauchte vor allem nicht Mrs. Applebaum in all ihrer herablassenden Liebenswürdigkeit. Niemand konnte so herablassend sein wie diese Frau. Nicht einmal Jeff.

»Mrs. Applebaum.« Sie steckte die Hände in ihre Kitteltaschen. »Was kann ich für Sie tun?«

»Ist Cara hier?«

»Nein. Heute ist ihr freier Tag.«

»Ah, gut.« Mrs. Applebaum umklammerte ihre Handtasche fester. »Ich wollte mit Ihnen sprechen.«

»Geht es um die Abschlussfeier Ihres Sohnes?«

»So ist es.« Mrs. Applebaum sah sich in dem leeren Empfangsbereich um. »Können wir uns irgendwo hinsetzen, um darüber zu sprechen?«

Lara zog eine Grimasse. Sie waren noch nicht dazu gekommen, den Sitzbereich einzurichten. Zu schade, dass Gage keine Gelegenheit gehabt hatte, zu streichen und den neuen Tresen einzubauen.

Nein. Sie konnte sich nicht auf Gage verlassen. Das würde sie sich nicht erlauben. »Ich bin gleich wieder da.«

Sie rannte in Caras Büro und schleppte den Bürostuhl und einen Holzstuhl heraus, den ein Vormieter zurückgelassen hatte. Es war das Beste, was sie auf die Schnelle tun konnte.

Die Miene von Mrs. Applebaum verzog sich, als sie sah, was Lara ihr mitgebracht hatte.

»Tut mir leid wegen der Sitzgelegenheiten. Unsere Sitzgarnituren sind leider noch nicht angekommen.« Es war keine Lüge; sie hatten sie nur noch nicht bestellt.

Natürlich nahm die Frau ein Taschentuch aus ihrer Handtasche und wischte den Bürostuhl ab, bevor sie sich darauf setzte.

»Nun, Liebes, was Phillips Party angeht.« Sie schürzte ihre Lippen. »Ich fürchte, ich werde nicht bezahlen, was Ihre Cousine veranschlagt hat. Ich bin sicher, Sie wissen, dass der Preis hoffnungslos überzogen ist. Sie können mir nicht erzählen, dass sich die Kosten für die *Backmischung* zwischen meiner letzten Party und Phillips Abschlussparty verdreifacht haben. Das ist einfach unverschämt.«

Lara biss die Zähne zusammen. Sie hatte Cara gesagt, der Preis sei zu hoch. Dass Mrs. Applebaum sich niemals darauf einlassen würde.

Aber ... Mrs. Applebaum *hatte sich darauf eingelassen*. Lara hatte den unterschriebenen Vertrag gesehen. Sie hatte den Scheck für die Anzahlung eingelöst, der die Kosten deckte, *und* sie hatte ein wenig mit dem Zeitplan jongliert, um der Frau entgegenzukommen.

Sie richtete sich auf. *Zuversichtlich. Stark. Ihre eigenen Entscheidungen treffend. Sich auf sich selbst verlassend.*

»Genaugenommen, Mrs. Applebaum, ist es ein faires Angebot. Wir mussten zusätzliche Mitarbeiter einstellen, die Termine unserer anderen Kunden verschieben und mehr Zutaten zu höheren Kosten bestellen.« *Und Sie haben den Vertrag unterschrieben.* Lara hatte nicht vor, es so weit zu treiben, es sei denn, es musste sein – und sie hoffte wirklich, dass es das nicht sein würde. Sie hasste diese Art von Diskussionen, aber sie musste Cara den Rücken stärken.

»Ich werde mein Geld zurückverlangen müssen, Liebes.«

Oh, verdammt. Es *musste* sein.

Lara atmete ein und richtete sich noch weiter auf. »Aber Mrs. Applebaum, was werden Sie denn für die Party Ihres Sohnes tun?«

»Oh, das braucht Sie nicht zu beunruhigen. Ich werde einen anderen Konditor finden.«

»Jeder wird Ihnen den gleichen Betrag berechnen. Es ist ein Last-Minute-Job, und dazu noch ziemlich aufwendig.«

»Blödsinn. Es ist nur eine Torte.«

Eine dreidimensionale architektonische Skulptur war *nicht* ›nur eine Torte‹. Aber Lara konnte das nicht sagen, weil sie die Illusion aufrechterhalten wollte, dass die Herstellung ihrer Werke nahtlos verlief. Wenn die Kunden zu viel über den Prozess wüssten, wie viel an der Konstruktion beteiligt war, würde das ihr Geheimnis entzaubern, und ihr Ruf war auf diesem Geheimnis aufgebaut.

»Ich verstehe, dass Sie verärgert sind. Was können wir tun, um diese Situation zu bereinigen?«

»Dann müssen Sie den Preis senken.«

Lara schüttelte den Kopf. »Es tut mir leid, aber das kann ich nicht tun. Uns sind Kosten entstanden, die wir bezahlen mussten, und laut unserer Geschäftsbedingungen gibt es zu diesem Zeitpunkt keine Rückerstattung.«

Mrs. Applebaum starrte sie an. »Das kann doch nicht Ihr Ernst sein.«

»Ich bedaure das genauso sehr wie Sie, aber ich meine es ernst. Das steht in dem Vertrag, den Sie unterschrieben haben.«

»Nein«, brummte sie. »Niemals.«

»Aber vielleicht können wir etwas anderes für Sie tun. Sie haben die Torte in Form seines Colleges bestellt. Vielleicht könnte ich eine individuelle Torte für Sie und Ihren Mann backen. Eine Nachbildung seiner Urkunde vielleicht? Immerhin waren Sie diejenigen, die ihn durch seine Karriere geführt haben, richtig? Sie haben für seine Ausbildung bezahlt. Es ist nur fair, dass Sie zu diesem Anlass auch eine besondere Erinnerung haben sollten.«

Sie hatte genug Teig und Fondant, um eine einfache, rechteckige Torte mit ›Schriftrolle‹-Enden zu machen, und es würde nicht mehr als eine Stunde oder so dauern, also wäre ihre Zeit der einzige Kostenpunkt. Aber wenn es Mrs. Applebaum bei Laune hielt und sie davon abhielt, ihre Bestellung zu stornieren, war es das wert.

Mrs. Applebaum kaute auf ihrer Lippe, während ihre Finger mit dem Verschluss ihrer Handtasche spielten. »Eine eigene Torte ... Ja, ich glaube, mein Mann würde sich über die Anerkennung all dessen freuen, was wir für Phillip geopfert haben.«

Nein, *Mrs.* Applebaum würde sich über die Anerkennung freuen, deshalb hatte Lara es ja vorgeschlagen.

»Toll. Dann ist alles klar?«

»Ja, nun, ich denke, das wird schon gehen.«

»Wunderbar.« Lara stand auf. »Ich bin froh, dass wir uns einig geworden sind. Wir sehen uns Sonntagmittag mit beiden Torten.«

Mrs. Applebaum tätschelte ihr Haar, als sie aufstand. »Ausgezeichnet, meine Liebe. Ich freue mich schon darauf. Und ich weiß, dass Frank begeistert sein wird.«

Frank. Ganz bestimmt. Mr. Applebaum war einer dieser geplagten Ehemänner, deren Frau so viel bestimmte, dass er sich damit abgefunden hatte, sich überfahren zu fühlen.

Nachdem sie sich erfolgreich mit Mrs. Applebaum auseinandergesetzt hatte, konnte Lara sagen, dass sie zum ersten Mal seit ihrer Ehe nicht dasselbe fühlte.

***

Gage strich sich mit einer Hand durch die Haare, als er die Küche betrat.

»Du bist hier?« Missy drehte sich mit einer Pfanne in der Hand vom Herd weg. »Du hast schon eine Weile nicht mehr hier gefrühstückt. Geht die Welt unter?«

Es fühlte sich so an.

Gage strich mit der Hand über sein Gesicht. Er brauchte eine Rasur. »Kann ein Kerl nicht mal eine Nacht in seinem eigenen Bett verbringen, ohne dass es diskutiert werden muss?«

»Jeder andere, sicher, aber du ...?« Missy nahm den French Toast aus der Pfanne und legte ihn auf einen Teller. »Ist etwas mit Lara passiert?«

Außer der Tatsache, dass er erkannt hatte, was er für sie empfand? Und was er nicht haben konnte? »Nein. Wir haben uns Hals über Kopf in die Beziehung gestürzt und haben beide viel zu tun.«

»Ich höre ein ›aber‹.«

Er schüttelte den Kopf. Er hatte nicht vor, das mit seiner Schwester zu diskutieren. »Kein Aber.«

Missy nahm es ihm nicht ab. Was war das mit den Frauen? Sie bekamen ein Kind und bekamen sofort das Dritte Auge der Mütter; das im Hinterkopf, das ihnen erlaubte, alles zu sehen?

»Okay, wenn du das sagst.« Sie stellte den Teller auf den Tisch. »Wenn du French Toast willst, musst du ihn selbst machen. Ich muss Connor holen.«

»Wie wäre es, wenn *ich* Connor hole und du den Toast machst?«

Missy klopfte ihm auf die Schulter. »Gott, bist du einfach zu manipulieren. Sicher, ich mache dir Frühstück.«

Gage ging zurück in Cons Zimmer. Einfach? Nein, er war nicht einfach. Er wollte, was er nicht haben konnte, und war ein Durcheinander von Widersprüchen und Verantwortungen, mit denen er sich nicht auseinandersetzen wollte, es aber mit jedem und jeder tun würde.

Gage seufzte, als er vor Connors Tür stand. Sein Neffe war eine Verantwortung, über die er sich nie beschweren würde. Wenigstens *konnte* er sich um ihn kümmern. Wenn das Auto, das ihn angefahren hatte, noch schneller gefahren wäre ...

Gage schüttelte den Gedanken ab. Es war ein Gedanke, den er in den letzten Monaten viel zu oft hatte und der ihn immer wieder darin bestärkte, was er für seine Schwester und ihren Sohn tat. Sein Liebesleben zu opfern, war im Vergleich dazu verschwindend gering.

»Hey, Con, bereit fürs Frühstück?« Er lächelte und setzte das fröhliche Gesicht auf, das er immer in der Nähe seines Neffen trug.

»Gage!« Connors Gesicht leuchtete auf wie das Feuerwerk letzte Nacht.

Feuerwerk. Oh, verdammt. Von wo hatte Connor es beobachtet? *Er* war so mit Lara beschäftigt gewesen, dass er gar nicht mehr an Connor gedacht hatte. Was für ein Onkel war er?

»Wie geht es dir, Kumpel?«

»Jetzt gut. Schau, was ich kann.« Er hob die linke Hand in die rechte. »Schau.« Sein Zeigefinger zuckte. »Siehst du das? Er hat sich bewegt. Es wird noch besser werden.«

Gage schluckte den Kloß hinunter, der ihm plötzlich in der Kehle steckte. Gott, dieses eine winzige Zucken, und es gab ihnen allen Hoffnung. »Hat deine Mom es schon gesehen?«

»Nein, ich wollte es dir zuerst zeigen, damit du anfangen kannst, den Ausflug nach Disney World zu planen.«

»Ich habe es im Griff, Con.« Zur Hölle ja, das hatte er. Orlando, mit seinen vielen Themenparks. Irgendwie würde er das schon hinkriegen, aber Connor verdiente den Trip seines Lebens.

»Was glaubst du, wie lange es dauert, bis sich der Rest meiner Hand bewegt?«

Gages Herz brach noch ein bisschen mehr. »Nun, wenn du weiter an deiner Therapie arbeitest, wahrscheinlich ziemlich bald. Sieh mal, wie weit du schon gekommen bist.« Vier Monate und drei Tage.

»Ich glaube, das liegt an den ganzen Videospielen, die ich gespielt habe. Dafür braucht man beide Hände, und diese Hand fühlte sich vernachlässigt.«

Es war herzzerreißend, zu sehen, wie Connor versuchte, die Steuerung mit seiner gelähmten Hand zu bedienen. Noch trauriger war es, ihn zu sehen, wenn er angewidert aufgab. Vielleicht sollte Gage ihm einfach CoD besorgen und sich erst dann Gedanken darüber machen, was die Bilder mit Connors Gehirn anstellen würden, wenn seine Finger wieder funktionierten.

Gage schüttelte den Kopf. Schlechte Idee. Connor machte Fortschritte. Es gab keinen Grund, zu denken, dass er nicht noch mehr machen würde.

»Hast du dir gestern Abend das Feuerwerk mit Lara angesehen?«

Gage wusste nicht, wie er reagieren sollte. Der Junge war ein bisschen zu scharfsinnig für sieben. »Ja, das habe ich. Sie musste beim Gemeindepicknick arbeiten.« Zu dem er Connor hätte mitnehmen sollen.

»Mama hat gefragt, ob ich mitkommen will, aber mit dem Gips wäre es im Stuhl zu heiß gewesen.« Er schaute auf seine linke Hand und zuckte wieder mit dem Finger. »Sie ist ziemlich cool, weißt du.«

»Deine Mom? Ja, das ist sie. Sie liebt dich sehr.«

»Nicht sie. Lara. Die Cupcake-Lady.«

Alle waren verrückt nach Laras Cupcakes ... »Ja, sie ist eine gute Konditorin.«

»Wirst du sie heiraten?«

Gut, dass er sich gegen den Türrahmen lehnte. »Sie heiraten?«

»Du magst sie, nicht wahr?«

Gage schob die Hände in die Taschen. »Ja, aber was soll das Verhör?«

»Ich habe nur drei Fragen gestellt. Und du beantwortest keine einzige davon.«

»Wer bist du und was hast du mit meinem videospielebegeisterten Neffen gemacht?«

Connor kreuzte seinen guten Arm über den gelähmten. »Ich denke, du solltest sie heiraten.«

»Und warum denkst du das?«

»Sie ist hübsch.«

Stimmt.

»Sie ist lustig.«

Stimmt.

»Sie hat tolle Cupcakes.«

Absolut richtig.

»Und du hast bessere Laune, wenn sie in der Nähe ist.«

Etwas zerrte an Gages Eingeweiden. Hatte er bessere Laune? Connor nahm seine *Launen auf*?

Wenn ja, dann wüsste er, dass er gerade eine beschissene Laune hatte.

Er nahm seine Hände aus den Taschen. Er wollte nicht zulassen, dass das Thema Lara seine Zeit mit Connor beeinträchtigte. Er sah ihn so schon zu wenig. »Wir werden sehen, Con. Jetzt muss ich dich für den fantastischen French Toast deiner Mutter erst mal in die Küche bringen.«

Connor sah ihn mit hochgezogener Augenbraue an. Eindeutig eine Angewohnheit, die er sich bei seinem Onkel abgeguckt hatte.

»Ich werde darüber nachdenken, Con, okay? Ich kann keine Versprechungen machen, aber ich werde darüber nachdenken.«

Als ob das nicht schon das Hauptthema in seinem Kopf wäre.

Einunddreißig

»Triffst du dich heute zufällig mit Gage?«, rief Cara ein paar Tage später und steckte ihren Kopf aus ihrem Büro.

»Ich glaube es, warum?«

»Ich wollte diese Akten zu Missy bringen. Sie wird sie sich für mich ansehen.«

»Ich dachte, sie würde nur an den Verträgen arbeiten?«

Cara zuckte mit den Schultern. »Ich habe es dir schon gesagt; ich bin Buchhalterin, keine Anwaltsgehilfin. Ich habe mein Bestes getan, aber es kann nicht schaden, wenn sie sie durchschaut.«

»Du gibst ihr extra Arbeit.«

»Ich weiß nicht, wovon du redest.«

»Doch, das tust du. Du gibst Missy extra Arbeit, Dinge, die wir nicht wirklich brauchen, ohne dass sie es weiß. Du gibst ihr die Chance, Geld zu verdienen, ohne ihr das Gefühl zu vermitteln, dass sie Almosen nimmt.«

Cara reckte ihr Kinn vor. »Du träumst.«

»Cara Marie Cavallo, ich kenne dich schon dein ganzes Leben. Glaub nicht, dass du mich veräppeln kannst. Du tust etwas Gutes und willst nicht, dass es jemand erfährt.«

»Du darfst es ihr nicht sagen. Sie hat ihren Stolz. Wenn sie wüsste ...«

»Dein Geheimnis ist bei mir sicher, Robin Hood.«

»Ich beklaue niemanden.«

»Aber du gibst ihr etwas, und das ist wirklich nett von dir.«

»Sie kann das Geld gebrauchen, aber viel wichtiger ist, dass sie sich dadurch gebraucht fühlt.«

»Du musst mich nicht überzeugen, Cara. Solange du sagst, dass wir es uns leisten können, bin ich einverstanden. Das ist wirklich nett von dir.«

Cara murmelte etwas.

»Was? Das habe ich nicht verstanden.«

Es gab noch etwas mehr Gemurmel. »Na ja, Gage hat mir einen Hotdog besorgt.«

Wenn Lara lachen könnte, würde sie es tun. Aber ihr war seit dem Wochenende nicht mehr zum Lachen zumute. »Du hast recht, Cara. Ein Hotdog ist eine gute Tat.«

»Es hat so ausgesehen, als hättet ihr beide im Park Spaß gehabt.« Super. Cara versuchte, den Spieß umzudrehen.

»Ich habe gearbeitet.« Sie wollte nicht mit Cara über Gage reden. Sie wollte nicht einmal an Gage *denken*. Er hatte nicht angerufen. In den vier Tagen seit dem Wochenende hatte sie kein Lebenszeichen von ihm erhalten.

War sein Tanzen wirklich so eine große Sache, dass ihr Unbehagen daran ihn davon abhielt, mit ihr zusammen zu sein? War sie unsicher?

»Oh bitte. Knutschen ist keine Arbeit. Es sei denn, er hat dich dafür bezahlt?«

Lara warf ein Stück Fondant nach ihr. »Worauf willst du hinaus?«

»Ich will darauf hinaus, dass ich mich für dich freue. Du verdienst es, glücklich zu sein, und er macht dich glücklich.«

Aber warum musste ein Typ sie glücklich machen? Warum war sie nicht auch alleine glücklich?

Eigentlich war sie doch schon vor Gage glücklich gewesen. Sie und Cara arbeiteten zusammen in der Konditorei, sie lebte in ihrer eigenen Wohnung umgeben von Dingen, die sie ausgesucht hatte ... Sie hatte sogar darüber nachgedacht, sich ein Kätzchen zuzulegen, etwas, dem Jeff niemals zugestimmt hätte. All diese Dinge machten sie glücklich.

Nicht so, dass sie singend durch die Wohnung tanzen wollte wie mit Gage, aber sie war glücklich gewesen. Gage hatte sie nur glücklicher gemacht.

Das war ein großer Unterschied, glücklich zu sein oder glücklicher. Früher hatte sich ihr Leben um Jeff gedreht, nicht so bei Gage. Das war doch gut, oder? Das gab ihr die Möglichkeit, sie selbst zu sein, zu sein, wer sie sein wollte, *zu tun*, was sie wollte. Und wenn sie wollte, dass er sich mit ihr teilte, war das auch ihre Sache.

Wenn er sie nur wieder anrufen würde ...

Oder sie könnte ihn anrufen. Es gab nichts Besseres, um ihr Leben selbst in die Hand zu nehmen und ihre eigenen Entscheidungen zu treffen, als den Kerl anzurufen, den sie nicht vergessen konnte, und ihn zurück in ihr Leben zu zerren. Andere Frauen machten das durch, was sie mit Jeff erlebt hatte. Manchen erging es noch viel schlimmer. Es war an der Zeit, dass Jeff aufhörte, ihr Leben auch nach der Scheidung zu bestimmen, und wenn sie Gage in ihrem Leben haben wollte, war sie es sich schuldig, es zu versuchen. »Es stört dich nicht, wenn er hier rumläuft?«

Cara hob die Augenbrauen. »Ernsthaft? Du strahlst wie ein Honigkuchenpferd, er übernimmt das ganze schwere Heben, kann super verkaufen *und* er bringt uns Hotdogs. Warum sollte mich das stören?«

»Ernsthaft, Cara, bin ich verrückt, so über ihn zu denken?«

»Wie?«

»Wie ...«

Ihr blieb die Luft weg, als die Erkenntnis sie traf. »Wie ... Ich glaube, ich habe mich vielleicht in ihn verliebt.«

Als sie die Worte laut aussprach, hatte sie das Gefühl, als würde ihr Magen sich drehen und wenden und auf den Kopf stellen wie bei einer Achterbahnfahrt. Eine wirklich lustige, sexy Achterbahn, die nie aufhören sollte.

»Wenn du *denkst, dass* du in ihn verliebt bist, Lara, bist du es. Du bist nicht eine dieser Wischiwaschi-Tussis. Wenn du jemanden liebst, tust du es von ganzem Herzen. Deshalb konnte Jeff so eine Nummer mit dir abziehen. Darum tat sein Verrat so weh. Du warst die Einzige, die es nicht hat kommen sehen.«

Sie fühlte sich kein bisschen besser. Wenn überhaupt, dann verstärkte es nur ihre Zweifel. »Was ist, wenn es mit Gage genauso ist und ich es wieder nicht kommen sehe?«

Cara stand von ihrem Hocker auf und ging zu ihr hinüber, um sie zu umarmen. »Gage ist nicht wie Jeff. Niemals. Und tief im Inneren weißt du das auch. Er hat es dir auf eine Weise gezeigt, wie es Jeff nie getan hat. Aber *du* musst es wissen, Lara. Du kannst dich nicht auf mein Wort verlassen. Du musst sicher sein, was du für ihn fühlst und ihm vertrauen, damit es zwischen euch funktioniert. Wenn du das nicht tust, wirst du immer an ihm und seinen Gefühlen zweifeln, und nichts ruiniert eine Beziehung schneller als Zweifel am Partner.«

Cara hatte recht. Letztendlich zählte nur Vertrauen: in das, was sie für ihn empfand, in das, was er für sie empfand, und in das, was sie für sich selbst empfand.

Sie mochte sich selbst. Sie war stolz auf sich. Sie hatte sich ihr Leben zurückerobert: mit ihrem Geschäft, mit ihrem Haus, verdammt, auch bei

Mrs. Applebaum. Die Liebe war der nächste Schritt. Sie hatte es verdient, wieder Liebe zu finden. Geliebt *zu werden*, und wenn sie mit ihrem Leben weitermachen wollte, musste sie diese Chance ergreifen.

Gage war es wert.

Sie umarmte Cara zurück. »Du hast recht, Cara. Ich liebe ihn wirklich.«

Cara gab ihr einen Kuss auf die Wange. »Und wenn ich mich nicht total irre, liebt er dich auch.«

»Glaubst du das?«

»Ich bin nicht diejenige, die du fragen musst.«

»*Ihn* kann ich das auch nicht fragen.«

»Ich würde ja sagen, ›warum nicht‹, aber er ist auch nicht derjenige, den du fragen musst.« Cara tippte Laras Nase an. »Glaubst *du*, dass er dich liebt, liebe Cousine, das ist eine Frage, die *du* dir selbst stellen musst, denn wenn *du* es nicht fühlst, ist es egal, was er sagt.«

Zweiunddreißig

Gage starrte auf das Stück Papier in seiner Hand. Laras Anwaltsfreund hatte es geschafft. *Die Hingucker* hatten ein dauerhaftes Zuhause.

Was für eine Erleichterung. Er konnte endlich so etwas wie ein Leben haben. Er würde nicht mehr jede Woche zehn Stunden telefonieren müssen, um Auftritte zu buchen. Er würde nicht mehr doppelt so lange *zu* diesen Auftritten fahren müssen – wenn der Laden erst einmal in Betrieb war. Bis dahin würde er doppelte Arbeit leisten, denn er war der Bauunternehmer, der das Gebäude in Schuss bringen würde. Aber zumindest würden sie im Anschluss dann in der Lage sein, sich auf einen stetigen Strom von Einkommen verlassen zu können.

Und vielleicht könnten er und Lara eine Lösung finden.

Er nahm einen weiteren Schluck aus seiner Wasserflasche, faltete den Brief zusammen und machte sich eine mentale Notiz, Bryan anzurufen, wenn er in den Truck stieg. Es würde ein langes Telefonat werden, und er wollte J.C. McCulloughs Garten aufräumen und vom Grundstück verschwinden, da er mit dem Pavillon fertig war. Seit dem Wochenende hatte er fünfzehn Stunden am Tag gearbeitet, um das Projekt fertigzustellen, fest entschlossen, den Scheck zu kassieren *und* sich von Lara abzulenken.

Nicht, dass es funktioniert hätte.

Aber sein Rasen war gemäht und das Brett im Schrank weiter unten. Letzte Nacht hatte er aufgehört, Connor beim Schach gewinnen zu lassen. Seit sie so viele Partien spielen, war der Junge auf dem Weg, ein Meister zu werden, und brauchte so einen Vertrauensschub nicht mehr.

Aber nachts, als Gage im Bett gelegen hatte, hatte er sie nicht vergessen können. Er hatte sein Handy öfter in die Hand genommen, als er zählen konnte, seine Finger schwebten über ihrer Nummer, nur um es wegzulegen, ohne den Anruf zu tätigen, weil sie mehr von ihm verdiente. Das taten sie alle. Zum Teufel, *er* verdiente es.

Aber er konnte sich nicht teilen, und es war nicht fair, sie zu bitten, sich damit abzufinden, was für sie blieb. Sie sollte sich geliebt und geschätzt und gewollt fühlen, und obwohl er all diese Dinge fühlte, konnten Blumen und Anrufe diese Botschaft nur eine gewisse Zeit lang vermitteln. Es wäre etwas anderes, wenn er seinem Land dienen würde oder geschäftlich unterwegs wäre, aber wenn er in der Stadt zu tun hatte? Das war keine Entschuldigung.

Du suchst Entschuldigungen.

Tat er das? Gott wusste, dass er versucht hatte, einen Weg zu finden, damit es funktionierte, aber bis er gestern Abend die Zahlen von der Spendenveranstaltung bekommen hatte, hatte er nicht gewusst, was er machen sollte: die Arztrechnungen stapelten sich und er brauchte die Materialien für den nächsten Bauauftrag. Ganz zu schweigen davon, dass sein Haus eine neue Heizung brauchte. Und dann war da noch die Reise nach Orlando, von der er wusste, dass sie total frivol war, wenn man bedachte, wofür er sonst noch Geld brauchte, aber Connor war nur einmal ein Kind und hatte es verdient, *etwas* Schönes zu erleben.

Aber jetzt, da die Spenden höher ausgefallen waren, als er zu hoffen gewagt hatte, und die Geschäftslizenz ein regelmäßiges Einkommen darstellte, konnte er sich darauf freuen, mehr Zeit für sich zu haben, sobald er den Laden in Schuss gebracht hatte. Und mit dem Einkommen aus diesem Auftrag und den beiden anderen, die er jetzt abschließen konnte, und mit Missy, die zusätzliches Geld mit Caras Papierkram verdiente – Mann, dafür war er Cara sehr dankbar –, würde er sich nicht mehr wegen jeder Arztrechnung Sorgen machen müssen. Endlich ging es aufwärts.

Mit Lara in seinem Leben ging es aufwärts.

»So, das war's? Sie sind fertig?« McArschloch war wieder auf seiner Terrasse, wieder mit der bernsteinfarbenen Flüssigkeit in einem Glas und einem lächerlichen Paar Slipper an den Füßen, die wahrscheinlich mehr gekostet hatten als Connors letztes MRT.

Es war wirklich schwer, den Kerl nicht zu hassen, also machte sich Gage nicht die Mühe, es zu versuchen.

Aber unabhängig von seiner eigenen finanziellen Situation, nervte ihn dieser Kerl aus mehr Gründen als nur Geld.

Gage ließ den Hammer in die Werkzeugkiste fallen, sammelte das Verpackungsmaterial von der Wetterfahne auf und schob es in den Karton, in dem sie geliefert worden war. »Jep, das ist es. Die Beleuchtung ist auch angeschlossen. Alles bereit für die Party.«

J.C. schaukelte auf seinen Fersen zurück und studierte den Pavillon.

Gage forderte ihn in Gedanken heraus, eine Sache zu finden, die nicht in Ordnung war.

»Gute Arbeit. Schicken Sie mir Ihre Rechnung und ich lasse Ihnen einen Scheck von meinem Buchhalter schicken.«

»Kein Ding –«, Gage nahm die Rechnung, die er gestern Abend ausgedruckt hatte, von seinem Klemmbrett, »hier ist sie. Wenn es Ihnen nichts ausmacht, jetzt einen Scheck auszustellen, kann ich einen Schlussstrich darunter ziehen.«

Es war nicht seine übliche Vorgehensweise, aber er hatte die Bedingungen in dem Vertrag für diesen Auftrag geändert, weil er so wenig wie möglich mit Mr. J.C. McCullough zu tun haben wollte.

McArschloch hob eine Augenbraue. »Sie glauben doch nicht, dass ich diesen Betrag auf meinem Girokonto habe, oder? Es wäre unvorsichtig, so viel dort zu lassen, wo sich jemand einhacken könnte. Ich muss etwas Geld hin und her bewegen.«

»Sie können den Scheck auf morgen datieren. Ich warte dann bis morgen mit dem Einlösen.«

»Oh, es wird frühestens nächste Woche verfügbar sein.«

Nach der Party. Gage biss die Zähne zusammen. Der Kerl hatte gewusst, wann der Pavillon fertig werden würde – er hatte darauf bestanden. Und er hatte so viel Aufhebens um all das gemacht, was seine ›harte Arbeit und sein Fachwissen‹ ihm eingebracht hatten, dass der Restbetrag sicher nicht sein Bankkonto sprengen würde.

»Hören Sie zu, J.C.« Er genoss es, wie der Typ zusammenzuckte, als er ihn beim Vornamen nannte. »Ich habe den Auftrag gemacht, für den Sie mich angeheuert haben. Und Sie haben den Vertrag unterschrieben, in dem genau festgelegt ist, wann ich bezahlt werde. Ich hätte gerne meinen Scheck.« Oder er würde zumindest die Verdrahtung lösen, aber das sagte er nicht. Er versuchte, keine Ultimaten zu stellen, aber dieser Typ nervte ihn so sehr, dass er diese Regel brechen würde, wenn der Typ nicht nachgab.

Aber er gab nach. »Gut. Aber Sie können ihn nicht vor morgen Abend einlösen. Freitag wäre besser.«

Gage würde morgen um 15:59 Uhr bei der Bank sein.

Er sammelte den Müll, seine Werkzeugkiste und die Gehrungssäge ein und legte sie in seinen Pickup, während er darauf wartete, dass J.C. den Scheck ausstellte.

»Vergessen Sie die Rasenschilder nicht«, sagte McArschloch, als er Gage den Scheck der Einfahrt überreichte.

Schon klar: Er war nicht mehr auf dem Grundstück erlaubt.

»Ich werde sie einsammeln, wenn ich daran vorbeifahre.« Gage steckte den Scheck ein und hielt ihm die Hand hin. Er mochte den Kerl hassen, aber Geschäft war Geschäft. »Schön, mit Ihnen Geschäfte zu machen.«

McArschloch zögerte einen Moment, schüttelte aber schließlich Gages Hand. Gage hatte gewusst, dass er das tun würde; der Kerl war die Sorte Mensch, die sich an Konventionen hielt, weshalb Gage davon ausgegangen war, dass er zahlen würde, wenn man etwas Druck machte. Das taten diese Typen normalerweise, wenn man sie herausforderte.

Dreiunddreißig

»Ist dir bewusst, dass McMonster in den letzten zwei Stunden sechsmal hier angerufen hat, um sicherzugehen, dass du pünktlich sein wirst? Wir sind wegen des Sturms von letzter Nacht sechs Stunden lang ohne Strom, aber die verdammten Telefone funktionieren noch. Kannst du mir erklären, wo das gerecht sein soll?« Cara ließ die rosafarbenen Zettel mit den Telefonnachrichten auf den Vorbereitungstisch fallen und schob sich einen Bleistift hinters Ohr. »Bitte lass mich ihm sagen, dass wir die Party nicht machen können. Bitte.«

Lara sah von der Rose auf, die sie machte. Nummer dreihundertfünfundsiebzig. Es fehlten nur noch fünfundzwanzig. »Nein, Cara, das wirst du Jeff nicht sagen. Das ist ein Auftrag und er wird helfen, Rechnungen zu bezahlen. Vergiss das nicht und es ist viel leichter zu ertragen.«

»Ich versteh's einfach nicht. Wirklich nicht. Aber ich verstehe sowieso nichts mehr. Nick, dich, Gage – er hat nicht angerufen, oder?«

Jedes Mal, wenn Cara diese Frage stellte, stach die Tatsache, dass er es nicht getan hatte, noch ein bisschen mehr in ihr Herz – und sie musste sich daran erinnern, dass sie beschlossen hatte, ihn anzurufen, und es auch nicht getan hatte. Sie hatte es vorgehabt, aber dann hatte Cara diese kleine ›Du musst dir diese Frage stellen‹-Rede gehalten, und seitdem zweifelte sie an sich selbst. Und das zu Recht, denn er hatte sie auch nicht angerufen.

Es schien viel schwieriger zu sein, ihr Leben in die Hand zu nehmen und ihr Herz für Gage zu riskieren, als sich gegen Mrs. Applebaum zu behaupten.

»Die Antwort hat sich nicht geändert, seit du mich das letzte Mal gefragt hast, Cara. Können wir uns jetzt auf das konzentrieren, was wir zu erledigen haben? Wir müssen in weniger als einer Stunde losfahren und haben den Van noch nicht beladen.«

»Du willst, dass ich das mache, nicht wahr?«

»Noch nicht. Aber wenn du Jesse und mich ständig unterbrichst, werden wir Probleme haben, es rechtzeitig zu schaffen.«

Cara hob die Hände. »Gut. Ich hab's verstanden. Ich gehe raus und räume ein paar Äste von der Straße. Scheint eh das Einzige zu sein, was ich heute Morgen gemacht habe.«

Ein Sturm hatte in der Nacht die Stadt getroffen und Ampeln ausgeschaltet, Leitungen unterbrochen, Äste von Bäumen gerissen und allgemeines Chaos im Berufsverkehr angerichtet. Gerüchten zufolge hatte es einen Tornado gegeben, der durch die Stadt gezogen war und ebenfalls einige Schäden angerichtet hatte. Jeffs Haus hatte einiges davon abbekommen, also war es kein Wunder, dass er nervös war, ob die Party gut laufen würde.

Lara wollte seiner Verlobten unbedingt sagen, dass es ein Omen sei. Das sie weglaufen sollte. Und zwar schnell. Und nicht zurückschauen.

Sie konnte nicht glauben, dass er eine andere gefunden hatte, die sich seinen Mist gefallen ließ. Nein, keine *andere.* Lara hatte sich das alles nicht gefallen lassen. Sie wünschte nur, sie wäre früher schlauer geworden.

War es schlauer, mit Gage zusammen sein zu wollen?

Sie hat die Rose falsch gerollt und musste von vorne anfangen. Offenbar war es nicht schlauer, wenn sie sich dann nicht auf ihren Job konzentrieren konnte.

Sie strich Gage aus ihren Gedanken, während sie die Rose von vorne begann. Wenn das echte Leben nur so einfach wäre.

***

»Ich hätte Ihnen den Scheck nie geben dürfen.« J.C. McCullough umkreiste den Pavillon und reichte Gage tatsächlich die Schieferschindeln an, mit denen die ersetzt werden sollten, die vom Sturm abgerissenen worden waren.

Zum Glück war fast eine Viertelpalette übrig geblieben, und der Schuppen, in dem Gage sie gelagert hatte, war nicht beschädigt worden, aber wenn McCullough mit dem Gelaber weitermachte, war Gage nicht sicher, ob er das Dach rechtzeitig zur Party fertigstellen würde.

»Ich *wusste, dass* Sie zu schnell fertig geworden sind. Hätten Sie sich Zeit gelassen und die Dinger richtig festgenagelt, wären sie noch an ihrem Platz.«

Gage nahm die Nägel aus seinem Mund. »Ich habe verdammt gute Arbeit geleistet, aber nichts wird den Winden in Tornadostärke standhalten.«

»Sie wissen nicht, dass es einen Tornado gab. Das sagen Sie nur, um Ihre Unfähigkeit zu verbergen.«

Gage grub einen Nagel aus dem Sparren aus. Das Ding sah aus wie ein Korkenzieher. »Es war ein Tornado.« Er warf ihn McCullough vor die Füße.

McArschloch hob ihn auf. »Jetzt werfen Sie mit Tetanus um sich? Ich habe die Bank angerufen, wissen Sie, und den Scheck sperren lassen.«

Gage machte sich nicht die Mühe, ihm zu sagen, dass der Scheck gestern um vier Uhr eingelöst worden war, wie er es geplant hatte.

»Hey, ich bin hier, oder?« Er hatte die Schnauze voll von dem Kerl. Zum Teufel mit Mundpropaganda; es würde sich so gut anfühlen, McArschloch die Meinung zu sagen. »Ich bin gleich nach Ihrem Anruf rübergekommen und habe mir die ganze Zeit den Arsch aufgerissen.« Im strömenden Regen hatte er Schindeln vom Rasen aufgesammelt und aus dem Pool gefischt und dann in einen brauchbaren und unbrauchbaren Haufen sortierte. Traurigerweise war der unbrauchbare Haufen größer.

»Wie lange wird das noch dauern? Die Caterer werden bald hier sein und die Band muss aufbauen.«

Gage sah sich an, was er noch zu tun hatte. »Sie können die Band jederzeit mit dem Aufbau beginnen lassen. Es sei denn, Sie haben vor, sie auf dem Dach zu platzieren?« So viel zu dem Versuch, seinen Sarkasmus im Zaum zu halten.

McArschloch merkte es. Und es gefiel ihm nicht. Das war für Gage in Ordnung; ihm gefiel McArschloch ebenfalls nicht.

McCullough reichte ihm die letzten Schindeln in seiner Hand. »Schaffen Sie den Rest allein? Die Caterer sind gerade angekommen.«

»Ja. Sicher. Gehen Sie.« *Bitte*. Letzteres sagte er nicht laut. Jetzt, wo er J.C. McCullough losgeworden war, konnte er seinen Rhythmus finden und der Job würde viel schneller gehen.

Nur, dass einer der Catering-Mitarbeiter durch das Pooltor kam, und Gage wieder völlig aus dem Rhythmus kam.

Lara.

Er wollte gerade etwas sagen – was, das wusste er nicht, denn die Unbehaglichkeit ihres letzten Abschieds wurde durch die Tatsache verstärkt, dass er sie seitdem nicht mehr angerufen hatte –, als

McArschloch aus dem Seiteneingang kam, auf sie zuging und ... *sie auf die Wange küsste*.

Gage rutschte fast vom Dach. Sicherlich würde Lara ihn ohrfeigen. Jeden Moment würde sie das tun. Sie wollte McArschloch nicht diese Art von Freiheit gewähren.

Aber sie ließ es zu. Oder zumindest tat sie nichts, um die allzu vertraute Geste zu korrigieren.

Moment.

Sie wirkten ein wenig *zu* vertraut. Und die Bemerkung von Cara, dass in dieser Gegend etwas passiert war/lebte ...

McArschloch gab ihr einen Klaps auf den Hintern.

Gage war bereit, vom Dach zu springen, aber Lara verpasste McArschloch endlich eine Ohrfeige.

Gage löste den Todesgriff, mit dem er die Schindel umklammert hatte – glücklicherweise, bevor er Blut vergossen hatte, aber nicht bevor ihm etwas bewusst geworden war.

Lara war die Ex-Frau. Sie musste es sein. Es ergab alles Sinn – so viel Sinn! Wie Lara McArschloch überhaupt heiraten hätte können.

Was in aller Welt machte sie hier?

Gage sammelte sich mental und machte sich wieder an die Arbeit, wobei er das Dach schneller fertigstellte, als er es für möglich gehalten hätte. Schon interessant zu sehen, was er schaffte, wenn er motiviert war.

Er hielt inne.

Es *war* interessant zu sehen, was er schaffte, wenn er motiviert war. Und was konnte motivierender sein, als mit der Frau zusammen zu sein, die er liebte?

Er war ein Idiot, es nicht zu versuchen – genauso ein arroganter, aufgeblasener Arsch wie McArschloch da drüben, weil er die Entscheidung für sie beide traf.

Er musste mit ihr reden. Herausfinden, ob sie genauso empfand. Herausfinden, ob sie es mit ihm gemeinsam versuchen wollte.

Er kletterte die Leiter hinunter und schaute in die Richtung, in die sie gegangen war. Sie, Cara und Jesse schleppten Klapptische und gekühlte Cupcakes herein.

Er sammelte ein paar weitere Schieferstückchen vom Gras auf und steckte sie in seinen Werkzeuggürtel, während er hinüberging. »Hey, Ladies. Braucht ihr Hilfe?«

»Gott, ja.« Cara fragte nicht einmal, was er hier tat, sondern reichte ihm einen großen Karton. »Diese Dinger sind schwer. Wenn du kurz halten kannst, bereite ich den Tisch vor.«

Gage warf einen Blick hinein. Zwei weiße Taubenskulpturen. McArschloch machte also auf ekelhaft süß. »Was ist das für ein Geschmack, Zuckerwatte?«

Lara sah ihn mit einem geheimnisvollen kleinen Lächeln an. »Langweilige Vanille.«

Gage schmunzelte. Wie verdammt perfekt. »War das ein besonderer Wunsch oder hat er es dir überlassen?«

»Was glaubst du?«

Gott, er hatte sie vermisst. Als sie ihn mit ihren schelmisch funkelnden Augen ansah, war Gage kurz davor, die dummen Tauben fallen zu lassen und sie in seine Arme zu schließen.

»Hey, Gage, du kannst sie hier abstellen.« Cara winkte ihn zu dem Tisch an der Außenwand der Terrasse hinüber.

»Wir müssen reden, Lara«, sagte er, bevor er hinüberging.

»Ich kann jetzt nicht, Gage. Ich muss arbeiten.«

»Ich weiß. Ich meinte später. Danach. Wenn du willst.« Gott, er stotterte, wie ein Schuljunge – und selbst da hatte er nie gestottert.

»Ich will.«

Bei Gott, er wollte auch.

Vierunddreißig

Jeff mäkelte an jedem kleinen Detail, bis Lara ihm die Tauben ins Gesicht drücken wollte.

Sie sahen ›in die falsche Richtung‹? Hallo? Die Tauben hielten einander, ihre Flügel anmutig gebogen, und schauten sich sehnsüchtig in die Augen. Dies war eine Verlobungsfeier; *sollten* sie sich *nicht* ansehen?

Dann gab es nicht genug Cupcakes mit weißen Rosen und Liebesperlen in der herzförmigen Auslage. Dann fand er, das Weiß sei nicht weiß genug, die silbernen Folienverpackungen seien nicht schick genug, und als er darauf bestand, einen Cupcake zu probieren, beschwerte er sich, dass die Erdbeere in der Mitte – auf die er bestanden hatte – störte.

»Im Ernst, Lara, du musst dich steigern, wenn du eine Chance haben willst, in diesem Geschäft zu bestehen. Ich könnte für dich ein Beratungsgespräch mit dem Küchenchef vom Koba arrangieren, wenn du willst. Er ist ein persönlicher Freund von mir.«

Jeff vergaß offensichtlich, dass sie wusste, dass er nach Strich und Faden log, nur um sie zu beeindrucken. Der Küchenchef des Kobas konnte Jeff nicht *ausstehen*. Ihr Ex hatte so viele Mahlzeiten zum ›Fertiggaren‹ in die Küche zurückgeschickt, dass es Lara seitdem peinlich war, dort zu essen.

»Danke, Jeff, aber ich komme schon klar.«

»Das ist das Problem, Lara. Das war schon immer das Problem. Du hast dich mit dem Status quo abgefunden. Du hattest nie eine Vision. Hättest du dich angestrengt, hättest du die Vorsitzende des Damenkomitees werden können. Du hättest sie mit deinen Worten dazu bringen können, dir aus der Hand zu fressen, nicht mit deinen Kuchen.«

Lara zählte bis zehn. Zweimal.

Er würde sich nie ändern. Er war derselbe herablassende Idiot, der er immer war. Er dachte immer, er wüsste alles am besten, und schob ihr die Schuld für seine Enttäuschung zu.

Aber sie hatte sich verändert.

»Weißt du was, Jeff? Du wirst nicht mehr so mit mir reden. Ich bin hier nur als Lieferant für deine Desserts, nicht als deine Ex-Frau. Wenn du mit Cavallo's Cups & Cakes nicht zufrieden bist, dann bestell nicht mehr bei uns. Ich habe das, worum du gebeten hast, nach bester Fähigkeit gemacht – eine Fähigkeit, der du dir voll bewusst warst, als du mich engagiert hast – also ist jede Unzufriedenheit deine Schuld.«

Jeff erholte sich zu schnell von dem Schock. Dieses verdammte schmierige Lächeln breitete sich auf seinem Gesicht aus. Wie hatte sie nur je denken können, er sähe gut aus? Gage sah in seinem schmuddeligen, ungepflegten Äußeren besser aus, als Jeff vollkommen herausgeputzt.

Wo sie gerade an ihn dachte ...

Sie hatte ihn in dem Moment gesehen, in dem sie angekommen war, oben auf dem Dach; sein T-Shirt klebte an dieser erstaunlichen Brust, seine Jeans schmiegte sich an seinen Hintern und das Tuch, das die Haare aus seinen Augen hielt, war einfach sexy. Sie hatte dieses vertraute Ziehen tief in ihrem Innersten gespürt. Wenn er nicht auf sie zugekommen wäre, um sie zum Reden aufzufordern, wäre sie zu ihm gegangen.

»Hast du ein Wort von dem gehört, was ich gesagt habe?« Jeff stemmte die Hände in die Hüften.

»Entschuldigung, was?«

»Behandelst du alle deine Kunden so? Kassierst du einfach ihr Geld, machst mit ihrer Bestellung, was immer du willst, und ignorierst sie dann völlig, wenn sie mit dir reden? Du wirst es in diesem Geschäft niemals schaffen, Lara. Du wirst zu mir zurückgekrochen kommen, aber dann wird es zu spät sein. Ich werde mit Alexandra verheiratet sein und du gehst leer aus. Wenn du glaubst, dass ich dir noch mehr Geld geben werde, hast du den Verstand verloren. Ich kann nicht glauben, dass du die Dreistigkeit ...«

Gages Arm schoss hinter ihr hervor und griff nach Jeffs Kragen. »Entschuldigen Sie sich bei der Lady.«

Lara hatte ihn nicht einmal kommen hören. Sie war zu sehr damit beschäftigt gewesen, auf Jeffs Beleidigungen zu reagieren.

»Ich sagte, entschuldigen Sie sich bei der Lady.« Er bewegte sich um Lara herum und stand direkt vor Jeff.

Jeff grinste. »Dafür werde ich Sie verklagen.«

»Ich würde gerne sehen, wie Sie es versuchen.«

»Ich bin ein Anwalt.«

Lara legte ihre Hand auf Gages Arm. »Gage, lass los. Es ist alles in Ordnung.«

»Das ist nicht in Ordnung. Niemand sollte so mit jemandem reden, wie er mit dir geredet hat.« Er schüttelte seine Faust genug, um Jeff daran zu erinnern, wo seine Faust war.

Lara drückte seinen Arm. »Bitte. Lass los. Lass uns die Feier überstehen und dann reden wir.«

»Ja, warum hören Sie nicht auf sie, Tomlinson? Ich dachte, ich hätte Sie bezahlt. Sollten Sie nicht verschwinden?«

»Das würde ich, wenn Lara mich nicht beauftragt hätte, ihr heute Abend zu helfen.«

»Sie hat was getan?«

Der Hals von McArschloch färbte sich lila, als er Lara mit großen Augen anstarrte, die sich auf die Lippe biss.

Gage erkannte diese Bewegung. Sie gab sich Mühe, nicht zu lächeln.

»Ähm, ja. Das habe ich. Gage übernimmt das ganze schwere Heben für uns.«

»Welches schwere Heben? Du machst *Cupcakes*, um Himmels willen.«

Anscheinend hatte der Typ vergessen, dass das Heben von Laras *Cupcakes* Finesse erforderte.

Scheiße. Gage wollte sich nicht vorstellen, wie sie und McArschloch – »Ich gehe zum Wagen und hole, was noch fehlt, Lara.«

»Danke, Gage. Die Torte ist noch da drin und der Rollwagen auch.«

»Ich bringe sie gleich rein.« Er wollte sie nicht mit McArschloch allein lassen, musste aber darauf vertrauen, dass sie auf sich selbst aufpassen konnte. Wenigstens würde sie den Kerl nicht verprügeln, wozu es ihn geradezu in den Fingern juckte.

Als er in die Einfahrt kam, wurde sein Tag noch schlimmer.

Eine schöne Blondine stieg aus einem Jaguar, der gerade vorgefahren war.

»Gage?«

Scheiße. Alexandra Prescott. *Natürlich* würde sie McArschloch heiraten.

»Alexandra.« Sie war bei so vielen seiner Auftritte gewesen, dass es kein Zufall sein konnte. Das war vor allem am Anfang, als er und Bry noch regelmäßig aufgetreten waren, und sie hatte mehr als deutlich gemacht, dass sie nichts gegen eine private Tanzstunde gehabt hätte.

Er hatte abgelehnt, Gott sei Dank, aber das bedeutete nicht, dass Alexandra sowohl ihren Wunsch als auch ihre Demütigung vergessen hatte, als er sie abgewiesen hatte.

»Was machst du hier?«, fragte sie und wiegte sich viel mehr in ihren

Gang, als natürlich war. Aber an Alexandra war nichts natürlich – was sie zur perfekten Frau für McArschloch machte.

»Ich helfe einem der Caterer aus.«

»Du? Kochst du?« Sie beäugte ihn mit einem Appetit, der nichts mit Essen zu tun hatte.

»Nein, ich übernehme nur das schwere Heben.« Falsche Antwort; ihr Blick wanderte direkt zu seinen Armen.

Der heutige Abend würde sehr ungemütlich werden.

Sie folgte ihm zum Transporter und lehnte sich aufreizend gegen die offene Tür. Alexandra war wie ein großer Löffel Buttercreme: weich und köstlich, aber so gar nicht gut für dich. Er war bei ihr noch nie in Versuchung geraten; jetzt tat er es ganz sicher nicht.

Er baute den Rollwagen schnell auf, hob die Torte darauf und rollte sie in den Hinterhof, ohne sich um sie zu kümmern, Alexandra folgte.

»Liebling!« McArschloch setzte ein tausend-Watt-Lächeln auf sein zu gleichmäßig gebräuntes Gesicht und schlenderte auf Alexandra zu. Es war, als würde man auf ein Paar lebende Barbie- und Ken-Puppen blicken.

»Jefferson.« Sie hielt ihm eine gepuderte Wange hin, was der Typ mit einem Luftkuss quittierte.

Jetzt war es an Gage, sich auf die Lippe zu beißen.

Er musste sich ernsthaft zusammenreißen, als Lara die Augen verdrehte.

Er stieß die Luft aus, von der er gar nicht wusste, dass er sie angehalten hatte. Sie stand nicht mehr auf McArschloch. Nicht, dass er wirklich gedacht hätte, dass sie es tun könnte, aber trotzdem, wenn er sich dieses Haus ansah, alles, was J.C. – *Jefferson* – hatte, konnte er nicht umhin zu denken, dass ...

»Lara.« McArschloch wurde schmierig. Noch schmieriger. »Erlaub mir, dir meine Verlobte vorzustellen, Alexandra Prescott. Alexandra, das ist Lara. Meine Ex.«

Alexandra hatte die Rolle als Dame des Hauses gut im Griff. Das hatte sie schon immer, aber es ärgerte Gage, dass sie Lara diesen eiskalten Eisprinzessinnenblick zuwarf.

»Ich habe gehört, Sie sind Bäcker.«

Sie hätte genauso gut *Leprakranke* sagen können.

Lara jedoch richtete ihre Wirbelsäule auf und klebte ein echtes Lächeln auf ihr Gesicht. »Das ist richtig. Cavallo's Cups & Cakes. Meine Cousine und ich haben es vor fast einem Jahr angefangen. Wir versorgen dieses Wochenende auch die Abschlussfeier der Applebaums.«

»Für den Sohn von Priscilla und Frank?« Alexandra hob eine Augenbraue.

»Ja, Phillip.«

»O... oh.«

Hmm, Gage hätte es nicht geglaubt, wenn er es nicht gesehen hätte. Offenbar war dieser Applebaum-Auftrag groß genug, um sogar die Eisprinzessin zu beeindrucken.

»Du hast die Applebaums nicht erwähnt, Lara.« McArschloch wirkte verärgert.

Wenn es nicht sein Haus wäre, würde Gage *ihn* rausschmeißen.

»Du hast nicht gefragt, Jeff.«

Jeff. Jefferson. J.C. ... Gage bevorzugte McArschloch.

»Also Lara, wo soll die Torte hin?«, warf Gage ein, der die Begrüßungsszene beenden wollte.

McArschloch riss wieder die Zügel an sich. »Ich glaube, das ist etwas, das Sie mich fragen sollten, Tomlinson.«

»Moment, Jeff, ich habe ein bestimmtes Set-up geplant und wenn du mir meine professionelle Expertise gestattest, werden Gage und ich den Aufbau übernehmen. Du wirst zufrieden sein.«

»Das will ich auch hoffen.«

Gage hatte das Gefühl, dass dieser Kerl nie zufrieden sein würde, wenn es um Lara ging.

Er folgte ihr zu dem Tisch und wartete, bis sie außer Hörweite waren, bevor er sprach. »Mit so was warst du verheiratet?«

Sie lachte. »*So was* ist die perfekte Beschreibung. Er ist schon was ganz Besonderes, nicht wahr?«

»Auf jeden Fall. Ich kann nicht glauben, dass du ihn geheiratet hast.«

»Er war nicht immer so. Zumindest nicht am Anfang. Aber er ist definitiv schlimmer geworden, als sein Bankkonto dicker geworden ist. Mir ist klar geworden, dass Jeff sehr unsicher ist, und die Menge an Nullen, über die er verfügt, geben ihm Bestätigung. Einfach traurig.«

»Du hattest ihn gut im Griff. Er dachte, er würde dich fertigmachen.«

»Du kannst die Torte hier abstellen.« Lara schob die Schachtel mit den Tauben zur Seite. »Ich weigere mich, Jeff diese Macht über mich zu geben. Ich war am Boden zerstört, als ich herausfand, dass er mich betrogen hat. Übrigens nicht mit Alexandra. Falls du dich das fragen solltest.«

»Ich habe mich nur gefragt, was ihm durch den Kopf gegangen ist, dass er dich überhaupt betrogen hat.« Er hievte die Torte auf den Platz, den sie angedeutet hatte.

»Wenn ich das wüsste, würde ich ...«

»Du würdest was?«

Sie zuckte mit den Schultern und begann, die Cupcake-Schachteln zu öffnen. »Ich wollte sagen, dass ich es verhindert hätte, aber mir ist klar, dass ich das nicht kann. Ich bin nicht für Jeffs Glück verantwortlich, genauso wenig wie er für meines verantwortlich ist. Das muss aus einem selbst kommen, und das ist es, was man mit seinem Partner teilt.«

Er sagte nichts, während er darüber nachdachte. Sie machte keine Ausflüchte, sie schob es nicht auf jemand anderen ab. Ihr Glück hing von ihr ab. Genau wie seins von ihm abhing. Was bedeutete, dass er, wenn er sich nicht zusammenriss, Lara genauso im Stich ließ wie McArschloch.

Sie mussten sich nachher unbedingt unterhalten.

Fünfunddreißig

Alle wichtigen Leute aus Jeffs Firma waren da, einschließlich Weathers, und sie alle hießen Lara herzlich willkommen.

Jeff war sich nicht bewusst gewesen, was er getan hatte, als er sie beauftragt hatte, und auch Lara hatte nicht wirklich darüber nachgedacht, dass er sie mit mehr als nur Geld vergüten würde, aber seine Kollegen mochten sie. Nach der Scheidung war sie einigen begegnet, und alle hatten sich nach ihr erkundigt und schienen aufrichtig an ihrem Schicksal interessiert – und über Jeffs Affäre aufrichtig empört – gewesen. Doch als sie an ihren Desserttisch kamen, wurde Lara klar, dass sie sich tatsächlich dafür interessierten, was sie durchmachte – auf eine Art und Weise, wie sie sich nicht für Jeff interessierten. Oder Alexandra.

Jeff machte sich etwas vor, wenn er dachte, dass diese Ehe ein Sprungbrett für seine Karriere war. Die Verachtung, die die meisten Frauen für Jeffs Verlobte empfanden, war fast mit Händen zu greifen. Und Alexandra trug mit ihrem unnahbaren Gehabe dazu bei.

Jeff würde es nie lernen.

»Soll ich euch allen einen Drink holen?«, fragte Gage sie, Cara und Jesse. Er hatte das Tuch abgemacht und durch eine der Ersatzmützen ersetzt, die Lara zusammen mit der zusätzlichen Kochjacke im Transporter aufbewahrt hatte. Die schwarze Hose, die er auf Ginas Party getragen hatte, diente als Anzugshose.

Wären da nicht die dunklen Arbeitsstiefel gewesen, hätte sie nie vermutet, dass er vor weniger als einer Stunde noch ein verschwitzter Handwerker gewesen war, aber ein Bad in Jeffs Pool und die angepasste Kleidung machten ihn zum perfekten Mitarbeiter.

Perfekt ist das entscheidende Wort. Er sah in diesem Outfit wirklich lecker aus. Aber eigentlich sah er in jedem Outfit lecker aus.

Oder *ohne* Outfit ...

»Ich hätte gerne einen Gin Tonic«, sagte Cara, »aber ich habe Angst, dass er meine Zunge zu sehr lockert und ich am Ende etwas zu McMonster sage, was ich auch meine.«

Lara versuchte, nicht zu lächeln. Sie liebte es, dass Cara sich an ihrer statt so empörte, aber ihr war auch klar geworden, dass es ihr egal war. Jeff hatte seine Giftpfeile verschossen und Alexandra versucht, überlegen zu wirken. Lara war glücklich mit sich selbst, und alles, was Jeff tun oder sagen konnte, würde daran nicht nur nichts ändern, sondern hatte überhaupt keinen Einfluss darauf.

»Etwas Eiswasser wäre toll. Und Jeff kann sich nicht über die Kosten beschweren.«

»McMonster kann sich über alles beschweren«, grummelte Cara.

Gage schnippte an Caras Bäckermütze. »Hey, lass dir von ihm nicht den Abend verderben. Er ist es nicht wert.«

Cara warf einen Blick auf Lara und dann auf Gage. »Wie kannst du nur so locker sein? Ich meine, immerhin waren er und Lara ...«

Gage zuckte mit den Schultern. »Er und Lara sind nicht mehr, und sie gehört jetzt zu mir.« Er berührte kurz ihren Rücken. »Eine Runde Eiswasser, kommt sofort.«

Cara fächelte sich Luft zu. »Okay, Cousinchen, du hast diesmal echt Glück gehabt.«

Ja, das hatte sie.

***

Gage machte einen großen Bogen um das sogenannte glückliche Paar. Er hatte schon Leute im Krankenhaus gesehen, die glücklicher waren als diese beiden. McArschloch hatte die Lippen so fest zusammengepresst, dass er aussah, als würde er reihenweise Zitronen lutschen, und Alexandras Lächeln war so spröde, dass ihr Gesicht Risse bekommen könnte.

Die beiden hatten die Party viel zu sehr auf die Spitze getrieben.

Er nickte dem Barkeeper zu. »Vier Eiswasser, wenn Sie die Gelegenheit haben.«

»Klar. Kein Problem.«

Gage ging zur Seite und wartete darauf, dass die Gäste bedient wurden.

»Also, junger Mann, ich nehme an, Sie haben die Lizenz erhalten, nach der Sie gefragt haben?« Laras Anwaltsfreund schlenderte auf ihn zu und salutierte mit seinem Drink.

»Das habe ich. Ich muss mich bei Ihnen bedanken, dass Sie sich eingesetzt haben.«

»Überhaupt kein Problem. Manche Leute sind ein bisschen zu voreingenommen, aber Sie wissen ja, was ich meine. Nehmen Sie zum Beispiel heute Abend. Die Hälfte der Leute hier ist nur gekommen, um die Verlobte zu begutachten. McCullough hat einen großen Fehler gemacht, Lara gehen zu lassen, und wir alle wissen das.«

»Sie hat mir erzählt, was Sie für sie getan haben.«

»Ich kann Ehebrecher nicht ausstehen. Dafür gibt es keine Entschuldigung. Er verdient, was er bekommt, und wenn das Alexandra Prescott ist, sollte der Mann besser aufpassen.« Er gluckste. »Ich bin übrigens Weathers Davis.« Er schüttelte Gage die Hand. »Also, erzählen Sie mir von Ihrem Club. Wie sind Sie zum Strippen gekommen?«

»Sie sind ein *Stripper*?« McArschloch kam genau im falschen Moment dazu.

Gage stellte das erste Glas Wasser wieder auf den Tresen, und es juckte ihn in den Fingern, es einfach in dessen Visage zu schütten.

Weathers nahm einen kleinen – angetäuschten – Schluck von seinem Drink. »Ihm gehört ein Tanzclub, McCullough.«

»Sie meinen ein Strip-Club, Mr. Davis.«

Gage biss sich auf die Lippe angesichts des schleimigen Tons in McArschlochs Stimme. »So kann man es auch nennen, ja.«

»Großer Gott. Ich kann nicht glauben, dass Lara von mir zu einem *Stripper* gezogen ist.« Er gluckste. Der Arsch hatte tatsächlich gegluckst.

Gages Hand ballte sich zu einer Faust zusammen.

»Ich verstehe nicht, was so lustig ist, McCullough.« Weathers nahm einen weiteren – angetäuschten – Schluck von seinem Drink. Der Mann war ein Meister im Niedermachen, und Gage musste einfach zusehen. »Es ist ein lebensfähiges Geschäft, das der Stadt Einnahmen bringt und einen Teil des städtischen Schandflecks wiederbelebt. Ein höchst lobenswertes Unterfangen, meiner Meinung nach. Ich bin sogar bereit, darin zu investieren, wenn Sie Investoren nehmen, Mr. Tomlinson.«

Gage konnte seine Überraschung nicht unterdrücken. »Ich ... muss das mit meinem Partner besprechen. Wir melden uns dann bei Ihnen.«

»Partner? Sie sind schwul?«

»Geschäftspartner.« Gage gab sich keine Mühe, seine Verachtung zu verbergen. Mit Weathers an Bord gab ihm das eine Legitimität, die McArschloch respektieren würde. Nicht, dass Gage sich einen Dreck um den Respekt des Kerls scherte, aber er fand es gut, dass der Kerl ihn mit anderen Augen sehen musste.

»Haben Sie und Ihr Partner schon eine Geschäftsform gewählt?« Weathers drehte sich zu Gage und schloss McArschloch effektiv von dem Gespräch aus. »Das wäre vielleicht eine Überlegung wert. Aus steuerlichen Gründen.«

»Ich habe ein paar Ideen, die ich mit Ihnen besprechen könnte.«

Weathers zog eine Karte aus seiner Tasche. »Rufen Sie mich an. Wir werden etwas arrangieren.«

Der Barkeeper stellte die restlichen Wassergläser auf den Tresen. Gage steckte die Karte in die Jackentasche und nahm die Gläser. »Es war nett, mit Ihnen zu reden. Danke für Ihre Hilfe mit der Lizenz, und ich bleibe in Kontakt. Wenn Sie mich entschuldigen, ich muss die hier zurück zu den fleißigen Damen am Desserttisch bringen. Versuchen Sie unbedingt ein Stück Kuchen. Lara ist in der Küche unglaublich.«

Er ließ mit diesem Kommentar genug Spielraum, um McArschloch darüber nachdenken zu lassen, wo sie sonst noch unglaublich war.

Und er brachte sich selbst zum Nachdenken. Sie hatten noch nichts in der Küche gemacht.

Noch nicht.

***

Es dauerte zehn Minuten, bis sich die Nachricht von Gages Zweitjob auf der Party verbreitet hatte – und Lara wusste *genau,* woher diese Information stammte. Jeff stolzierte mit seiner überlegenen Haltung herum, als ob er über jeder Person auf der Party stünde.

Es begann mit verschämten Blicken von den verheirateten Frauen. Ein paar unverhohlene Einladungen von den Ungebundenen. Die finsteren Blicke der Ehemänner waren der eindeutige Hinweis; Lara kannte sie von Ginas Party.

Dann kam Alexandra an ihren Tisch.

»Gage«, sagte sie auf eine Weise, die Lara eine Gänsehaut über den Rücken jagte. »Ich würde es als einen persönlichen Gefallen betrachten, wenn du uns heute Abend eine Show bieten würdest. Wir werden natürlich dafür sorgen, dass es sich für dich lohnt.«

Gage erstarrte und Lara konnte spüren, wie die Wut in ihm aufstieg. »Ich tanze nicht.«

»Blödsinn. Natürlich tust du das. Ich habe dich gesehen.«

Jetzt erstarrte Lara.

Gage blickte sie an. »Das war vor Jahren. Damals, als wir noch am Anfang standen. Ich tanze jetzt nicht mehr.«

»Oh, ich bin sicher, wir könnten dich überzeugen. Jeder hat seinen Preis.« Alexandras Lippen verzogen sich zu einem Lächeln, das Lara wieder eine Gänsehaut bekam.

»Ich nicht.«

Dann tauchte natürlich Jeff auf. »Ah, kommen Sie schon, Tomlinson. Geben Sie uns eine Vorschau auf dieses ›lebensfähige Geschäft, das der Stadt Einnahmen bringt und einen Teil des städtischen Schandflecks wiederbelebt‹. Man kann sich keine bessere Werbung wünschen als ein begeistertes Publikum, das Geld investieren will.«

Da war etwas in Jeffs Rede, das Lara nicht verstand, aber sie verstand, dass er versuchte, Gage in Verlegenheit zu bringen.

»Sie können zur großen Eröffnung kommen und es sich dann ansehen, McCullough.« Gage bewegte nicht einen Muskel. Na ja, bis auf seine Finger. Die waren jetzt zu Fäusten geballt.

»Kein Vertrauen in Ihr Produkt? Wie wollen Sie es verkaufen, wenn Sie es nicht, nun ja, verkaufen?« Jeffs Grinsen war schlimmer als das von Alexandra. Die beiden waren wie füreinander geschaffen.

»Gut. Sie möchten eine Vorschau?« Gage riss sich die Mütze vom Kopf. »Ich gebe ihnen eine Vorschau.«

Er holte sein Handy aus der Gesäßtasche. »Lara, such die Playlist und sorg dafür, dass sie über das Soundsystem abgespielt wird. Ich brauche ein paar Minuten, um mich vorzubereiten.«

Die Wiedergabeliste. Sie konnte sich noch gut an die Wiedergabeliste erinnern.

Gage stürmte in Richtung seines Transporters, während Cara auf Jeff zustürmte.

»Du, McMonster, bist das größte Arschloch der Welt. Ich kann nicht glauben, dass du ihn so in die Enge getrieben hast. Du wirst für diese Aktion das Doppelte seines normalen Satzes bezahlen.«

»Halt dich zurück, Cara, oder ich schmeiße dich raus. Und glaub nicht, dass ich nicht jede Sekunde davon genießen werde. Ich wollte es jedes Mal tun, wenn du Lara besucht hast.«

»Und ich wollte jedes Mal kotzen, aber anscheinend war ich die Einzige, die Lara genug liebte, um sie nicht zu betrügen.«

Lara zupfte an Caras Locken. »Bitte, lass dich nicht auf ihn ein, Cara. Lass es einfach gut sein. Er kann mir nicht mehr wehtun.«

»Aber was ist mit dem, was er Gage antut?«

Lara biss sich auf die Lippe und senkte ihre Stimme. »Er denkt, dass er Gage in Verlegenheit bringt, aber was glaubst du, wird passieren, wenn Gage anfängt zu tanzen? Wer wird dann in Verlegenheit sein?«

Ein Lächeln breitete sich auf Caras Gesicht aus. »Oooh, das gefällt mir.«

Sie würde es noch mehr mögen, wenn Lara das durchziehen würde, was sie vorhatte ...

Sechsunddreißig

Das Intro von *Simply Irresistible* begann und alle Blicke richteten sich auf Jeffs ›Terrasse‹.

Gage stand in seiner Kochjacke mit dem Rücken und mit ausgestreckten Armen zum Publikum und wippte gerade so viel mit einem Bein, dass sich sein Hintern darunter bewegte.

Wie zuvor waren die Frauen die ersten, die nähertraten.

Der Rhythmus begann und Gage wirbelte herum und riss die Jacke auf.

Nichts als nackte Haut und die schwarze Hose.

Seine Hüften kreisten, seine Muskeln spielten, und Gage schenkte der Menge seinen sexy Blick, wobei jede einzelne Frau für die wenigen Sekunden, in denen er Augenkontakt mit ihr herstellte, seine höchste Konzentration genoss.

Die Anfeuerungsrufe begannen.

»Heilige Mutter Gottes, ist der heiß.« Cara wedelte sich frische Luft zu. »Ich weiß nicht, Lara. Ich glaube, er ist deine Rache für den Scheiß, den du mit McArschloch da drüben erlebt hast.« Sie stupste Lara an. »Guck dir sein Gesicht an.«

Lara schaute nicht in Jeffs Richtung. Nicht, wenn sie Gage ansehen konnte.

»Tu mir einen Gefallen, Cara? Bleib hier und bediene den Tisch. Ich bin gleich wieder da.«

Sie wartete nicht auf Caras Antwort, sondern hielt ihren Blick auf Gage gerichtet und ging – glitt – durch die Menge, die Musik bewegte sich durch sie, wie bei dem letzten Mal, als er dieses Lied gespielt hatte.

Oben auf der Bühne rutschte seine Jacke an einem Arm herunter. Es war wunderschön, wie sein wohlgeformter Arm Zentimeter für Zentimeter zum Vorschein kam, sexy und köstlich. Seine Brustmuskeln zuckten, als er sich aus dem Mantel befreite, dann wiederholte er die ganze verführerische Zeitlupenbewegung mit der anderen Seite.

Die Frauen standen nun in drei Reihen gedrängt an der Treppe.

Lara schloss sich ihnen an.

Gage drehte sich wieder und strich sich mit der Jacke über den Rücken, wobei er sie tiefer und tiefer rutschen ließ.

Als die Jacke bei seinem Hintern ankam, begannen die Frauen zu kreischen. Single, verheiratet, jung, alt, Partnerin, Praktikantin, es spielte keine Rolle; sie alle genossen die Show.

Gage hatte sie um seinen Finger gewickelt. So wie diese Jacke. Lara würde nie wieder eine Kochjacke betrachten wie zuvor.

Sie knöpfte ihre auf. Es wurde in der Menge der erregten Frauen ein wenig warm. Zumal sie auch dazugehörte.

Gage strich sich mit der Jacke über die Bauchmuskeln und neckte sein Publikum mit dieser Pracht, die Lara aus erster Hand – und mit der Zunge – kannte.

Sie bewegte sich im Rhythmus der Musik und erinnerte sich daran, wie sie an dieser Stelle mit ihrem Hintern gewackelt hatte, als sie für ihn getanzt hatte.

Sie tat es dort, wo sie stand, wieder. Aus den Augenwinkeln sah sie, wie Alexandra näher kam. Und sie sah Jeffs finstere Miene. Das bestärkte sie nur in ihrem Vorhaben.

Die Musik pausierte für die zwei Herzschläge, bevor der Rhythmus wieder einsetzte. Auch Gage hielt inne, und als er sich wieder bewegte, war es ein wunderschöner Anblick. Seine Bauchmuskeln zogen sich zusammen, seine Brustmuskeln spannten sich an, und sein Hintern – oh Gott, sein Hintern – wackelte im perfekten Rhythmus.

Und dann riss er sich die Hose runter.

Er trug diese winzigen, engen, seidigen schwarzen Shorts, die er letztes Mal auch anhatte, und sie umschmeichelten seine Oberschenkel, wie Laras Hände es wollten.

Die Frauen drehten durch.

Die Männer sahen aus, als wollten sie überall sein, nur nicht hier.

Lara wollte mit Gage da oben sein.

Also drängte sie sich durch die Menge. Sie stieg die Stufen im Rhythmus der Musik hinauf.

Sie knöpfte die Jacke auf.

Und als Gage sich umdrehte, schenkte sie ihm das sexyste Lächeln aller Zeiten.

***

Zum ersten Mal, an das er sich erinnern konnte, vergaß Gage einen Schritt bei seinem Auftritt. Aber Gott, es war verständlich. Lara kam auf ihn zu *und knöpfte ihre Jacke auf*. Mit einem verführerischen Hüftschwung und einem Gesichtsausdruck, den er in der Nacht gesehen hatte, in der sie für ihn getanzt hatte.

So wie sie jetzt tanzte.

Er leckte sich über die Lippen, weil sein Mund plötzlich staubtrocken war.

Sie leckte sich über ihre, nur um ihn in den Wahnsinn zu treiben.

Dann streifte sie die Jacke ab, um den Wahnsinn noch zu steigern.

»Was hast du vor?«, flüsterte er, als sie sich neben ihm stellte, ihre Hüften bewegten sich im gleichen Takt wie seine und viel zu nah, als dass diese Shorts die Wirkung verbergen könnten.

»Tanzen. Wonach sieht es aus?«

Er hob die Hände über den Kopf, um der Menge zu gefallen, wohl wissend, was das für seine Bauchmuskeln bedeutete, aber zum Glück war der Tanz Routine. Er versuchte, die Tatsache zu begreifen, dass Lara – seine Lara – vor Publikum tanzte, und wenn sie das tat, wonach es aussah, dann strippte sie mit ihm.

Ihre Finger knöpften die Knöpfe an ihrer Bluse auf und zum zweiten Mal vergaß Gage einen Schritt.

»Lara?«

»Tanz weiter, Gage. So wie du es mir beigebracht hast.« Ihr Lächeln war verrucht sexy. »Jeff wollte eine Show? Wir werden ihm eine bieten.«

Und dann lachte Gage. Er konnte nicht anders. Sie war unbezahlbar.

Er tanzte vor ihr und heizte die Menge ein. Schon interessant, dass die Männer jetzt auch zusahen, und für einen Moment – oder sechs – sah er ein wenig rot. Er wollte nicht, dass diese Männer Lara ansahen. Sie gehörte ihm.

Dann erkannte er, wie scheinheilig er war, und erlaubte es sich, den Moment zu genießen. Sie konnte die ganze Nacht für diese Typen tanzen, aber sie würde mit ihm nach Hause gehen.

Er sah McArschloch. Der Gesichtsausdruck des Kerls war einfach zum Schießen. Sein Plan, Gage zu blamieren, war voll und ganz nach hinten losgegangen. In seiner Kanzlei würde man definitiv noch lange über diese Party sprechen, aber nicht aus dem Grund, den McArschloch wollte.

Er schaute über seine Schulter zu Lara. Sie öffnete die Knöpfe ihrer kurzärmeligen Bluse genauso effektiv wie seine Jungs. Entweder hatte sie bei dem Junggesellinnenabschied gut aufgepasst oder sie war ein Naturtalent.

Er betrachtete die Art, wie sich ihre Hüften bewegten. Ja, sie war ein Naturtalent.

Addicted to Love begann, und er sah, wie der Rhythmus die Menge mitnahm. Hüften kreisten, Hintern stießen aneinander, manche kamen sich näher, was noch mehr der Fall wäre, wenn es schon später am Abend wäre, und mehr Alkohol geflossen wäre. Alle waren in Partylaune. Alle außer der Gastgeber.

Der war alles andere als in Partystimmung und sah aus, als würde er jeden Moment die Musik abstellen wollen. Aber selbst er war klug genug, um die Meuterei zu erkennen, die er damit auslösen würde, also musste er es hinnehmen.

Gage tanzte zu Lara hinüber. »Du willst sie doch nicht wirklich ausziehen, oder?«

Sie warf einen Blick über ihre Schulter. »Warum nicht? Ich habe hübsche Unterwäsche an. Nicht anders als deine Shorts.«

Außer, dass es ihm egal war, ob ihn jemand in diesen Shorts sah, aber Laras Unterwäsche sollte nur für seine Augen bestimmt sein.

Er lächelte. »Dann lass sehen, Baby.«

Sie lächelte zurück. »Genau das habe ich auch vor.«

Und dann tat sie es. Gott, sie tat es.

Gage gab den Versuch auf, seine Erektion zu verbergen, weil er es nicht konnte. Die Shorts waren eng genug, dass er kein Zelt hatte, aber jeder, der ihn ansah, würde sofort wissen, dass er erregt war. Das erregte ihn ironischerweise nur noch mehr. All die Leute da draußen sahen ihm und Lara bei einem Tanz zu, der so alt war wie die Menschheit. Verführung, Verlangen, sie waren immer und überall gleich. Und jeder einzelne Mensch da unten wollte, was er und Lara hatten.

Sie ließ ihre Bluse an den Armen hinuntergleiten, und – guter Gott – ihr blauer Spitzen-BH bedeckte kaum ihre Brustwarzen und schob ihre Brüste köstlich nach oben. Sie hatte sich noch nicht zur Menge umgedreht, und er konnte die Erwartung spüren, die in der Luft schwebte.

Er stellte sich hinter sie, seinen Hintern zur Menge – schüttelte ihn zur Sicherheit – und zog ihr die Bluse von den Armen.

Sie drehte sich langsam um, ihr Lächeln galt nur ihm, und Gage wollte sie küssen. Er tat es nicht, denn er würde nie aufhören können, wenn er damit anfinge, aber er sah hin. Oh, ja, er sah definitiv hin.

»Schöne Cupcakes«, sagte er.

Sie warf den Kopf zurück und lachte, ihre Locken fielen ihr um die Schultern, und er hatte in seinem Leben noch nie etwas so Schönes gesehen.

Sie legte ihre rechte Hand auf seinen Arm und tanzte um ihn herum, ihre Schönheit nun für alle sichtbar.

Gage spürte, wie er noch härter wurde. Scheiße. Er war ein Profi verdammt noch mal.

Er tanzte hinter ihr – nicht nahe genug, um sich an ihr zu reiben. Das hier war an der Grenze zu Unzüchtigkeit in der Öffentlichkeit und er wollte diesem aufgeblasenen Arschloch keinen Grund geben, sie rauszuwerfen. Dies war Laras Moment, und er wollte, dass sie ihn genoss.

Sie schob ihre Finger in den Bund ihrer Hose.

Scheiße, er hatte vergessen, dass sie die auch noch ausziehen würde.

Sie wackelte mit ihrem Hintern und die Hose rutschte ein wenig nach unten.

Sie trug einen Tanga.

Gage stöhnte. Ein Tanga. Was ist aus den guten alten Oma-Schlüppis geworden? Oder Hipster? Aber ein Tanga?

Sie versuchte, ihn umzubringen.

Er sah zu McArschloch. *Der* wollte ihn auf jeden Fall umbringen.

Gage verbarg sein Lächeln und bewegte seine Hüften hinter Lara.

Die Menge hatte sich wieder gemischt, die Männer standen wieder bei ihren Frauen und genossen gemeinsam die Show.

Hmmm, vielleicht hatte Lara eine gute Idee. Gemischte Strippshows. Sie könnten die mögliche Kundschaft verdoppeln, wenn Paare zu einem Date in den Club kamen. Vielleicht brauchten sie einen größeren Club.

Ihre Hose war jetzt unter ihren Hintern gerutscht. Ihr süßer, perfekter, runder, verlockend leckerer, *nackter* Hintern.

Er musste sich umdrehen. Er musste der Menge den Rücken zuwenden. Er wackelte mit dem Hintern, um ihnen diesen Anblick zu bieten, weil er ihnen den anderen nicht mehr bieten konnte. Seine Shorts waren doch zu elastisch.

Lara hingegen bekam ihre eigene Privatshow.

Ihre Augen weiteten sich, und sie leckte sich über die Lippen. Das machte ihn nur noch härter. Sein Schwanz zuckte in seinen Shorts – also wackelte Gage noch mehr mit seinem Hintern.

Sie schob ihre Hose nach unten und schaffte es irgendwie, im Takt der Musik zu bleiben und ein langes, wohlgeformtes Bein nach dem anderen auszuziehen.

Dann richtete sie sich auf und hob die Arme, wiegte ihre Hüfte wie eine orientalische Tänzerin, sah aber in ihren knappen Fetzen aus sexy Stoff, die nichts der Fantasie überließen, ganz und gar nicht wie eine aus.

Er hörte das kollektive Aufstöhnen der Menge. Was die beiden taten, ging so weit über das Strippen hinaus, dass es illegal wäre, wenn sie sich berühren würden.

Lara schwenkte langsam herum, ihre Hüften kreisten, während sie allen eine viel zu große Show bot.

Und wenn man dem Lächeln auf ihrem Gesicht Glauben schenken durfte, genoss sie jede Sekunde davon.

Gott, er liebte sie. Sie war so in diesem Moment, so ganz und gar bei ihm, so natürlich wie das Atmen, und sie nahm ihm den Atem.

Es war ihm egal, was er dafür tun musste, aber Lara musste in seinem Leben sein. Für immer.

Der Song endete und Lara war bereit, weiterzumachen, als der nächste begann, aber Gage konnte nicht mehr. Er konnte sich nur bis zu einem gewissen Punkt zusammenreißen – vor allem in der Öffentlichkeit – und er brauchte sie für sich allein. Jetzt.

Er ergriff ihre Hand – der einzige Teil von ihr, den er sich erlaubte zu berühren – und hielt sie hoch. »Verbeugen«, flüsterte er und zog sie mit sich nach unten.

Die Menge drehte durch. Die Rufe nach einer Zugabe wurden lauter und ungestümer, aber Gage beendete den Auftritt. Nachbarn, die nicht eingeladen waren, könnten am Ende die Polizei rufen, und das Letzte, was er oder Lara brauchten, war, mit heruntergelassenen Hosen erwischt zu werden.

Besonders, da er vorhatte, die ganze Nacht so zu sein. Mit ihr. In ihrem Bett.

Er schnappte sich ihre Kleidung und führte sie in Jeffs Haus, wobei er die Terrassentüren hinter ihnen verschloss, sobald sie drinnen waren.

Dann zerrte er sie in die Waschküche auf der rechten Seite, schloss die Tür ab und küsste sie besinnungslos.

***

»Was in aller Welt hat dich dazu getrieben?«, fragte er, als sie endlich nach Luft schnappten.

»Hat es dir nicht gefallen?«

»Süße, es hat mir zu gut gefallen.« Er stieß seine Hüften vor. »Ich war die ganze Zeit hart und jeder im Publikum wusste es.«

Sie schenkte ihm dieses Grinsen. »Gut.«

Es *war* gut. Nur nicht angemessen. »Ernsthaft, Lara, was hat dich dazu gebracht, das zu tun?«

Sie stieg in ihre Hose und zog sie hoch. Eine verdammte Schande, wenn man ihn fragte. »Jeff. Er war ein Arsch, dich so in Szene zu setzen und zu versuchen, dich in Verlegenheit zu bringen.«

»Er hat mich nicht in Verlegenheit gebracht. Ich schäme mich nicht für das, was ich tue.« Und das tat er wirklich nicht. Das wurde ihm jetzt klar. Es *war* ein legales Geschäft und eines, in dem er verdammt gut war.

»Ich bin es einfach leid, dass er denkt, er kann alles bestimmen. Entweder man tanzt nach seiner Nase oder kann gehen. Also habe ich beschlossen, den Spieß umzudrehen. Die meisten Leute hier waren wütend darüber, was er mir angetan hat. Ich wollte ihnen zeigen, dass es mir gut geht. Dass es Jeffs Fehler war, nicht meiner, und dass ich weitergemacht habe. Und ja, vielleicht wollte ich ihn wissen lassen, dass ich nicht die bin, für die er mich gehalten hat, und dass er keinen Einfluss mehr darauf hat, wie ich mein Leben lebe. Es war meine Entscheidung, Gage. Meine Entscheidung. Weißt du, wie befreiend das war?« Sie schlüpfte in ihre Bluse, ließ sie aber aufgeknöpft und fasste seine Arme. »Und ich wollte mit dir tanzen. Ich wollte, dass all diese Frauen wissen, dass du mir gehörst. Sie können gucken, aber hinterher fährst du mit mir nach Hause.«

»Für immer?«, fragte er.

Sie verstummte. »Für immer? Was ... was meinst du?«

Jetzt war er an der Reihe, ihre Arme zu ergreifen. »Ich meine *für immer,* Lara. Ich will für immer mit dir nach Hause fahren. Ich will dich für immer *in* meinem Zuhause haben. Ich will, dass du für immer mein Zuhause *bist*.«

Er nahm ihre Bluse und begann, sie von oben nach unten zu knöpfen. Seine Finger machten kurzen Prozess mit dem ersten Knopf, aber der zweite – der, der direkt über ihrem Herzen lag – ließ ihn innehalten. »Ich liebe dich. Und ich möchte den Rest meines Lebens mit dir verbringen. Willst du deins mit mir verbringen?« Er schloss den Knopf. »Willst du mich heiraten, Lara?«

Er würde nie den Blick vergessen, der in diesem Moment in ihre Augen kam. Niemals, so lange er lebte, würde er die Liebe vergessen, die ihren Blick erfüllte.

Kurz bevor sie ihre Arme um ihn warf und ihn fester umarmte, als es jemals jemand getan hatte.

»Oh, Gage, ich liebe dich auch! Ja! Ja! Ich würde dich gerne heiraten!«

Dann war es ihm egal, wer sie dabei erwischte. Er küsste sie und ließ es zu, dass er sich in diesem Gefühl verlor.

Aber er hatte zu viel Achtung vor ihr und ihrer Liebe, um sie mit einem Quickie in der Waschküche ihres Ex-Mannes zu besiegeln, also löste er sie, nach ein paar Minuten mit einem letzten, langen Kuss, von sich. »Ich weiß, dass es eine Zeit lang schwierig sein wird. Wir haben beide so viel zu tun und das Geld ... Es wird knapp, Lara. Ich kann dir nicht alles geben, was Jeff dir geben könnte ...«

Sie unterbrach ihn, indem sie ihm einen Finger auf die Lippen legte. »Ich will nicht, was Jeff mir geben könnte. Falls du dich erinnerst, hatte ich es schon. Und ich habe es hinter mir gelassen. Denn das Einzige, was er mir nicht geben konnte, ist das, was du mir geben kannst. Und das ist etwas, das ich über alles schätze: dein Herz. Es ist mir egal, was wir tun müssen, damit es funktioniert. Ich habe keine Angst vor harter Arbeit. Aber wenn ich zu dir nach Hause kommen kann, wird es der reine Himmel sein.«

Er konnte kaum mit dem Kloß in seinem Hals sprechen, aber er versuchte es. »Und das Tanzen? Ist das in Ordnung für dich?«

Sie wölbte eine Augenbraue, und bei ihr war es ein sündhaft sexy Anblick. »Habe ich das nicht gerade bewiesen?«

Er schlang seine Arme um ihre Taille und zog sie an sich. »Was du bewiesen hast, Frau, ist, dass du die sexyste Frau der Welt bist, und ich bin glücklich, dich in meinem Leben zu haben.«

»Wir haben beide Glück, Gage. Wir haben uns gefunden.«

»Und wir lassen nie wieder los.«

»Nein. Werden wir nicht.« Sie küsste ihn wieder, mit Zunge und einer Leidenschaft, dass er seine Entschlossenheit, ihr erstes offizielles Mal zu etwas Unvergesslichem – und nicht zu einem Quickie in der Waschküche – zu machen, schwinden spürte.

»Komm, Süße, lass uns zurück zur Party gehen, sehen, dass wir fertig werden und dann verschwinden. Ich kann es nicht erwarten, mir dir allein zu sein.«

»Ähm, was das angeht.«

Er hielt inne. »Was?«

»Allein zu sein. Du hast das große Haus, das du unterhalten musst, und ich habe meine Eigentumswohnung. Was würdest du sagen, wenn wir meine Eigentumswohnung verkaufen und das Geld in, oh, ich weiß nicht, sagen wir, einen Nachtclub stecken? Du weißt schon, einen mit *Strippern.*« Sie ahmte McArschloch nach.

»Das würdest du tun?«

»Als Teilhaber, sicher.«

»Teilhaber, hm?«

»Nun, sicher. Ein gut gestreutes Portfolio ist eine gute Sache. Und was ich nicht bei dir und Bryan investiere, könnten wir für Connors Arztrechnungen verwenden.«

Sie machte ihn verlegen. »Vielen Dank, Süße, aber wir rühren dein Geld nicht für ihn an. Ich komme schon zurecht. Mach dir um ihn keine Sorgen.«

»Ich will und ich kann, und wenn ich dir helfen will, darfst du nicht nein sagen. Würdest du das nicht auch für mich tun?«

»Nun, sicher, aber ...«

»Es ist nichts anderes.«

»Hey, ich habe eine bessere Idee, was wir mit deinem Geld machen könnten.«

Sie zog wieder eine Augenbraue hoch, aber dieses Mal war es skeptisch, nicht sexy. »Was könnte besser sein, als deinem Neffen zu helfen?«

»Das würde ihm helfen, aber es wäre auch für uns.«

»Was ist es?«

»Was hältst du von einer Hochzeitsreise in ein bestimmtes Resort in Orlando, komplett mit Schlössern und Wünschen und Träumen? Es soll der glücklichste Ort der Welt sein.«

»Das mag ihr Slogan sein, aber der glücklichste Ort für mich, Gage, ist genau hier. In deinen Armen.«

***

Vielen Dank!

Danke fürs Lesen. Wenn Dir diese Geschichte gefallen hat, hilf bitte anderen, sie zu finden, indem Du eine Rezension schreibst.

Du findest mich online unter: www.JudiFennell.com
Melde Dich für meinen Newsletter an unter:
http://JudiFennell.com/newsletter-signup/

Über Judi Fennell

Judi Fennell, Amazon-Bestsellerautorin und preisgekrönte Autorin, liebt die Liebe und liebt das Lachen, daher findet in jedem ihrer Bücher etwas davon. Schau dir ihre unbeschwerten, augenzwinkernden paranormalen und romantischen Komödien unter an wwwJudiFennell.com. Von Wassermännern über Flaschengeister bis hin zu Männern in Dienstmädchenuniformen und männlichen Strippern – es gibt immer etwas zu lachen und zu lieben. In ihrer „Frei"-Zeit hilft sie Autoren beim Schreiben und Indie-Publishern mit ihrer Formatierung, Cover-/Promo-Design, Redaktion, Firma, www.formatting4U.com. Judis Familie hat viele vierbeinige Mitglieder, und in dem Moment, in der diese anfangen A) zu singen, B) Kleidung zu nähen oder C) das Haus zu putzen, wird der Moment sein, an dem Judi aufhört zu schreiben ...

Bücher von Judi Fennell

Königlich Versenkt Serie

Unter Wasser

Reel ist ein Wassermann ohne Schwanz, und Erica hat Angst vor dem Meer. Nur etwas könnte sie überzeugen, ins Wasser zu gehen: eine Waffe. Und nur einer könnte dafür sorgen, dass sie dort auch bleibt: Der sexy Wassermann, der ihr das Leben rettet, und dabei sein Eigenes riskiert.

Liebe unter Wasser

Valerie ist eine Meeres-Prinzessin, die auf dem Trockenen sitzt. Rod ist der Prinz, der sich auf den Weg macht, um sie zu retten. Aber können sie den finsteren Plan eines Thronräubers vereiteln und es zurück zum Ozean schaffen, bevor Rods Schwanz – und damit auch sein Anspruch auf den Thron – für immer verschwindet?

Der Fang seines Lebens

Logan hat die Zirkuswelt hinter sich gelassen, weil er ein ganz normales Leben führen möchte. Die nackte Frau, die auf seinem Boot auftaucht, ist jedoch alles andere als normal. Vor allem, da Angel sich als Meerjungfrau entpuppt – und ein wütendes Seeungeheuer hinter ihr her ist.

Liebe auf der K(l)ippe

Prinzessin Mariana tut nicht nur so, sie *ist* eine echte Künstlerin. Das möchte sie mit einer Skulptur beweisen, die sie auf einer einsamen Insel erschaffen will. Das Problem ist nur, dass Jace sich dort versteckt hält, und das Einzige, was Mariana aus ihrem königlichen Gefängnis befreien kann, ist gleichzeitig das, was Jace das Leben kosten wird. Romantik ist so schon schwierig genug, aber wenn ein Tsunami im Anrollen ist, ist die Liebe in Gefahr.

Mach Wellen Bonusgeschichte

Finde heraus, warum Erica solche Angst vor dem Meer hat, wie Valerie, die vermisste Prinzessin, gefunden wurde, und wie Logans junger Sohn Michael eine Meerjungfrau fand.

Flaschenmagie Serie

Ein traum einem Dschinns

Matts Leben scheint sich endlich dem Guten zuzuwenden, als Eden, ein weiblicher Flaschengeist, ihrem Gefängnis entkommt und direkt in seinem Schoß landet, und zwar wortwörtlich. Eden schwört, niemals wieder in ihre Flasche zurückzugehen. Zum Leidwesen der beiden will der Kerl, der sie hineingesteckt hat, sie zurückhaben, und er wird vor nichts Halt machen, um seinen Willen zu bekommen.

Der Dschinn weiß es am besten

Samantha erbt das Anwesen ihres Vaters, zu dem auch ein Flaschengeist gehört. Dieser muss einem allerletzten Herrn dienen, bevor er seine Freiheit wiedererlangt. Sam ist mehr als bereit, Kal zu befreien – bis ihr gieriger Ex beschließt, dass, wenn er Sam nicht haben kann, sie niemand bekommt.

Mein schöner Dschinn

Zane hat ein Familienanwesen geerbt, das er gar nicht schnell genug loswerden kann. Er möchte die Gerüchte um die verrückte Geschichte seiner Familie endlich aus der Welt schaffen. Zu dumm nur, dass der Dschinn, der diese Halbwahrheiten in die Welt gesetzt hat, wieder einmal Amok läuft – und dieses Mal ist es sein Herz, mit dem sie spielt.

Dein Wunsch ist ihm Befehl ~ Bonusgeschichte

Finde heraus, wie Kal in seiner Laterne gefangen wurde und warum er 1001 Meistern dienen muss. Was *vorher* geschah …

Es war einmal Romantik Serie

Die Schöne und Herr Best

Jolie ist tagsüber Privatköchin und nachts Autorin von Liebesromanen. Als sie einen Job bei dem heißen, eigenbrötlerischen Künstler Todd bekommt, hat sie den perfekten Helden für ihr Buch gefunden. Bis Todd es herausfindet und sie aus seiner Küche, seinem Haus *und* seinem Herzen wirft.

Wenn der Schuh passt

Es war einmal, vor langer Zeit, in einem weit, weit entfernten Land, da lebte ein Mädchen namens Cinderella. Aber dies ist nicht ihre Geschichte. *Dies* ist die Geschichte von Lucinda Isabella Casteleoni, die sich, wie ihre Namensvetterin mit einer bösen Stiefmutter, zwei gehässige Stiefschwestern und unzähligen Stunden harter Arbeit herumschlagen muss. Aber im Gegensatz zu dieser Märchenprinzessin ist Bellas Märchenprinz nirgends in Sicht. Bis ein kleiner alter Mann mit funkelnden grünen Augen ein Schuhgeschäft am Ende der Straße eröffnet. Und damit beginnt die Magie ...

Durch das bleierne Glas

Nach einem versehentlichen Ausflug ins mittelalterliche England ist die Werbefachfrau Kate auf der Suche nach einem Heimweg … Aber wird sie den heißen Ritter in glänzender Rüstung, in den sie sich verliebt hat, dorthin mitnehmen können?

BeefCake, Inc. Serie

Auch Hingucker mögen Süßes

Lara will endlich mit ihren Cupcakes durchstarten. Gage, ein heißer Stripteasetänzer, würde sich nur zu gern als Vorkoster anbieten, aber der stressige Arbeitsplan, den er einhalten muss, um die Krankenhausrechnungen seines Neffen zu bezahlen, lässt ihm keine Zeit dafür. Bis zu einer wilden Party, auf der Muskeln auf Cupcakes treffen … und dann, o ja, wird es lecker!

Auch Hingucker machen Fehler

Als Bryan Jenna mit einer Prostituierten verwechselt und bemerkt, dass er der Vater ihres Adoptivsohns ist, beginnen die

Missverständnisse zu wachsen. Aber auch etwas anderes beginnt sich zwischen ihnen zu entwickeln. Manchmal kann eine falsche Abzweigung am Ende doch richtig sein …

Auch Hingucker verdienen eine dritte Chance

Tanner will, dass seine Ex-Frau für immer aus seinem Leben verschwindet. Doch als ihre Großmutter einen Schlaganfall erleidet, muss er so tun, als sei er immer noch in Juliet verliebt. Kann er mit der einen Frau, die nie aufgehört hat, ihn zu lieben, einen Neuanfang wagen?

Auch Hingucker bringen Herzen zum Schmelzen

Gina ist seit Kindheitstagen in Darien verknallt – zumindest bis zu dem Tag, an dem er sie in der Schule gedemütigt hat. Fünfzehn Jahre später lässt er sie immer noch kalt. Nun ist der exotische Tänzer Darien zurück in der Stadt, um ein paar Dinge in Ordnung zu bringen. Unter anderem möchte er sich bei Gina entschuldigen … und vielleicht wieder das Feuer entfachen, das einst zwischen ihnen gelodert hat. Aber der einzige Weg, das Eis um Ginas Herz zu schmelzen, ist, die Hitze aufzudrehen, sowohl im Job als auch privat.

Heiße Haushälter Serie

Was passiert, wenn drei unwiderstehlich sexy Brüder beim Pokern gegen ihre unternehmungslustige Schwester verlieren? Na klar, sie werden für ihre Putzfirma angeheuert. Die heißen Haushälter stehen ab sofort zu ihren Diensten. Befriedigung garantiert.

Was eine Frau will

Der Hotelbesitzer Sean will ein historisches Anwesen kaufen, sich einen Namen machen und Millionen verdienen, also zieht er unter dem Vorwand ein, die Villa zu putzen, um die Erbschaftspläne zu vereiteln. Aber die Erbin Olivia und ihre Menagerie haben es ihm angetan, und er erkennt, dass das Pokerspiel, das ihn in diese Lage gebracht hat, nicht das Einzige ist, was sein Leben auf den Kopf stellen könnte.

Was eine Frau braucht

Der Filmstar Bryan will Ruhm und Reichtum, aber sicher nicht eine Neuauflage seiner „normalen“ Kindheit mit wenig Geld.

Nach dem Tod ihres Mannes ist Beth auf der Suche nach einem normalen Leben für sich und ihre Kinder. Der Filmstar, der ein Pokerspiel verloren hat und ihr Haus putzen muss – inklusive Paparazzi im Schlepptau – ist alles, nur das nicht. Doch als aus dem Flirt Verführung wird, muss Bryan Beth davon überzeugen, dass er mehr Mann ist als Hausmädchen. Oder Schauspieler. Denn er spielt die Hauptrolle in einer umgekehrten Aschenputtel-Geschichte, und es könnte die Rolle seines Lebens sein.

Was eine Frau bekommt

Liam hat keine Lust auf Frauen, die nur das Geld eines Mannes ausgeben, ohne auch nur einen Gedanken daran zu verschwenden, selbst arbeiten zu gehen. Aber um seine Wettschulden einzulösen, muss Liam nicht nur Cassidy tolerieren, deren Leben eine einzige Party zu sein scheint, sondern auch hinter ihr aufräumen, wenn ihr Vater ihr den Geldhahn zudreht. Ohne Geld und ohne Haus, das Liam putzen muss, hat Cassidy keine andere Wahl, als ein Jobangebot anzunehmen – als Liams Haushälterin. Aber dann sprühen die Funken zwischen ihnen – ist es die wahre Liebe oder doch nur eine weitere chaotische Affäre?

Was für eine Frau

MaryAlice Catherine ist bereit, das Haus der Freundin ihrer Großmutter zu putzen. Doch dann stellt sie fest, dass der Enkel der Frau, in den sie schon als Kind verknallt war – was er ebenfalls schon damals wusste –, dort wohnt. Jared hat ihre Vergangenheit jedoch anders in Erinnerung. Für ihn war Mac schon immer eine große Nervensäge, die bei allen Dingen das letzte Wort haben musste. Er wird nicht zulassen, dass es dieses Mal wieder so kommt. Da die beiden nun jedoch in einem Haus wohnen, ist nicht abzusehen, wer am Ende die Oberhand behalten wird.

Was ein Mann will

Beckett ist bereit, seine Wettschulden einzulösen. Ihm war nur nicht klar, dass er das mit seinem Herzen tun muss. Plötzlich steht Jennifer vor ihm und er ist hier, um zu putzen. Jennifer kann nicht glauben, dass der Bad Boy von der Highschool, in den sie schwer verknallt war, vor ihr steht. Doch wenn es eine Sache gibt, die ihr Ex-Mann ihr beigebracht hat, dann, dass sie sich besser von Bad Boys fernhalten sollte. Zumindest denkt sie so, bis Beckett alle seine Karten auf den Tisch legt und sich herausstellt, dass er jemand ist, auf den Jennifer setzen kann.

www.JudiFennell.com

www.ingramcontent.com/pod-product-compliance
Lightning Source LLC
Chambersburg PA
CBHW061234210726
48293CB00003B/766

* 9 7 8 1 9 4 7 7 2 3 3 2 0 *